KB243024

혈리표

血劉豹

혈리표 6
이영석 新무협 판타지 소설

초판 1쇄 찍은 날 § 2004년 8월 1일
초판 1쇄 펴낸 날 § 2004년 8월 10일

지은이 § 이영석
펴낸이 § 서경석

편집장 § 문혜영
편집 § 장상수 · 김민정 · 정은경 · 최하나
마케팅 § 정필 · 강양원 · 이선구 · 김규진 · 홍현경

펴낸곳 § 도서출판 청어람
등록번호 § 제1081-1-89호
등록일자 § 1999. 5. 31
어람번호 § 제2-0412호

주소 § 경기도 부천시 원미구 심곡1동 350-1 남성B/D 3F (우) 420-011
전화 § 032-656-4452 팩스 § 032-656-4453
http://www.chungeoram.com
E-mail § eoram99@chol.com

ⓒ 이영석, 2003

값 8,000원

ISBN 89-5831-200-9 04810
ISBN 89-5505-850-0 (SET)

이영석 신무협 판타지 소설

血劉豹

혈리표

6

완결

끝나지 않는 길

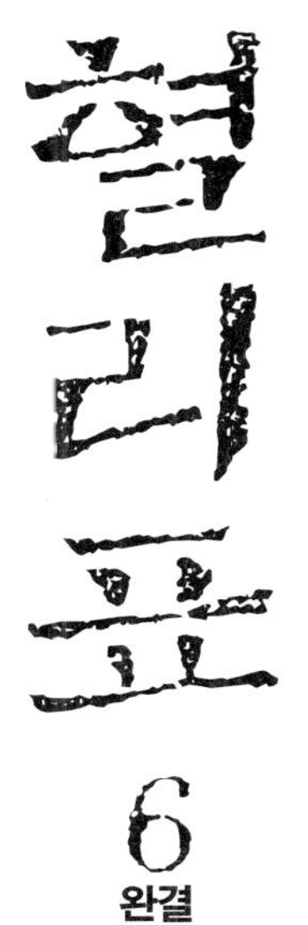

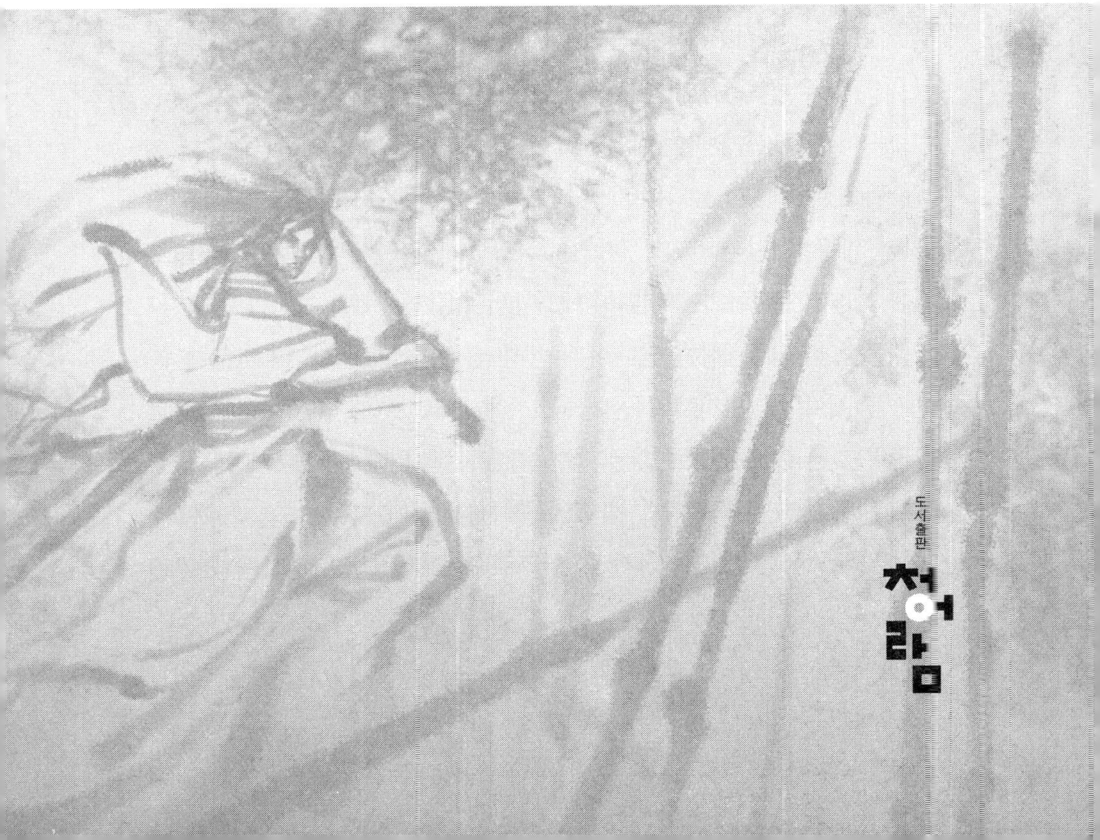

도서출판 청어람

16장 혈룡비처(血龍秘處)

혈룡비처(血龍秘處) 1

　살랑거리는 흰나비의 날갯짓이 열린 선방(禪房)의 바깥에서 시선을 사로잡았다. 시야에서 사라졌다 다시 나타났다 하는 흰 빛깔의 날 것이 보여주는 생명 충만한 움직임은 묘한 정회(情懷)로 가슴에 다가왔다. 꽃을 찾는 것일까, 짝을 찾는 것일까, 그도 아니면 소식을 알리기 위해서 인가.

　여리고 우아한 그 움직임에 법종은 문득 옛 생각이 떠올랐다. 출가하기 전, 아주 어리던 그 시절, 모습도 가물한 기억 속의 할아버지가 봄을 알리던 나비를 보며 이르시던 말씀.

　"예쁘냐? 보기가 좋지? 허허허. 한데 저건 반갑지 않은 물건이다. 옛부터 이르기를 봄에 보는 첫 흰나비는 상사(喪事)를 당할 징조라 했단다. 하지만 뭐, 우리네 같은 무지렁이야 하루 살기 바쁜 것을, 신경 쓸 일이야 있겠냐마는……."

　그 말씀이 화근이 되었던 것일까? 할아버지는 이튿날부터 내리기 시작한 비로 범람한 황하 제방의 부역에 나갔다가 돌아오지 못하셨다. 성난 물길에 휩쓸린 시신은 찾을 수도 없었다. 마을 사람 모두가 안타깝게 소리치며 바라만 보았을 뿐, 손쓸 도리도 시간도 없었던 것이다.
　슬픈 기억 속 그 시간은 태어나 세상을 인지해 가던 그 무렵이었건만, 아직도 끝나지 않은 인생 세간의 고해는 세존을 의지한 지금까지도 이어지고 있는 것이다.
　"후우, 나무관세음보살……."
　법종의 한숨 소리에 둘러앉은 모두의 시선이 몰려들었다. 자신처럼 나비의 움직임을 쫓던 도신의 무심한 얼굴과 뭔가 못마땅한 표정으로 제 무릎을 손바닥으로 투닥거리고 있던 부신, 한가로운 눈길로 다탁만 내려다보던 궁신과 심각한 눈매를 보이고 있던 독제, 그리고 바로 옆에 앉은 온유한 표정의 법향과 법성까지. 하지만 단 한 사람, 법종과 마주 보고 앉은 범 같은 젊은 청년, 장세철만은 시종일관 그대로였다.
　모두의 시선을 느끼면서도 법종은 젊은 청년의 등 뒤로 보이는 문밖에서 시선을 거두지 않았다. 허공에 제 날개의 잔영을 그리던 나비는 어디론가 가고 없었다. 묵은 기억을 내뱉는 한숨 소리를 들은 때문일까? 쉬지 않고 팔랑대던 날개의 물결이 아직도 얼굴에 끼쳐지는 듯한데 서러운 빛으로 눈길에 아른대던 작은 몸은 바람을 타고 날아가 버렸다.

이제는 또 어떤 일이 벌어질 것인가. 할아버지의 말씀처럼 나비를 보았으니 상사의 일을 당하게 될 것인가? 그렇겠지. 죽음을 대가로 하는 일들은 아직 끝나지 않았고 그 일에 뛰어들려는 사람들은 점점 더 늘어만 가고 있으니, 거기에다 죽었던 자마저 다시 살아나 새 죽음을 찾으러 길을 떠나려 하는 마당인 것을. 과연 순리란 무엇이란 말이던가.

"고민하지 마시오. 이미 각오했던 일들일 뿐이오."

갑자기 들려온 음성은 도신이었다. 한숨으로 고뇌하는 법종의 얼굴을 옆으로 돌아보며 도신은 냉정하게 말을 꺼냈다. 그 말소리에 법종은 염주 알만 무겁게 돌려댈 뿐 말이 없었다. 정작 말을 꺼낸 사람은 못마땅한 얼굴의 부신이었다.

"제기, 죽여야 할 놈들 쳐 죽일 일만 남았는데 웬 공염불이여!"

악중산의 목소리는 참았던 침묵을 깨며 불퉁스럽게 튀어나왔다. 하지만 심술스런 어투보다도 그 말이 주는 의미를 모두 알고 있기에 제각기의 생각만 가득할 뿐 이렇다 할 말들이 없었다. 그런 모두의 생각을 정리하듯 궁신이 입을 열었다.

"저 친구가 이제 떠난다 하니 우리의 일도 다시 시작할 때가 된 듯하오이다. 짐승의 겨울잠처럼 숨죽인 시간들이 지금까지 이어지고 있지만, 이것이 칼을 들이밀기 의한 예고된 시간이란 것을 모두가 알고 있을 겁니다. 이젠 정말로 움직여야 할 때입니다. 결말을 짓기 위해서 말입니다."

궁신 김영주의 음성은 담담했지만 또한 단호했다. 그리고 언제나처럼 본질을 꿰뚫어 보는 그의 눈은 정곡을 이야기했다.

"우리의 적들은 분명치도 않고 간단치도 않습니다. 표면상으론 벽력문과 당문이 될 듯하나, 입을 다물고 숨어 있던 다른 세력들이 언제 칼을 들이밀지 알 수 없습니다. 그들이 누구라는 것 또한 모두 짐작하고 있을 겁니다. 또한 제 문파의 반도인 유광회를 척결 대상으로 삼은 무당파를 위시한 무림연맹 역시 이미 우리를 적으로 간주한 지 오래입니다. 우리는… 그들 모두를 상대해야 합니다."

도신의 말처럼 이미 각오했던 일들이지만, 법종의 고뇌는 더욱 깊어졌다. 둘러앉은 모두의 침묵 또한 더욱더 무거워졌다. 하지만 궁신의 말처럼, 그들 모두는 이제 움직여야 할 시기란 것을 피부로 인지했다. 더 이상은 적들에게도 그들에게도 남겨진 시간이 없다는 것을 예감했기 때문이다.

"누구도 원치 않는 일이지만 세상의 욕심으로 벌어진 어차피 치러야 할 일. 끔찍한 일들이 되겠지만, 우리 역시 친구들이 손을 모았으니 해 볼 만은 하겠군."

독제 석장승이었다. 말을 꺼낸 그의 시선은 돌처럼 앉아 있는 세철에게로 옮겨지며 다시 입이 벌어졌다.

"어차피 저놈이야 독불장군이니 저 혼자 움직일 테고, 늙은 몸들이지만 옛 기세를 돋워낸다면 죽기 전에 한 칼질들은 감당해 낼 테지. 그래도 명색이 삼제오신인데 말이야."

옅게 미소 띤 석장승의 시선은 세철에게서 다시 돌아가 도신과 궁신, 부신 등을 차례로 돌아보았다. 그 눈길에 담은 의미를 받아들이듯, 굳었던 모두의 얼굴에도 옅은 미소가 피어올랐다. 그리고 법종이 입을 열었다.

"부질없는 말이 되겠으나… 꼭 가야만 하겠소? 이미 그대에겐 잃어 버린 사람보다 잃지 않아야 할 사람들이 더 많지 않소? 그 사람들을… 시주만 바라보고 있는 그 사람들의 마음을 헤아려 주어야 하지 않겠소?"

법종의 어조는 사뭇 간곡했다. 또한 그렇게 세철을 바라보는 노안에는 안타까움이 가득했다. 하지만 옆에서 터지는 커다란 목소리는 그 모든 것들을 날려 버렸다.

"뭔 소리를 하는 거요? 아니, 방장은 그걸 말이라고 하쇼? 저놈을 뭐 때문에 살렸는데? 우리가 뭐 하러 그 고생을 했는데? 이제 와서 저놈더러 저 혼자 편히 살길 찾아 떠나라는 거요? 그건 말도 안 되지! 암, 안 되고말고!"

놀란 법종이 돌아보기도 전에, 찌푸린 얼굴의 궁신이 만류하기도 전에 소리친 악중산은 거듭해서 쩌렁한 목소리를 토해놓았다.

"너! 똑똑하게 잘 들어라, 이 자식아! 다른 건 몰라도 네가 은혜를 아는 놈이라면 널 살려낸 값만큼은 반드시 해야 할 거다! 어려울 것도 없다! 네놈이 하려는 일! 혈리표를 날려대는 염차수란 그놈만큼은 네놈이 반드시 막아야 한다! 어차피 네놈에게 그 이상은 바라지도 않아! 알겠느냐?"

부릅떠진 부신의 눈은 세철의 먹먹한 시선으로 꽂혀들었다. 그 눈길을 마주 바라보던 세철은 천천히 고개를 돌렸다. 그리고 계면쩍음을 가리지 못하는 법종의 눈에 시선을 맞추었다. 안타까움과 미안함이 같이 묻어 나오는 그 눈길에.

말하지 않아도 세철 자신이 잘 알고 있는 일이었다. 저들 모두가 자신을 살리기 위해서 어떤 노력과 관심을 기울였는지를. 또한 그것의 의미가 어디에 있는지도. 더불어 그 일은 부신의 말처럼 자신의 일인 것이다.

지난 시간 동안 저들에게 받은 은혜는 목숨 값 이상이었다. 말은 저렇게 험악하고 차갑게 내뱉고 있지만, 말없는 도신을 비롯한 궁신과 언제나 싫은 표정인 악중산마저도 자신의 안위를 걱정하고 있음은 누구보다도 세철 자신이 잘 알고 있었다. 설령 그것이 자신에게 정을 준 미령이나 그 어미 송연주를 비롯한 다른 사람들 때문일지라도. 또한 그런 걱정의 이면에 버릴 수 없는 세철 자신의 효용 가치 역시도 커다랗게 작용하고 있었음은 부인할 수 없는 일이었다. 그런 이율 배반 속에서 저들은 자신을 바라보고 있는 것이다.

"해야 할 일은 합니다."

처음으로 세철이 꺼낸 말은 아주 짧았다. 그의 성정을 아는 모두는 긴말을 예상하지도 않았지만, 짧은 한마디 속에 모든 것을 담아내 놓은 세철의 얼굴을 보며 법종은 천천히 알아보기 힘든 고갯짓을 하고 두 눈을 감아 내렸다.

"아미타불……."

하지만 그렇게 감겼던 눈은 잠시 후에 다시 뜨여졌다. 감겨 내릴 때처럼 천천히 조심스럽게.

"이보시오, 장 시주. 더 이상 거짓된 얼굴로 구차한 말을 늘어놓지 않겠소. 이미 그릇된 일의 원인을 제공한 주제로서 부처님의 법을 핑계 삼지도 않겠소. 다만 한 가지, 그대가 가고자 하는 길 앞에 선 자들에게도, 그대의 등만을 바라보는 사람들이 있는 것처럼, 똑같이 기다리는 가족들이 있다는 것을 한 번쯤은 생각해 주시오. 한 번쯤은 말이외다. 아미타불……."

법종의 눈은 다시 잠겨들었다. 그리고 그렇게 말이 끝남과 동시에 법종의 곁에 앉은 법성은 사각의 목함을 다탁 위에 올려놓았다.

"가져가시게."

목함을 세철 앞으로 밀어내는 법성의 목소리는 담담했다. 하지만 그 모습을 옆에서 지켜보는 법향의 늘어진 볼은 왠지 모르게 부르르 떨리는 것만 같았다.

꿈결 같고 영원 같은, 그러나 지극히 짧은 침묵이 선방 가득 휩싸고 내려앉았다. 지금 다탁 위에 올려진 사각의 목함, 그 안에 들어 있는 물건이 무엇인지 모두가 알기에 정적은 무거웠다. 그런 무거운 침묵 속에서 세철의 손이 천천히 움직였다. 느리게 움직이는 그 손을 좇아 모두의 눈길이 줄로 끌어당기는 것처럼 목함으로 모여들었다.

눈 감은 법종을 제외한 모두의 시선 속에서 세철은 천천히 목함 위에 손을 얹었다. 그리곤 두툼한 손으로 가만히 이음매의 선을 손가락 끝으로 느끼다가 천천히 곡함을 열었다. 아주 천천히. 하지만 그 순간, 세철은 문득 눈앞으로 스쳐 가는 한 가지 영상을 보았다.

뒷등만 보이던 아버지. 그 앞에 서서 뱀같이 끈적대는 눈알로 내려다보던 불청객. 경첩 달린 검은 상자를 열어 올리던 아버지의 떨리는 손. 그리고 그 속에서 쏟아져 나오던 휘황한 황금빛의 눈부신 광채…….

세철은 참을 수 없는 느낌으로 갑자기 손아귀에 불끈 힘을 주었다.

콰직!

목함의 뚜껑이 세철의 손 안에서 부서져 버렸다. 바라보던 모두는 세철의 얼굴로 시선을 급히 올렸다. 눈을 감고 있던 법종까지도 눈을 뜨고 세철을 보았다. 하지만 세철의 얼굴엔 아무 표정도 떠올라 있지 않았다.

손 안에서 부서진 나뭇조각들을 보며 세철은 순간적으로 제어하지 못한 자신의 감정을 되새겨 보았다. 아버지와 원수를 떠올려 생긴 분노였던가? 아니었던 것 같다. 단순히 그것만이라 하기엔 격했던 종전의 감정이 설명되지 않는다. 그러나 분노가 아니라 하기엔 딱히 설명이 부족했다. 그렇다면 무얼까? 왜 저것을, 자신이 만든 혈리표를 다시 잡으려는 순간 이상한 감정에 휩싸였던 것일까? 혹시라도… 혹시라도…….

세철은 뚜껑이 사라진 목함 위에 올려져 있는 자신의 손을 천천히 옆으로 옮겼다. 내용물을 가로막던 손이 사라지자 목함 속에 잠들어 있던 실체가 시커먼 묵빛으로 모습을 드러냈다. 둥그런 모양으로 이빨을 감춘 두 개의 원반. 얌전히 잠든 듯한 그 물건을 내려다보며 세철은 종전의 까닭 모를 감정에 대한 해답을 찾아낼 수 있었다.

같게 느껴졌던 것이다. 그때 그렇게 혈리표를 아버지 앞에 들이밀던 염차수와 지금 혈리표를 집어 드는 자신의 모습이 동일하게 여겨진 것이다. 그랬다. 다른 것이 없었다. 그 역시 복수를 위해 이 저주받을 물건을 날려 수많은 목숨을 빼앗았고, 자신 역시 똑같은 이유로 이 마병을 날린 것이다.

많은 목숨들이 그와 자신의 손에 죽어갔다. 둘 다 미친 살인귀에 다름 아니었다. 또 어디선가 자신과 같은 운명이 억눌린 숨을 쉬며 복수를 꿈꾸고 있을지도 알 수 없었다. 내려다보이는 저 검은 물건이 생경스러웠다. 손에서는 피 냄새가 물씬 피어나는 것만 같았다. 역겨웠다. 욕지기가 치밀었다. 하지만 아버지는, 자신을 살리기 위해서 죽어간 아버지는… 처참한 그 도습으로 기억 속에 박힌 그 마지막은…….

"버릴 테냐?"

조금씩 거칠어지는 세철의 호흡을 끊고 들어온 이는 도신 최홍결이었다.

세철의 고개가 퍼뜩 그에게로 돌아갔다.

"버려야 할 때가 오면 뭐든지 버려야 하겠지만, 똥 지게가 더럽다고 버린 놈은 제 전답에 거름을 줄 수가 없지."

최홍결은 예리한 눈으로 세철의 두 눈동자를 직시했다. 그리곤 또 말했다.

"넌 아직 뭘 버릴 만큼 넉넉한 처지가 아닐 텐데."

시리게 빛나는 최홍결의 눈을 마주 바라보던 세철은 서서히 시선을 내렸다. 그리고 제 눈 아래 목함 속의 묵빛 혈리표를 내려다보았다.

그러기를 얼마 후, 세철의 굵직하고 투박한 두 손이 목함 속의 혈리표를 움켜잡았다. 손은 언제나처럼 등 뒤에 걸린 회색의 바랑을 앞으로 잡아당겼고, 검은빛을 흉측하게 흘려내던 혈리표는 바랑의 사이로 숨어들어 갔다. 그리고 그때 법종이 다시 입을 열었다.

"장 시주, 언제고 그대의 일이 끝이 났을 땐… 그 물건을……."

대소림의 방장답지 않게 말끝을 잇지 못하는 법종의 얼굴을 향해 오히려 세철이 대답을 넣었다.

"폐기할 겁니다. 불로 녹이지요."

  망설임없는 단호한 세철의 대답에 법종은 비로소 안도의 표정을 얼굴에 만들어 올렸다. 그 표정이 오래가지 못한 건 새로 나타난 자 때문이기도 하지만, 그렇게 나타난 자가 내놓은 뜻밖의 소식 때문이었다.

  "야! 얘덜아! 이 자식덜아!"

  우당탕탕!

  열린 문짝을 비명 지르게 만들며 허겁지겁 쫓기는 사람처럼 선방으로 뛰쳐 들어온 사람은 독고지명이었다. 흰 수염을 말갈기처럼 휘날리며 들어온 그는 다탁에 둘러앉은 모두를 주욱 돌아보며 숨을 헐떡였다.

  "헉, 헉, 이 자식들! 여기 모여서 헉, 뭔 짓거리들을 하느라고 헉헉, 에고, 헥헥헥."

  개처럼 혀를 내밀고 헐떡대는 그 모습을 보고 역시 가만있을 위인이 아닌 악중산이 모로 고개를 틀며 중얼댔다.

  "빌어먹을 영감쟁이가 어디로 새서 얼굴이 안 보이나 했더니, 꼭 안 보여서 좋겠다 싶을 때 나타나서는 사람 체증 생기게 만들어요. 쳇, 하루 만이라도 안 보면 변비가 싹 낫겠구만. 빌어먹을."

  하지만 역시 또 안 들을 독고지명이 아니었다.

  "헥, 헥… 뭐, 뭐라고? 아니, 저런 드런 누무시키가! 야! 너, 죽고 싶냐? 이게 한동안 손을 안 봤더니 정말……."

  쌍심지를 까 올리던 독고지명은 갑자기 표정과 동작을 멈추었다. 그리곤 고개를 갸웃대며 혼자 중얼거렸다.

  "어라? 아니지? 내가 이럴려고 여길 달려온 게 아니지."

  갑자기 변하는 독고지명의 언행을 가만히 지켜보던 법종이 조용히 말을 건넸다.

"어인 일이십니까? 무슨 급한 일이라도 있으신 겁니까?"

"일은 무슨, 꼴을 보니 딱 그거구만 뭐. 노망."

악중산의 부아질에 독고지명의 눈이 표독스럽게 다시 돌아갔다. 하지만 그 눈은 이내 다시 모두에게 돌아가며 진중한 음성이 흘러나왔다.

"소문이 떴다. 혈룡의 땅이 드러났다는구나."

모두는 잠시 독고지명의 입만을 바라보며 말이 없었다. 그 지극히 짧은 순간이 지나간 후 불에 데인 사람처럼 제일 먼저 뛰어오른 건 역시 악중산이었다.

"뭐뭣! 혈룡비처가!"

하지만 놀라는 그 얼굴을 볼 사이도 없이 독고지명은 세철에게로 몸을 돌리며 재차 입을 열었다.

"그리고 너, 네놈과 함께 왔던 그 고씨 성 가진 젊은 아이 놈 말이다."

세철의 시선이 독고지명의 눈에 맞춰졌다.

"그놈이 오늘 새벽 절 아래 동네 볼일이 있다며 나가서는 행방이 묘연하다는구나. 함께 갔던 소림 제자 놈들을 따돌리고서 말이다."

세철은 질풍처럼 몸을 일으켜 세우고는 선방의 문을 박차고 뛰어나갔다.

*   *   *

"야! 서라!"

등 뒤에서 들려온 갑작스런 목소리에 고연호는 걸음을 멈춰 세웠다.

"너, 이리 와봐, 임마!"

재차 들리는 목소리는 또 다른 음성이었다. 하지만 거친 어조에 강제성이 담긴 협박의 내용은 말 한 자들이 한 무리이며 좋지 않은 뜻을 가지고 있음이 분명해 보였다.

고연호는 천천히 뒤를 향해 돌아섰다. 우측으로 빙그르르 돌듯이 뒤돌아 서는 그의 눈으로 외길을 둘러싼 양쪽의 숲들이 스치는 것처럼 시야에 들어왔다. 겨우내 봄을 기다리던 메마른 초목들은 푸르른 옷으로 제 몸을 감싸기에 한창이었다. 하지만 그것들을 지난 길의 반대쪽 자신이 지나쳐 온 길에 세 명의 험상궂은 남자가 풍경화 속에 떨어진 먹물의 티처럼 이질스럽게 서 있는 모습이 눈가에 들어왔다.

"야, 이 자식아! 이리 오라는 말이 안 들려?"

길을 막듯이 벌려선 세 사내 중 가운데 선 사내가 눈을 부라리며 다시 말했다.

"어라, 저 자식이 노려보는데?"

이번엔 우측 편에 선 사내가 말을 했다. 가소롭다는 듯한 그의 표정은 고연호의 서늘한 눈을 보며 코웃음을 쳤다.

"핫. 참나, 저 자식이 아직 사태 파악이 안 되는 모양인데 그래?"

"그게 아니라 한번 엉겨보겠다는 거 아니야? 보라구, 어린놈이 위험한 무기를 세 개나 몸에 두르고 있잖아?"

좌측에 선 사내의 이어진 말에 나머지 두 사내는 같잖다는 표정을 지우지 않은 채 고연호의 위아래를 훑어보았다. 사내의 말처럼 고연호는 한 자루의 칼을 허리에, 또 한 자루의 박도와 삼 척 장검을 양 어깨에 교차로 메고 있는 모습이었다. 그리고 그건 죽어간 자들이 남긴 유품이었다. 산 자에게 짐 지워진 소의 멍에처럼 영원히 떼어낼 수 없는.

"그렇군. 저렇게 꽤 괜찮아 보이는 무기를 몸에 세 개나 지닌 걸 보면 고명한 솜씨를 지닌 청년 고수가 분명하겠지? 부유한 명가에서 자라 엄한 사부 밑에서 힘들게 수련했을 테고 말이야. 게다가… 당연히 주머니도 두둑할 테고 말이지."

비아냥이 분명한 목소리로 가운데 사내는 자신들이 길 가는 사람을 멈춰 세운 목적이 어디 있는지를 은근히 내비쳤다. 그리그 그걸 확인해 주는 것처럼 좌측에 선 사내는 표정을 굳히며 확실한 어조로 말을 이었다.

"그래, 그게 우리가 저 애송이를 부른 이유지. 한눈에도 값나가 보이는 두 자루 박도와 한 자루의 삼 척 장검… 그리고 꽉 차 있을 거라 생각되는 주머니!"

사내들의 표정에선 가소로움과 비아냥이 사라졌다. 어느새 손들은 허리춤의 칼 손잡이로 옮겨져 있었고, 눈에서는 독한 기운이 어리며 살기가 조금씩 배어져 나왔다.

고연호는 사내들의 모습을 찬찬히 바라보았다. 사내들은 도적이 분명했다. 그러나 차림새와 잘 정돈된 듯 보이는 무기, 그리고 안정되어 보이는 몸가짐은 하찮은 도적들과는 달라 보였다. 그러나 이유야 어찌 되었든, 자신을 멈춰 세운 저들의 의도는 도적질이 분명했고, 그걸 하려는 저들은 바로 도적이었다.

"오지 않을 테냐? 그럼, 너놈 몸에 지닌 두 자루 칼과 한 자루 검, 그

리고 전대만 풀어놓고 가려무나. 그렇게 하면 아무 일도 없고 이리 오
지 않아도 된다.”

　가운데 선 사내가 도병을 은근히 고쳐 잡으며 다시 말했다. 하지만
고연호는 여전히 사내들을 바라볼 뿐 요구에 응하지도, 이렇다 할 말도
하지 않았다.

　“저 자식이……!”

　우측 사내가 한 걸음을 내디뎠다.

　“눈을 보아하니 끝내 피를 보자는 얘기로군.”

　좌측 사내는 칼을 뽑았다.

　치앙!

　“그래, 젊은 목숨이 아깝긴 하지만, 어쩔 수 없겠지…….”

　명복을 비는 것처럼 읊조리며 가운데 사내도 칼을 천천히 뽑아 들고
걸음을 떼기 시작했다.

　고연호는 다가오는 사내들과 세 자루 칼이 뿜어내는 살기를 바라보
았다. 봄 햇빛을 반사시키는 칼들은 번득이는 광채로 시야를 어지럽히
며 점점 더 가까워졌다. 아찔한 그 빛은 눈가를 자극하며 잠깐잠깐 희
미한 현기증마저 몰고 왔다. 하지만 두렵지 않았다. 자신은 이미… 죽
었던 몸이었으니까.

　다가서는 사내들의 걸음걸이를 헤아리며 고연호는 허리에 걸린 박
도의 손잡이를 가만히 잡았다. 결코 가볍지 않은 흥분과 긴장이 손끝
부터 발끝까지 휩싸고 돌아내렸다. 이것은 생사결인 것이다. 상대를
죽이지 않으면 내가 죽는, 이승과 저승의 경계를 타넘는 칼 든 자들의
숙명과도 같은 것이다. 그것이 이제… 자신에게도 다가온 것이다.

"우리도 원래 이런 놈들은 아니지만, 재수가 없었다고 생각해라."

어느새 지척으로 다가선 사내들 중 가운데 사내가 조용히 뇌까렸다. 그 말과 함께 세 사내는 고연호를 품 자로 에워싸며 칼을 세웠다. 그리곤 바로 공격이 시작됐다.

피이잇!

기합 소리도 없이 가운데 사내의 직배도가 목줄기로 찍혀 들어왔다. 직선의 시린 그 빛을 보는 순간, 고연호는 허리춤의 박도를 발도와 동시에 수직으로 그어 올렸다.

쉬이잇! 캉!

눈앞에서 불꽃이 튀었다. 강한 진동이 손아귀에 느껴졌다. 하지만 가운데 사내의 칼을 비껴 쳐 올린 그 찰나에, 우측 사내의 칼이 오른쪽 옆구리로 빛살처럼 그어 들어왔다.

시이잇!

고연호는 왼발을 앞으로 성큼 내디디며 왼 어깨를 동시에 전방으로 내질렀다. 발을 내뻗음과 함께 자세는 낮춰졌고, 몸통은 허공에 치켜진 칼을 수습 못한 가운데 사내의 가슴으로 쇄도했다. 그리고 체중 실린 어깨가 그 가슴에 틀어박혔다.

팡!

"컥!"

가운데 사내의 몸이 뒤로 팅기듯 밀려 나갔다. 눈은 믿기지 않는 일을 당하는 사람의 그것이었지만, 몸은 현실을 보여주듯 허공에 두 발을 띄웠다. 그러나 그 순간에 우측 사내가 휘두른 칼이 고연호의 옆구리를 훑고 지나갔다.

시잇!

화끈한 느낌이 고연호의 뇌리를 송곳처럼 쑤셨다. 하지만 전방으로 몸의 위치를 움직인 덕분에 칼날은 깊게 들어오지 못했다. 그리고 그런 상처와 공격을 무시한 채 고연호의 몸은 오른발을 거듭해서 길게 내뻗으며 앞으로 나아갔다. 그렇게 나아가는 방향에는 가슴을 받친 사내가 아직도 땅에 발을 대지 못한 채 뒤로 떨어지고 있었다. 그 사내를 향해서 위로 들렸던 고연호의 두 팔이 박도를 내리그었다.

쉬에엑!

"커……!"

사내는 비명도 채 다 지르지 못했다. 머리를 쪼개고 내려온 박도가 사내의 가슴까지 쪼개고 들어간 때문이다. 그렇게 사내는 땅에 떨어져 내렸다. 사내의 몸을 찍어내린 칼은 저절로 뽑혀졌다. 하지만 그 순간 옆구리를 긋고 지나간 우측 사내의 칼과 이제껏 기회를 노리던 좌측 사내의 칼이 동시에 좌우로 찍혀들었다.

"이놈!"

"이 자식!"

피잇! 피이잇!

고연호는 앞서 있는 왼 다리에 실린 체중을 뒤쳐 있는 오른 다리로 찰나간에 옮겨 실었다. 그대로 뒤를 향해 몸을 틀자, 어느새 방향만 바뀐 처음의 자세 그대로였다. 동시에 뒤로 틀리는 몸통을 따라 두 손에 모아 쥔 박도를 횡으로 후려 그었다.

피이이잉!

칼끝에서 나는 명쾌한 허공 가름 소리가 고연호의 귀를 자극했다.

그 소리의 끝으로 더 자극적인 부딪침이 불꽃으로 소리 질렀다.

카캉!

양 어깨 어림으로 내리 찍히던 두 개의 칼날이 동시에 튕겨졌다. 그 불꽃 뒤로 당황해하는 두 사내의 얼굴을 보며 고연호는 뒷발을 끌어당겨 앞발을 차주듯 밀어내며 칼을 좌측 사내의 머리 위로부터 사선으로 그어 내렸다.

시에엑!

칵! 부우우욱!

쇄골에 걸렸던 박도가 가슴을 사선으로 갈라 내리는 소리가 섬뜩했다. 사내는 눈이 까뒤집히며 고연호를 바라보았다. 하지만 그 순간 고연호의 몸은 사내가 섰던 방향에서 뒤를 향해 다시 돌며 내리그은 칼을 아래서 위로 그어 올렸다. 수직세와 횡격세에서 사격세로, 그리도 또다시 이어지는 연환세. 고연호가 휘두르는 칼질은 송화장의 가전도법인 파철도법이었다.

피이이잇!

고연호의 몸이 돌아감과 동시에 자신의 사타구니 아래서 솟구치는 칼날을 보는 마지막 사내의 눈은 경악 그 자체였다. 하지만 예상치 않았던 젊은 애송이의 몸과 칼은 대응할 수 없을 만큼 빨랐고, 솟구쳐 오르는 시퍼런 칼은 사내의 낭심을 쪼개고 쐐기처럼 틀어박혔다.

"어헉!"

시릿한 고통이 사내의 사타구니에서 밀려 올라오는 순간, 죽음을 예감하는 사내는 두 눈을 질끈 감았다. 하지만 그 순간에 들려온 뜻밖의 목소리는 그의 정신을 소스라치게 다시 깨워놓았다.

“멈춰라!”

고통과 놀람으로 사내는 눈을 부릅떴다. 소리와 동시에 젊은 놈과 자신의 사이에 나타난 흐릿한 그림자가 있었다. 언제 어디서 나타난 것인지, 절체절명의 순간에 귀신처럼 나타난 그림자는 긴 백발의 늙은 이였다. 늙은이의 손은 자신의 사타구니를 쪼개고 올라오던 젊은 놈의 박도에 닿아 있었고, 그 때문에 멈춰진 칼은 더 이상 올라오지 못했다.

“손속이 과하구나.”

고연호를 향해 엄한 눈길을 보내는 늙은이는 박도를 잡은 손을 지그시 내리눌렀다. 그 손길에 상대의 사타구니를 반이나 파고들었던 박도가 다시 밀려 나왔다.

“어허헉!”

사내가 아찔한 표정으로 제 샅 밑을 보며 뒤로 주저앉았다. 갈라진 사타구니에서 땅을 적시며 피가 흘러나왔다. 사내는 팔다리를 부들부들 떨었다.

주저앉은 사내와 자신의 칼, 그 칼을 맨손으로 막아 내리누르고 있는 백발의 늙은이를 차례로 보며 고연호는 눈을 빛냈다. 한 팔 길이의 앞에서 자신을 바라보고 있는 늙은이를 자신은 나타나는 그 순간까지도 존재를 감지하지 못했다. 그건 다시 말해 자신이 감당할 수 없는 상대란 이야기였다. 맨손으로 나뭇가지 잡듯 잡아버린 자신의 칼만 보아도 알 수 있는 일이었다. 하지만 이대로 물러설 수는 없는 일이었다. 자신의 앞을 막는 자는 누구라도 적이기 때문이다.

쉬이잉!

날을 위로 하고 밀어 올리던 고연호의 칼이 크게 휘도는 손목의 놀림을 따라 핑그르르 돌아갔다. 그 위험한 회전 속에 늙은이의 손목이 있었고, 팔목을 휘감고 난도질로 돌아 오르는 칼은 늙은이의 목 앞에서 회전을 멈추며 직선으로 터져 나갔다.

피잉!

각진 박도의 날 끝은 정확하게 늙은이의 목젖으로 꽂혀 들어갔다. 스스로의 생각에도 예리하고 정확했으며 비할 수 없이 빠른 손길이었다. 하지만 칼날이 늙은이의 목을 꿰뚫는다고 생각한 그 순간, 고연호의 시선에는 늙은이의 눈가에 퍼지는 희미한 웃음이 보였다. 그건 이상한 미소였다.

칵!

칼끝의 진로가 막혔다. 진행 방향을 막은 것은 늙은이의 또 다른 손바닥이었고, 돌벽을 친 듯한 느낌과 소리의 원인인 손바닥은 늙은이의 목 앞에 활짝 펴져 있었다.

"그만두어라."

펑!

"컥!"

고연호의 몸이 뒤로 둥실 떠올랐다. 가슴엔 꽉 막히는 호흡의 둔하고 먹먹한 통증이 엄습했다. 하지만 그렇게 일 장 가까이나 뒤로 나가 떨어지는 상황에서도 고연호는 칼을 놓지 않았다. 그리고 바닥을 구르며 곧바로 몸을 일으켜 세웠다.

"허억!"

고연호는 일으켜 세우던 양다리를 다시 주저앉혔다. 막힌 가슴의 호흡이 아직 이어지지 않은 때문이었다. 하지만 염려하던 후속 공격은 없었다. 왜인진 모르겠으나 가슴의 타격도 호흡만이 끊어졌을 뿐 뼈가 부러지고 내장이 터지는 강한 공격은 아니었던 것이다. 고연호는 바로 고개를 들었다. 그 상태로 호흡을 가다듬으며 늙은이를 노려보았다.

늙은이는 타격을 준 손을 거두고 어느새 등을 돌려 주저앉아 사내의 사타구니를 살피는 중이었다. 고연호의 암습 따위는 안중에도 없는 태도였다. 하지만 그 몸가짐이 너무도 자연스러운 것이, 늙은이가 보여 준 한 수가 모든 걸 대변해 주었기 때문이다. 늙은이는… 강자였다.

천천히 이어지며 가라앉는 호흡의 가닥을 잡으며 고연호는 늙은이의 뒷등을 뚫어지게 바라보았다. 허리 어림까지 늘어진 긴 백발에 누더기 같은 옷. 짚새기조차 얽지 않은 맨발에 호리호리한 몸매, 그리고 천천히 뒤돌아 자신을 보는 가슴 앞으로 늘어진 기다란 염주.

'염주? 행각승이란 말인가? 하지만 나이가……?'

나이를 짐작키 어려운 늙은 얼굴임에도 불구하고 괴늙은이의 안면은 이목구비가 뚜렷했다. 젊었을 적엔 여자깨나 홀렸을 법한 용모였지만, 그 얼굴 위로 퍼진 검버섯은 저승 문고리를 붙잡은 연배임에 분명해 보였다. 그리고 그 얼굴이 자신을 향해 미소 지어 보였다. 종전처럼 의미 모를 이상함으로.

"젊음은 언제나 후회를 만들지. 하지만 그 후회를… 속죄조차 안 될 세월이 지나서야 알게 된단다."

선문답 같은 소리는 자신을 향해 하는 말이 틀림없었다. 그 말소리의 의미를 한 번 더 되새겨 음미한 후에 고연호는 알 수 있었다. 더불어 늙은이가 자신을 향해 지어 보이는 모호한 미소의 의미까지도.

그건 나무람이었다. 칼을 휘둘러 살생을 하는 자신에 대한 꾸짖음이었고, 살인을 저지르려는 젊은이에 대한 염려와 계도를 위한 훈시였다. 하지만 그렇다면 정말 웃기는 일이었다. 생전 처음 본 늙은이가 끼어들어 훼방을 놓는 지금의 상황이 그랬고, 금전을 빼앗기 위해 자신을 해치려 했던 저들에 대한 응징을 막은 늙은이의 행동이 그랬다.

늙은이가 부처를 섬기는 자인진 모르겠으나 허망한 짓거리를 하고 있는 것이다. 만일 자신이 힘이 없어 도적들에게 당할 처지였다면, 지금처럼 늙은이가 끼어들 상황이 되지 못했다면 죽어 있는 것은 사내들이 아닌 자신이었을 것이다. 그렇다. 그것이 진실인 것이다. 사람들은 아무런 의미도 없는 사소한 것에 욕심을 부려 남을 해치고 지금처럼 선의를 가장하며 제 힘을 과시하는 것이다. 그것이 힘있는 자의 처세였다. 때문에, 그 때문에 자신의 숙부와 의숙부는… 처참하게 죽어간 것이다.

"부드득!"

생각이 숙부와 의숙부의 죽음에 미치자 고연호는 저도 모르게 이를 갈아붙였다. 힘이 빠졌던 몸을 일으켜 세우고 두 손을 모아 박도를 힘있게 움켜잡았다. 그리고 괴늙은이를 향해서 한 걸음을 내디뎠다.

"그만두라 하지 않더냐. 쓸질없느니."

늙은이가 마주 한 발을 내뻗었다. 눈빛은 다시 엄한 기세로 돌아갔고 두 손은 자연스럽게 뒷짐을 지었다. 하지만 그 단순한 동작 하나에 전진하려던 고연호의 진로가 막혀 버렸다. 사방 어디로도 비집고 들어갈 틈이 없어 보였다. 닥막하고 엄밀한 기세가 늙은이의 전신에서 피어 나왔다. 결코 격하지도 않고 살기가 담긴 험악한 기세도 아니었건만, 고연호는 전신이 옥죄어오는 듯한 느낌에 몸을 움직이지 못했다.

서늘한 기운이 뒷골을 쓰다듬었다. 그 느낌에 흥분한 감정을 천천히 다스리며 냉정하게 자신과 지금의 상황을 바라보았다. 답은 하나였다. 저 늙은이는 자신이 감당할 수 없는 존재였다. 죽었다 살아난 지난 시간 동안 소림사의 뒷마당에서 수없이 칼을 휘두르고 육체를 혹사시켰지만, 그 시간 만으론 늙은이를 당해내기엔 역부족이었다.

얻은 것도 있던 시간이었다. 그저 시늉만으로 배웠던 가전도법의 요체를 어렴풋이나마 깨닫게 된 것이다. 더불어 언두수와 하남, 부춘호 등과 어우러져 손발을 휘두른 시간들은 자신에게 많은 걸 알게 해주었다. 또한 죽이지 않으면 죽게 되는 것이 강호이고, 피 빚은 그 세월이 얼마가 걸리든 피로 갚아야 한다는 것을 뼈에 새긴 시간들이었다.

'넘지 못할 땐 돌아가야 한다…….'

늙은이를 바라보며 기세를 풀어내지 못하던 고연호는 천천히 칼 든 두 손을 아래로 내렸다. 그 의미를 읽었음인지, 늙은이가 뿌리던 장막 같은 기세도 서서히 흩어졌다. 그러나 늙은이의 엄중한 표정은 그대로였다.

고연호는 늙은이에게서 시선을 떼지 않은 채 박도를 도갑 속에 갈무리했다. 그리고 고저없는 음성으로 입을 열었다.

"난 내 자신을 방어했을 뿐이오. 날 해치고자 했던 건 저들이오."

고연호의 말에 늙은이는 의아하단 표정을 만들었다. 그리곤 제 등 뒤에 주저앉은 사내를 돌아보았다.

"사실인가? 저 젊은이를 해치려 했던 건 그대들인가?"

늙은이의 물음에 고통과 실의에 빠져 있던 사내가 고개를 들었다.

일그러졌던 사내의 입에선 체념의 목소리가 흘러나왔다.

"그것이… 본래부터 도적은 아니올시다……. 길 떠날 노자를 마련하려다 보니 본의 아니게 ……."

사내의 말에 전후를 파악한 늙은이의 얼굴에서 힘이 빠져나갔다. 하지만 허탈해하는 듯하던 늙은이의 표정이 다시 엄하게 바뀌었다.

"노잣돈 때문에 사람을 해치려 했다고? 그까짓 것 때문에 남의 목숨을……?"

엄하게 변모하던 늙은이의 얼굴은 무엇을 생각했음인지 차츰 다시 처음의 허탈함으로 돌아갔다. 그 얼굴만큼이나 허탈한 목소리가 사내에게 던져졌다.

"그래, 얼마나 먼 길을 가기에 노잣돈이 필요한가? 대관절 어딜 가야 하기에 남의 목숨을 끊으려 하면서까지 돈이 필요한 것인가? 말해보게."

허탈하게 풀어진 늙은이의 목소리에, 올려다보던 사내는 다시 제 사타구니 쪽으로 고개를 숙이며 기어드는 음성으로 이야기했다.

"죽을죄를 지었습니다……. 소인 역시 본디 한때는… 무예로써 입신양명을 꿈꾸던 무부(武夫)였습니다. 하지만 지닌 바 재주가 미천하여 늘상 남의 업신여김을 당하던 차라… 때마침 혈룡의 땅이 열렸다는 소문을 들어 혹시나 하늘의 기회가 닿지 않을까 해서… 소림으로 가는 향화객들을 노리고 이렇게……."

"뭐라? 혈룡비처가 드러났다고?"

사내의 말이 다 끝나기도 전에 늙은이는 저도 모르게 큰 소리로 물었다. 움찔한 사내는 앉은자리를 뒤로 물리며 연달아 고개를 주억거렸다.

"그렇… 습니다. 벌써 파다하게 퍼진 소문인데… 어르신께선 아직 듣지 못하신 모양이로군요."

사내의 얼굴을 내려다보던 늙은이의 표정은 점점 침중하게 굳어져 갔다. 어느새 늙은이의 곁으로 고연호가 다가가 사내를 보며 눈을 빛내고 있었지만, 개의치 않는 몸짓으로 늙은이는 하늘을 올려다보며 중얼거렸다.

"아미타불… 겁난이로다……."

무엇 때문인지 고통에 겨운 표정으로 하늘을 올려다보던 늙은이는 끝내 눈을 감았다. 그리고 얼굴만큼 고통스러운 음성으로 거듭해서 작게 중얼거렸다.

"세존의 노여움이 인세에 중첩하는구나. 시작이 그토록 모질었으니… 끝은 또 어찌될꼬……."

알 수 없는 늙은이의 중얼거림을 옆으로 들으며 고연호는 주저앉은 사내에게 말을 걸었다.

"그곳이 어딘가?"

늙은이를 올려다보던 사내는 시선을 돌려 고연호를 쳐다보았다. 두려움과 죄책감이 담긴 사내의 눈동자는 진한 거리낌으로 흔들리고 있었다.

"혈룡의 땅이 어디냔 말이다!"

다그치듯 거듭 나온 고연호의 물음에 사내는 주저하며 입술을 열었다.

"과, 광한사… 광한사라 하더이다……."

사내의 흔들리는 눈에서 시선을 거둔 고연호는 아직도 당연한 표정으로 눈을 감고 있는 늙은이를 보았다. 그리고 그를 깨웠다.

"당신의 이름을 알려주시오."

눈썹을 파르르 떨던 늙은이는 천천히 눈을 떴다. 그리고 자신을 뚫어지게 쳐다보고 있는 젊은이의 얼굴로 시선을 고정시켰다.

"자네도 가려는가? 하긴… 열린 꿀단지에 다름 아니겠지, 그대 같은 자들에겐."

안타까운 듯 자신을 바라보며 말하는 늙은이의 눈을 직시하며 고연호는 거듭해서 물었다. 꼭 알아야겠다는 의지를 얼굴에 담은 채로.

"노인장이 누구냐고 물었소."

"……."

늙은이는 대답하지 않았다. 그저 처연한 눈길로 고연호를 바라만 보았다. 하지만 단호함과 결의가 묻어 나오는 젊은 사내의 음성과 그 얼굴에, 끝내는 말없던 입을 벌려 조용하게 말했다. 그러나 그건 물음이었다.

"이름이라… 오늘의 일을 마음에 새기겠다는 거군. 날 다시 찾으려나?"

"……."

이번엔 고연호의 입이 다물린 채 대답하지 않았다.

"허허허. 죽을 날을 받아놓은 순간까지도 쌓이는 업이로다……. 정녕 지옥 불 속에서나 풀어질 것인가……."

허망한 웃음으로 자조하던 늙은이는 고연호의 빛나는 눈동자를 직시했다. 그리고 조용하며 분명한 목소리로 대답했다.

"나는 광오라 한다. 날 다시 찾을 생각이라면 지금 이곳으로 오너라. 소림으로 가는 이 길, 나는 이 길을 떠나지 않는다. 언제고 이 길을 지나는 한 사람을 만나기 전까지는……."

늙은이의 잦아드는 대답을 들으며 고연호는 고개를 미미하게 한 번 끄덕였다. 시선은 늙은이의 처연하게 변한 얼굴에서 가슴에 걸린 염주로 향했고, 흔들리는 염주 알의 어지러움을 뒤로한 채로 발길을 돌려 세웠다.

'광오라… 언제고 내 능력이 닿는 날 당신을 다시 찾아가지. 그 누구에게라도 이제는 빚지지 않을 테니까, 결코.'

늙은이와 주저앉은 사내에게서 멀어져 가는 고연호의 등에서는 달칵달칵 하는 소리가 연신 들려 나왔다. 교차해 멘 칼 한 자루와 검 한 자루가 몸을 부비며 내는 소리였다. 작지만 또렷한 그 소리는 인적 드문 길가에 이상하게 멀리 퍼져 나갔다. 꼭 뭔가를 다짐하며 외치는 소리가 이어지는 것처럼…….

*   *   *

"내가 따라갔어야 하는 건데… 면목없게 되었네."

언두수의 자책 어린 얼굴을 보던 세철은 절 아래쪽으로 시선을 돌렸다. 눈이 닿는 곳에는 사하촌의 전경이 아스라하게 펼쳐져 보였다. 그 건너로는 첩첩이 쌓인 산들과 그 사이로 꼬불대며 희미하게 사라지는 길들이 눈에 들어왔다. 그 길의 어느 중간에 고연호가 걸어가고 있을 것이다.

언두수의 잘못이 아니었다. 다른 그 누구의 잘못도 아니었다. 잘못이 있다면 바로 자신이었다. 마음이 아팠다. 진작에 세심하게 돌보지 못한 후회가 밀려들었다. 다른 이도 아닌 은인의 핏줄이, 자신처럼 혈육을 살해당한 한을 품은 젊은이를 저렇게 도망치듯 떠나가게 만든 자신의 무신경이 못내 원망스러웠다.

"평소에도 말이 없는 친구가 요 며칠 처소에서 두문불출하더니만 이런 일을 계획하고 있었던 거로군. 심정은 이해가 가지만 세상 물정에도 어두운 친구가 어쩌려고 그러는 건지……."

부춘호의 걱정 가득한 음성은 세철의 가슴을 더욱 무겁게 했다. 때문에 더욱 죄스러웠다. 죽어가면서까지 부탁하던 고건성의 마지막 당부를 생각하니 더욱더 견디기 힘든 자책감이 몰려들었다. 찾아야 했다. 무슨 일이 있어도 찾아내서 온전한 모습으로 집에 돌려보내야 했다. 그것이 자신의 의무이며 비참하게 죽어간 고건성의 유언을 받드는 도리인 것이다.

"당문으로 갔을까요?"

절 아래로 주던 시선을 돌려 세철은 정곽에서 물었다. 세철의 눈빛을 좇아 사하촌 너머로 시선을 주던 정곽은 시선을 맞추며 고개를 가로저었다.

"아니, 그리로 가진 않았을 거야."

단정 지어 말하는 정곽의 대답에 모두는 의아한 표정을 지었다.

"당문이 아니라구요? 그럼 그 친구가 어디로 갔단 말입니까?"

언두수는 정곽을 보던 시선을 돌려 제 옆의 하남과 부춘호를 번갈아 보며 말했다. 그 눈길에 동의하며 하남이 입을 열었다.

"대관절 당문이 아니라면 그 친구가 갈 곳이 어디란 말입니까? 집으로 갈 작정이었다면 이렇게 소리없이 떠나가지도 않았을 텐데 말입니다."

"맞아. 더군다나 그 친구 지난 시간 동안 미친 듯이 칼만 휘두르던 걸 생각하면 절대로 그냥 있을 친구가 아니더구만. 그 때문인지 나조차도 상대하기가 버거울 지경이 되었지만, 그렇게 미친 듯이 이를 갈며 칼을 휘두르는 모습은 꼭… 허험… 꼭 누구를 빼닮았더란 말이지."

힐끔힐끔 세철의 옆모습을 쳐다보며 말하는 언두수의 말이 무슨 뜻인지 모두는 알고 있었다. 고연호는 언두수의 말 그대로 칼을 갈아왔었다. 잘 때도 칼을 품고 잤고, 밥을 먹을 때도 칼을 손에서 놓지 않았다. 세철이 산에 있는 동안 붙었던 언두수 등이 내려오면 귀신처럼 달라붙어 비무대련을 요구했고, 그들이 지쳐 손을 내저을 때까지 달라붙어 칼을 휘둘러 댔다. 그리고 그런 고연호의 눈은 불붙은 기름 구덩이였다.

"마음이야 땅을 뒤집고 하늘을 가르고 싶겠지만, 누구보다 그 자신이 뼈저리게 느낀 일이다. 이란격석이지."

감정이 느껴지지 않는 목소리를 내뱉은 후 세철을 마주 보던 정곽의 시선은 다시 산 너머로 돌아갔다. 언제나처럼 차갑게 느껴지는 그의 말소리에 언두수는 또 늘상 그렇듯이 흥분한 어투로 입을 열었다.

"그런 걸 아는 친구라면 이렇게 떠났겠습니까? 보지 않아도 그 가슴 속이 어떠리란 건 우리 모두가 알고 있지 않습니까? 그 친구는 제 몸에 불을 당겨 복수를 하려는 겁니다. 스스로 재가 될 줄 알면서도 말입니다!"

뭐가 그리도 분한 것인지, 언두수는 제 주먹을 꼭 쥐고 부르르 떨어 댔다. 그 모습에 힐끔 시선을 한 번 던진 후, 다시 산 너머로 돌아간 정곽의 입에서는 변함없이 나직하고 기복없는 목소리가 흘러나왔다.

"복수를 꿈꾸는 사람은 그 아이만이 아니야."

분한 표정으로 제 주덕을 내려다보던 언두수의 어깨가 흠칫 굳었다. 정곽의 옆모습을 바라보던 하남도 흠칫한 시선을 내렸다. 그런 두 사람의 모습을 지켜보던 부춘호는 정곽의 옆얼굴을 보며 가만히 고개를 끄덕였다.

맞는 말이었다. 복수를 꿈꾸는 자는 고연호만이 아니었다. 그저 부대끼며 같이 지내는 동안에 때대로 잊고 있었을 뿐, 자신들의 앞에 서 있는 정곽에게도 복수의 대상은 있었던 것이다. 더구나 처절하게 죽어 간 정곽의 장인을, 그 마지막을 자신들도 함께 보았던 것이다.

남들이 알 수 없을 만치 복수의 염을 가슴 아래로 침전시킨 정곽은 원수의 자식들과 함께 지내왔다. 그건 자신들도 마찬가지지만, 눈앞에서 그 대상들을 보는 본인의 심정이 어떠하리라는 것은 십분 짐작이 가는 일이었다. 더군다나 그 원수의 자식들은 세철과 특수한 관계로 발전하기에 이른 것이다. 물론 정해진 것은 아무것도 없고, 세철이 황보숙정에게 약조한 것 또한 아무것도 없었다. 하지만 모두가 알고 있는 것이다. 이젠 그 여자를 세철에게서 떼어놓을 것은 죽음밖에 없다고.

"그럼… 대관절 어디로 간 걸까요? 도움을 청할 곳도, 달리 의지할 곳도 아무 데도 없을 텐데요……."

미안함과 자책, 계면쩍음이 동시에 묻어나는 언두수의 목소리는 다시 고연호의 행방을 묻는 것으로 분위기를 돌렸다. 그리고 그 물음에 대답을 하는 정곽은 아무 변화도 없는 처음의 그 얼굴 그 목소리로 천천히 대답했다.

"나 역시 지난 시간 동안 연호를 보았지만, 그쪽 출신 사람들의 성향이 다 그런진 모르겠으나 그 아이 역시 함부로 일을 벌일 아이는 아니야."

말하는 정곽의 눈매는 세철을 향했다.

언두수는 세철과 정곽을 번갈아 보며 바로 질문했다.

"그 말씀은… 그러니까 그게……."

"저 친구가 모든 준비를 마치고 세상에 나왔듯이 연호 또한 그렇게 하겠지. 자신이 감당할 수 있는 모든 준비를 갖춘 후에 당문을 쳐부수러 말이야."

"그럼, 이대로 어디론가 깊은 산중 같은 곳으로 떠났단 말인가요? 하지만 그러기에는… 장 형제에게야 혈리표를 만드는 비방이 있었다지만, 그 친구에겐 아무것도 없지 않습니까?"

정곽과 세철, 하남과 부춘호를 번갈아 보는 언두수의 눈은 의문과 안타까움이 교차했다. 정곽은 그 눈을 직시하며 또박또박 의미 분명한 음성으로 말했다.

"그래, 자네 말처럼 그 아이에겐 아무것도 없지. 가문의 오래된 도법 밖엔 말이야. 하지만 그 아이도 귀가 있으니 들었을 테지. 우리 모두가 새로 알게 된 엄청난 소문에 대해서 말이야."

"그 말은……."

언두수는 가물가물하는 표정으로 말을 끝맺지 못했다. 하지만 옆에서 보던 하남은 그렇지 않았다.

"혈룡비처!"

부춘호와 언두수의 눈이 동시에 화등처럼 빛을 내며 커졌다. 세철의 먹먹한 눈이 찰나의 섬광을 뿜어낸 것도 그때였다.

세철은 정곽의 눈에 시선을 고정시켰다.

정곽은 또 말했다.

"사라졌던 혈룡도가 왜 지금 다시 나타난 것인지, 밝혀진 혈룡의 땅에 과연 무엇이 있는지, 그런 건 지금 그곳으로 향하고 있는 어느 누구에게도 관심 밖의 일이지. 굴론 연호에게도 그건 마찬가지이고 말이야."

자신처럼 시선을 고정시키고 말하는 정곽의 눈을 보며 세철은 굳어진 목소리로 물었다.

"연호가 그곳이 아닌 다른 곳으로 갔을 가능성은 없소?"

정곽은 역시나 단호하게 말했다.

"없다."

언두수는 또 끼어들었다.

"그건 너무 억측이 아닐까요? 그저 단순히 떠도는 소문만을 듣고 연호가 그곳으로 갔을 거라는 건……."

"그리로 갔어. 그리고 그건 떠도는 소문이 아니야, 강호의 모두가 알게 된 지금은."

매정할 만큼 정곽의 대답은 명료했다. 그리고 그 목소리는 모두의 눈길을 받으며 다시 이어졌다.

"연호에겐 복수를 이룰 가능성이 지금 현재로선 전무하다. 그걸 누구보다도 자신이 잘 알고 있지. 자네 말대로 저 친구처럼 혈리표가 있다거나 세상을 놀라게 할 무예의 기량 또한 없지. 하지만 혈룡도를 얻어 그 비밀을 가지게 된다면 이야기가 달라지지. 때문에 마음이 급한 거다. 무슨 수를 써서라도 그것을 얻고자 할 거야. 설령 그것이 허무맹랑한 거짓이라거나 단순히 떠돌다 사라지는 소문에 불과할지라도 말이야.”

말을 마친 정곽의 눈은 여전히 차갑게만 보였다. 하지만 그런 그의 눈이 세철에게서 언두수에게로, 그리고 하남에게로 돌아 부춘호에게까지 이르렀다. 마치 모두의 눈빛을 새겨 넣으려는 듯한 그 느릿한 시선은 보는 이들에게 기묘한 감정의 공명을 일으켰다. 그리고 일행의 안위에 대한 걱정이 분명한 그 공명은 정곽의 말이 되어 다시 나왔다.

“이번 일에는 배후가 있다. 귀영투와 함께 사라졌던 혈룡도가 다시 나타난 건, 그것이 개인이 되었든 무리가 되었든 그 세력의 계획이 무르익었기 때문이다. 난 그 칼이 흔적조차 없이 사라졌을 때부터 그걸 예상했다. 그리고 이 모든 건 거길 찾아가는 대부분의 사람들이 짐작하고 있을 거다. 하지만 알고 있으면서도 가야 하는 곳이지, 그곳은…….”

평소의 그답지 않게 목이 갈라지는지 마른침을 조심스럽게 삼킨 정곽은 다시 또렷하게 말을 이었다. 그러나 그 목소리는 아주 강렬하고도 간곡했다.

“그곳에 무엇이 있는지 아무도 모른다. 어떤 일이 기다리고 있을지도 예측할 수 없다. 어쩌면… 그곳에선 이전처럼 서로를 돌볼 수 없는 지경이 닥칠지도 모른다. 그렇기 때문에 모두가 마음의 준비를 해야 할 거다. 그곳, 혈룡의 당은… 죽음의 땅이 될 거다. 난 그렇게 확신한다."

무거운 침묵이 일행 사이로 내려앉았다. 침묵은 갖가지 생각의 모양이 되어 그들의 머리 속에서 요동을 쳤다. 하지만 오직 한 가지 공통된 결론은 연호의 안위였다. 그리고 한시라도 빨리 찾아야 한다는 생각과.

"떠나야겠소."

세철이 손에 들었던 바랑을 등에 걸쳐 메며 몸을 틀었다. 그 동작에 언두수가 제일 먼저 자신의 행장을 짊어졌고, 부춘호와 하남은 반사적으로 제 짐들을 들었다. 그런 그들의 행동을 이젠 세철도 만류하지 않았다. 어차피 말린다 해도 들을 그들이 아니었거니와 그러기에는 너무도 많은 일들을 겪은 사이였다.

"허. 이 절에서 두 번째로 길을 떠나는군. 참 묘한 인연일세그려."

언두수가 자신들이 서 있던 접객당 앞의 석등과 너른 마당을 돌아보며 감회 어린 소리를 내뱉었다. 하지만 그 소리에 화답하는 자가 있을 줄은 그조차도 짐작하지 못했다.

"아마도 중이 되려나 보지."

접객당의 모퉁이를 느닷없이 돌아 나오며 말하는 자는 정범, 무치광승 정범이었다.

"어? 정범 스님? 스님이 여길 왜? 설마 하니……."

갑작스레 나타난 정범의 위아래를 쓸어보던 언두수는 눈을 모로 흘겨 떴다. 그 얼굴을 보고 헤벌쭉 웃어 보이는 정범은 언두수에게 바짝 다가서며 넉살스럽게 입을 벌렸다.

"왜는 뭘 왜? 먼 길 떠나는 자네 심심할까 봐 길동무해 주려고 왔지. 지금 그 표정은 반갑고 고마워서 그러는 거지? 그렇지? 맞지? 흐흐흐흐."

"에그, 징그러!"

은근히 다가와 팔을 붙잡는 정범의 손을 뿌리치며 언두수는 기겁한 표정을 지었다. 하지만 그런 정범과 언두수의 수작질도 정곽의 건조한 목소리에 멈춰 버렸다.

"명이 떨어진 겁니까?"

언두수를 붙잡고 징그러운 웃음을 보이던 정범은 무색한 얼굴로 헛기침을 하며 입을 열었다.

"허, 허험. 그게 뭐… 명이라기보단 어르신들께서 조금 뒤처져 오실 테니 먼저 가서 자리나 좀 봐두라고… 뭐, 그런 거지요. 흐흐흐흐."

또다시 넉살스럽게 웃는 정범의 얼굴을 유심한 눈으로 보던 정곽은 가만히 고개를 끄덕였다. 그 고갯짓이 자신들의 행로를 이미 알고 정범을 딸려보내는 늙은이들의 의도를 알겠다는 것인지, 정범의 동행을 묵인하겠다는 것인지 모호했다. 그런 정곽은 세철보다 먼저 앞서 걸음을 옮기기 시작했다.

앞서 가는 정곽의 등으로 시선을 주는 세철은 무얼 생각하는지 알 수 없는 얼굴이었다. 언제나 무쇠 같은 표정은 떠나는 지금도 한결같았다. 그런 그 역시 발을 떼 걷기 시작했다. 하지만 산문으로 향하는 그의 걸음은 뒤처져 오는 정범의 목소리에 순간 멈춰지고 말았다.

"인사도 안 하고 가는 겐가? 지금 미령이가 울고불고 난리 치는 걸 두 보살님이 막느라고 야단이던데. 하긴 뭐, 막는 두 여인네의 심정도 똑같겠지만서도."

한순간 멈춰졌던 발걸음을 세철은 주저없이 다시 떼어 옮겼다. 하지만 그 한 걸음이 왜 이다지도 힘이 들고 무거운지는 세철 자신도 알 수 없었다. 더군다나 옮겨 딛는 그 발걸음에 자꾸만 밟히는 얼굴들은……

세상 끝 어디라도 자신이 가는 곳이라면 따라갈 것 같았던 화사하고 어여쁜 그 얼굴을 자신 대문에 울음으로 보내야 했던 황보숙정. 태산의 암굴에서 자신의 상처를 돌볼 때부터 죽었던 몸을 살려낼 때까지 언제나 곁을 지키던 백모란 같은 송연주, 그리고 언제나 앙탈과 고집을 부려대는 작은 강아지 같은 미령이.

'언제고… 언제고 때가 되면……'

세철은 스스로의 속말을 더 깊은 속으로, 저 가슴의 깊고 깊은 밑바닥으로 집어 삼켰다.

지킬 수 있을지, 이룰 수 있을지 알 수 없는 말이기 때문이다. 그저 남들처럼 들에 나가 밭을 매고, 참을 내오는 여인들의 웃음으로 피로를 닦아내며, 깔깔대는 미령이를 무등 태우고 집으로 돌아가는 그런 삶을 살고 싶었다. 하지만 그건 진실로 꿈속에서나 가능한 일인 것이다.

세철은 무거운 발걸음을 떼며 절 문을 나섰다. 언두수의 말처럼 이 절 문을 나서는 것이 이번이 두 번째였다. 역시 그의 말처럼 묘한 인연이 있는 듯싶었다. 처음 떠나갔을 땐 죽음과 다름없는 몸으로 돌아왔었다. 하지만 두 번째 떠나가는 지금은 어떤 모습으로 돌아올지… 아니면 영영 돌아올 수 없을지… 정말로 알 수 없는 발걸음이었다.

혈룡비처(血龍秘處) 2

광한사(廣恨寺). 하남의 서북, 중원의 북쪽 몽고로 가는 길인 장성 넘어 감숙 땅과 협서 땅의 중간에 가로 끼인 회족(回族)들의 땅 은천(銀川)에 그곳이 있었다.

광한사가 중원 사람들의 머리 속에 기억되어진 이유는 하나였다.

원래의 이름은 광은사(廣恩寺)다. 해마다 북쪽의 모래바람과 은천강의 수해로 난리를 겪는 회족들의 민심을 달래기 위해 조정에서는 대규모의 수로 정비와 제방 공사를 벌였다. 그 역사를 기념하기 위해 지은 절이 바로 광은사다.

하지만 그 의미는 서로에게 달랐다. 유일신을 믿는 회족들에게 절은 그저 중원 사람들이 지어놓은 표식에 불과할 뿐이었고, 몽고족에 대한 방패막이 역할을 해주고 있는 회족들의 민심을 달래고 그들의 땅에 명분을 가질 수 있을 거라 생각한 중원 조정에게는 정계비였다.

그런 동상이몽의 절이 세워진 땅에 대규모 몽고군의 침략으로 비극이 생긴 것이다. 장성을 넘어 회족의 땅을 지나친 몽고군은 질풍의 기세로 협서와 감숙의 남쪽 땅을 휩쓸었다. 그들의 약탈과 노략이 끝나고 물러갈 무렵, 밀려온 중원 군대와의 대치가 이루어진 곳이 은천이었다. 그곳에서 몽고군은 끌고 온 삼천여 명의 여인과 아이들을 인질로 내세웠다.

그러나 무슨 이유에선지 중원군의 진공은 시작됐고, 방패로 내세운 몽고군은 인질들의 등에 칼질을 하며 몰아세웠다. 그들은 그렇게 가슴에 제 나라 군대의 창을, 등으로 몽고군의 칼을 맞으며 몰살당했다. 그곳이 바로 은천강가, 광은사의 절 앞이었다. 그리고 그 일이 있은 후 절 이름은 광한사로 변했다.

처참하고 끔찍했던 그날의 참사는 사람들의 기억 속에 오래도록 남아 내려왔다. 그 수많은 원령들의 혼백이 떠도는 버려진 외딴 절에 긴 시간이 흐른 지금 또다시 많은 사람들이 몰려들고 있는 것이다. 바로 지금 얼굴을 가리며 힘겨운 걸음을 걷고 있는 한 무리의 사람들처럼.

"제길, 모래바람이 장난이 아닌걸?"

면포를 얼굴에 친친 감은 언두수는 겨우 내놓은 눈을 찡그리며 투덜댔다.

"빌어먹을타불 같으니라구. 안개는 왜 이렇게 짙어? 정말 요상스런 날씨로구만. 에튀튀! 펫펫!"

입 안에 모래가 날아들었는지 정범은 연신 침을 뱉어댔다. 그 모양을 함께 걷던 언두수가 옆으로 돌아보며 혀를 찼다.

"절에나 있을 것이지. *쯔쯔쯔쯧*."

"에고, 진짜로 그러는 건데, 빌어먹을 늙은이들 등쌀에 내가 이게 뭔 고생이냐."

두 사람이 주고받는 투정 속에 나온 말처럼 일기는 몹시도 불안했다. 사방이 온통 뿌옇게 시계(視界)를 가린 안개는 벌써 반나절을 걸어왔건만 걷힐 기미를 보이지 않았고, 그 속에서 쉼없이 불어대는 모래바람은 온몸을 때리며 걸음을 훼방놓았다. 소림을 떠나온 지난 이십여 일 이래 최악의 날씨였다. 하지만 목적지에 가까이 왔다는 반증이기도 했다.

"근데 이 양반은 어디 가서 안 오는 거야?"

언두수의 불평 어린 말은 정곽을 가리키는 것이었다. 제 앞에서 자신처럼 얼굴을 면포로 가린 채로 걷고 있는 하남과 부춘호를 거슬러 세철의 뒷모습을 확인한 그는 그 앞의 뿌연 안개 속을 바라보았다. 앞서 나간 정곽이 모습을 드러내지 않고 있었기 때문이다.

일행의 선도로 나선 정곽은 정확히 한 식경마다 자신들에게 되돌아왔다. 아니, 자취를 남기고 자신들을 기다리는 것이다. 그런데 지금은 두 식경이 훨씬 넘도록 모습이 보이지 않았다. 막연한 느낌으로는 목적한 은천 땅에 거의 다다른 듯싶은데, 길잡이로 나선 자가 보이지 않으니 답답해하는 것이었다. 하지만 그런 언두수의 답답증은 곧바로 해소되었다.

"거기 앞에 정 형이오?"

부춘호가 걸음을 멈추고 앞을 보며 말했다. 바람에 흩어지려는 면포를 손으로 붙잡고 선 그의 음성은 조심스러웠다. 그의 말과 시선을 좇아 언두수와 정범이 바짝 다가서며 앞을 보았다.

모래먼지 바람 속으로 희디한 그림자가 보였다. 뒷모습인 듯한 그림자는 제자리에 선 채 움직이지 않는 모습이었다. 바람이 그 몸을 스치며 뒤로 날아와 언두수 등의 얼굴을 때렸다. 언두수는 두 눈을 잔뜩 찡그리며 말했다.

"뭐야? 정 선배야? 근데 왜 저러고 서 있어?"

의아해하는 언두수의 말이 끝나기도 전에 세철이 성큼성큼 걸어나갔다. 어느새 앞 선 그림자단큼 희미해져 보이는 세철의 뒷모습은 정곽으로 여겨지는 그림자의 옆에 멈춰 섰다. 그리고 세철의 그림자도 움직이지 않았다.

"뭐야? 왜들 저러는 거야?"

이번엔 정범이 말을 꺼냈다. 하지만 두 사람의 뒷모습을 찡그리고 바라보던 정범의 얼굴이 한순간 경색되었다. 무얼 느꼈음인가? 아니면 남들이 듣지 못하는 다른 소리를 들었음인가. 정범은 갑자기 세철처럼 큰 걸음으로 앞서 나가기 시작했다.

"어랍쇼? 저 양반은 왜 또 저래?"

언두수가 또 의문의 소리를 던졌지만, 곧바로 나온 부춘호의 음성에 묻혀 버리고 말았다.

"가보자."

정범처럼 굳어진 얼굴로 앞서 나가는 부춘호의 뒤를 하남이 곧장 뒤따랐다. 그제야 뭔가 심상치 않음을 느낀 듯, 평소의 표정을 지운 언두수가 바로 뒤쫓아갔다.

휘이이잉.

바람이 더 거칠게 몰아닥쳤다. 귀신이 울고 가는 것 같은 소리도 더욱 크게 귓속을 울렸다. 겨우 내놓은 눈으로 몰아쳐 들어오는 모래먼지는 두 눈이 찌걱거릴 정도였다. 하지만 그 먼지 속을 뚫고 나온 언두수는 동료들의 옆에 서서 보았다.

거짓말처럼 안개가 걷혀 있었다. 바람은 여전히 거칠게 불어갔지만, 세철과 정곽, 부춘호와 하남, 그리고 정범과 자신이 서 있는 자리의 앞쪽으로는 안개가 보이지 않았다. 안개는 자신들이 서 있는 뒤쪽의 길과 저만치 앞쪽으로 보이는 작은 마을, 그리고 그 앞을 흐르는 강을 둘러싸고 장막처럼 휘감고 있을 뿐이었다. 그건 마치 세상과 유리된 딴 세상 같았다. 그렇게 안개로 둘러쳐진 작은 마을 한가운데 사람들이 있었다. 칼과 검을 서로에게 겨눈 수많은 사람들이.

"저, 저게……."

얼떨결에 말을 뱉은 언두수는 바로 입을 다물었다. 누구에게 물어보지 않아도 눈앞에 펼쳐진 상황이 일목요연하게 들어왔기 때문이다.

제 키만한 거검들을 앞으로 겨누고 화살촉 같은 진세를 형성하고 있는 이백여 명의 젊은 무사. 짙은 주황빛의 무복에 가슴에 새겨진 용맹스런 사자의 모습. 들고 있는 검 하나만으로도 바로 알 수 있는 자들이었다. 철혈의 사내들이 모인 단체, 강북무림의 신화… 그들은 사자철기맹이었다.

바람이 비껴갈 정도로 사자들의 기세는 삼엄했다. 그런 사자의 무리와 마주 대치한 자들은 각양각색의 복색이었다. 상대를 향해 겨누고 있는 무기들도 검, 도, 창, 부 등 갖가지였으며, 물경 삼백여에 가까운 무리가 보여주는 공통점은 허리에 두른 흰색의 띠였다. 그리고 그 띠는 여러 곳이면서 단 한 곳인 단체, 칠파연합인 무림연맹 무사들의 대외적인 표시였다. 그 흰빛이 그들의 눈에서도 뿜어져 나왔다.

"빌어 처먹지도 못할 무림연맹 놈들이로군."

정범이 얼굴에 둘렀던 면포를 걷어내며 나직이 뇌까렸다. 그의 시선은 무림연맹의 무리를 바라브며 경멸의 빛을 내보였다.

"사자철기맹과 맞서 있군요. 대관절 무슨 일일까요?"

똑같은 동작으로 면포를 걷어 내리며 언두수가 질문했다. 딱히 누구에게랄 것 없는 그 질문에 대답한 것은 이제야 모습을 보인 정곽이었다.

"선두를 차지하기 위해서다."

언두수의 얼굴이 얼른 정곽에게로 돌아갔다. 그렇기는 부춘호와 하남도 마찬가지였다.

"선두라구요?"

되묻는 언두수의 시선을 구시한 채로 정곽은 눈길로 한곳을 가리키며 다시 말했다.

"저기 저곳, 저곳이 바로 광한사다. 혈룡의 땅으로 들어가는 입구지."

언두수를 비롯한 모두, 세철까지도 정곽의 눈길이 가리키는 곳을 보았다. 서로 대치한 마을 앞의 두 무리를 건너 그 뒤로 개미 떼처럼 이곳저곳에 모여 있는 수많은 무림인들, 그들의 뒤로 마을을 지나 안개 속에 우뚝 솟은 거대한 암벽 산, 그 산의 중간 어림에 보이는 기와 지붕의 검은 곡선.

"저게 광한사? 근데 멀어서 잘……."

"혈룡의 땅으로 가는 입구라는 건 무슨 뜻입니까?"

언두수의 말을 제끼고 하남이 정곽에게 말을 던졌다. 가늘게 뜬 눈으로 산을 올려다보던 언두수는 고개를 소리나게 돌렸다.

"어? 진짜, 그게 무슨 말입니까?"

물어오는 하남과 언두수는 물론 정범과 세철의 묵직한 시선까지 합쳐지자 정곽은 입을 열었다.

"매번 보름날, 달이 뜨면 광한사의 종루(鐘樓)가 밀리며 바닥이 드러난다. 그 아래에 어디론가 이어지는 입구가 있다. 그 입구가 바로 혈룡의 땅으로 들어가는 문인 거지. 지옥으로 가는 출입문 말이야."

으스스한 한기마저 도는 정곽의 말소리는 듣는 모두의 가슴에 이상한 감정을 소용돌이치게 만들었다. 그것은 두려움과 생소함, 그리고 호기심과 꺼려짐을 한데 버무려 피부에 돋는 소름 같은 승부욕으로 심장에 피를 돌렸다. 그리고 그런 감정은 저 건너에 보이는 모든 사람들도 마찬가지일 터였다.

"후우……."

가슴에 꽉 찬 거북한 감정들을 내뱉듯이 언두수가 숨을 내쉬었다. 그 숨소리에 맞춰 일행의 시선은 다시 마을 입구로 돌아갔지만, 언두수는 뒤꿈치를 무는 개처럼 다시 질문을 던졌다.

"그런 건 대체 어찌 아셨소? 기껏해야 우리보다 반 시진 먼저 도착했을 텐데 말이요? 정말 확실한 겁니까?"

바람 때문인지 일부러 그렇게 뜬 것인지, 가자미눈을 만든 언두수는 정곽을 바라보았다. 하지만 대꾸해 줄 가치도 없다는 것인지, 무표정의 정곽은 언두수가 아닌 세철에게 말을 건넸다.

"마을에서 확인한 정보다. 이제까지 세 번째 입구가 열렸다고 했다. 그리고 그때마다 살피러 들어간 마을 사람들은 아무도 돌아오지 못했다."

세철은 정곽의 눈을 보며 고개를 한 번 끄덕여 보였다. 그때 언두수가 옆에서 구시렁댔다.

"제기, 묻기는 내가 물어봤는데… 동네 개 취급을 하누만."

하지만 그런 작은 불만조차도 세철이 꺼낸 한마디에 바로 들어가 버렸다.

"이곳에 있습니까?"

밑도 끝도 없는 질문은 연호의 행방을 묻는 물음이었다. 그리고 그 물음은 일행 모두가 이곳에 온 이유이기도 했다.

정곽은 자신을 직시하는 세철의 두 눈을 보며 웅크린 범을 떠올렸다. 왜 저 친구를 보면 항상 그 짐승이 떠오르는지는 모르겠지만, 저 두 눈이 분노할 땐 항상 감당키 어려운 일들이 벌어졌다. 그건 숨죽인 온 산하를 떨어 울리는 검은 흑범의 진저리쳐지는 진노였다.

가만히 고개를 끄덕여 대답을 보인 정곽은 다시 마을 쪽으로 눈길을 돌리며 입을 열었다.

"마을 중심에 객잔이 하나 있다. 그곳에 연호가 들렀었다. 칼 하나는 허리에 차고, 또 한 자루의 칼과 검 한 자루를 등에 멘 젊은 청년을 눈여겨본 자가 있었더군. 하지만 마을에서 연호의 흔적을 아직 찾지 못했다."

담담한 정곽의 말소리에 세철은 마을로 다시 시선을 돌렸다. 그 옆에서 언두수는 반색하며 말을 꺼냈다.

“여기 있긴 있는 거로군! 하핫! 고생해서 온 보람이 있는걸? 그런데… 마을에는 어떻게 들어갔다 온 겁니까? 저놈들이 저렇게 길을 막고 있는데.”

다시 의문으로 변하는 언두수의 얼굴에 정범이 냉큼 나서며 대꾸했다.

“아, 그러니까 천리추지. 달리 그런 별호가 붙었겠나? 말 그대로 천리를 도망간 마누라와 빚쟁이도 찾아내는 강호제일의 추적자! 이거 아니겠나!”

어쩐지 그 모습과 언행이 자꾸만 독고지명을 연상시키는 정범이 희희낙락한 얼굴로 언두수를 보았다. 하지만 자신을 바라보는 일행의 눈들이 무얼 생각하는지는 아직도 모르는 얼굴이었다.

“쯔쯧, 점점 누굴 닮아간다니까.”

“맞아. 배우는 모양이야.”

“쯧, 닮을 사람을 닮아야지. 하필이면…….”

언두수와 하남, 부춘호가 차례로 말을 던졌다. 분명 자신에게 하는 것이 분명한 그 말들에 정범은 당황한 표정으로 말을 더듬거렸다.

“뭐, 뭐야? 무, 무슨 소리들이야? 내, 내가 누굴…….”

하지만 그런 정범의 당황한 의문은 세철의 한마디에 바로 묻혀 버렸다.

“갑시다.”

언제나 그렇듯이 한마디를 던지고 세철은 성큼성큼 걷기 시작했다. 그 뒤를 안됐다는 표정을 남기며 나머지 일행이 따라나서자 정범은 뭉그러진 표정으로 뒤를 좇았다.

“무슨 소리야! 말을 하라니까!”

흥분한 중년 승려의 목소리가 유달리 컸던 때문일까. 마을을 향해 몇 걸음 떼지 않아 그들의 존재는 이미 와 있는 다른 이들에게 바로 드러났다.

차분히 걸어오는 세철을 위시한 일행의 방향으로 대치한 사자철기맹과 무림연맹의 시선들이 돌아왔다. 반응이 서로 달랐다. 일촉즉발의 기세로 서로를 향하던 두 무리 중 무림연맹 속에서 작은 소요가 새어 나왔다. 반면 사자철기맹은 움켜쥔 그들의 거검처럼 미동조차 없었다.

바람이 지나가는 속을 뚫고 다가서는 일행의 모습이 어렵사리 분간될 거리가 됐을 무렵, 무림연맹의 무리 중에서 누군가가 놀란 음성을 던졌다.

“소림이다! 소림의 무치광승이다!”

이 한마디는 곧바로 술렁거림이 되어 무리의 전체로 번져 나갔다.

“좋겠소이다, 스님. 알아보고 반겨주는 자가 다 있구려.’

천천히 걸음을 멈추며 무리 앞에 다다른 일행 중 언두수가 불량스런 목소리로 말했다. 시선은 사자철기맹을 지나 웅성대는 무림연맹으로 향한 채였다.

“체, 무당의 도사 놈이야. 난 저놈을 몰라.”

언두수의 옆에 멈춰 선 정범은 심드렁한 목소리로 말을 받았다. 하지만 그조차도 갑자기 터진 무리 중의 또 다른 소란은 흠칫 놀랄 수밖에 없었다.

“저, 저, 저자는, 처, 철비철각호다!”

좌측의 사자철기맹, 우측의 무림연맹, 그들의 뒤로 구경꾼처럼 몰려서 있는 많은 무림인들. 그 사이에서 터져 나온 폭풍 같은 외침이었다.

"진짜다! 철비철각호 장세철이다!"

"저, 저자가 당문을 박살 낸 그자다!"

"혈리표를 가진 자다!"

"악마 같은 사나이다! 저자는 혈룡도를 버렸던 자야!"

처음의 외침은 밀려가는 물결이 되어 사람들의 사이를 휩쓸고 돌았다. 그리고 그 내용 중엔 혈룡도와 세철이 얽힌 과거의 일도 들먹여졌다.

세철은 수백의 사람이 한꺼번에 던지는 눈길을 받으며 조용히 전방을 응시했다. 많은 사람들의 얼굴이 보였다. 자세히 보이는 자도 있었고, 남의 등 뒤에 모습을 숨긴 자도 있었다. 또한 이전에 보았던 자도 있었으며, 이제 처음 보는 자도 많았다. 아니, 거의 대부분이 그런 자였다. 그러나 한 가지, 자신을 보는 저 많은 사람들의 눈 속에 보이는 것은 경외(敬畏)와 염오(厭惡)였다. 그것만은 뚜렷이 보였다.

'인간의 모습은 변함이 없구나.'

문득 사람들의 모습에서 세철은 무상함을 느꼈다. 지나온 날들도 떠올랐다. 하지만 되새겨 보아도 그때나 지금이나 사람들의 모습은 똑같았다. 가지기 위해서, 빼앗기 위해서, 내 손이 아닌 남의 손에 들어가지 못하게 하기 위해서 하나뿐인 목숨을 걸고 저들은 이 자리에 모인 것이다. 하지만 과연… 저들이 얻고자 하는 것들에 그런 가치가 있는 것인지…….

"오랜만이군. 결국 다시 만나게 되었군."

　자신에게 던지는 말이 분명한 목소리를 향해서 세철은 시선을 돌렸다. 사자철기맹이었다. 박아놓은 검날처럼 미동없던 사자 무리의 중간에서 한 사내가 걸어나왔다. 악중산처럼 커다란 체구에 그만큼 커다란 검, 부리부리한 호목에 바위를 깎아놓은 듯한 얼굴 선. 제 무리의 앞으로 나온 사내는 사자철기맹의 최정예 주력, 사자철기대주 용악검 이백이었다.

　"또 보게 될 줄은 알았지만 참으로 공교롭군. 그대와 난, 아니, 우리는 혈룡도의 일이 있을 때에만 보게 되는군. 꼭 약속한 사람들처럼 말이지."

　앞으로 나선 이백의 얼굴엔 작은 미소가 떠올라 있었다. 하지만 그 미소가 결코 호의에서 비롯한 것이 아니란 건 세철이 아닌 그 누구라도 짐작할 수 있는 일이었다.

　세철은 용악검 이백의 눈을 마주 보았다. 이백의 눈이 파랗게 빛을 뿜었다. 도전과 승부욕으로 뭉쳐진 눈빛이었다. 하지만 그런 이백의 기세보다도 더욱 강렬한 기운이 이백의 뒤쪽으로부터 뻗어 나왔다.

　한 사내가 걸어나왔다. 한 걸음 한 걸음, 내딛는 걸음마다 공기가 뭉클뭉클 밀려 나왔다. 부는 바람은 튕겨지는 것처럼 몸 주위를 돌아 지나갔다. 그런 기운을 뿌리는 인물은 기다란 피풍을 두른 자였다. 머리까지 덮어 눌러쓴 피풍은 펄럭이지도, 아니, 조금의 흔들림도 보이지 않았다. 사내는 그렇게 이백이 나온 길을 걸어나와 세철을 마주 보고 멈춰 섰다.

　제 옆에 선 사내를 향해 그개를 숙여 보인 이백은 한 걸음 뒤로 물러섰다. 그건 주인을 맞는 시종의 태도였다. 그리고 그런 시종은 세철 눈앞의 두 사람이 나왔던 그곳으로부터 둘이나 더 이어져 나왔다.

뒤따라 나오는 두 사람이 누구인지 세철은 바로 알아보았다. 시커먼 얼굴과 그 얼굴보다 더 검은 손의 주인, 철혈수 조강과 장소와 날씨에 어울리지 않을 만큼 잘 정돈된 복장의 중년 문사, 무중신안 삼학수였다.

뒤따라 무리 중에서 나선 두 사람이 피풍을 눌러쓴 사내의 한 걸음 뒤, 용악검 이백의 옆으로 나란히 서는 걸 지켜본 세철은 다시 눈길을 피풍 쓴 사내에게 고정시켰다.

눌러쓴 피풍으로 얼굴이 보이지 않는 사내는 세철 자신만큼이나 큼직한 체구였다. 단순히 큼직한 것만을 비교하자면 이백이나 악중산 등에는 못 미치지만, 마주 선 사내에게선 피부를 자극할 만큼의 기운이 물씬 피어 나왔다. 그건 세철 자신도 이제껏 느껴보지 못한 강렬한 기운이었다.

사내의 손이 천천히 올라갔다. 그리고 머리를 덮었던 피풍의 끝자락을 소리없이 걷어 내렸다. 바람 속에 사내의 얼굴이 드러났다. 불을 토해내는 두 개의 구멍처럼 강렬한 빛을 쏟아내는 두 눈, 그 위로 붙여진 두 개의 칼날 같은 눈썹, 첨탑처럼 오연히 솟은 콧날과 거악처럼 다물려진 입술. 그 얼굴 위로 종횡의 골을 그린 수많은 승부의 자국들.

"자네가 철비철각호인가?"

내뿜는 기세만큼 육중한 목소리가 사내의 입을 타고 흘러나왔다.

세철은 부글대는 용암 같은 사내의 두 눈을 보며 입을 열었다.

"당신은 누구요?"

사내의 눈이 출렁, 용암을 토해낼 것만 같았다. 하지만 찰나간에 가라앉으며 무거운 음성이 이어졌다.

"듣던 대로군. 아니, 오히려 모자란 감이 있겠는걸?"

사내의 얼굴에 담담한 미소가 걸렸다. 그리고 자신을 밝혔다.

"나는 정천휘라고 한다."

휘이이이잉.

바람이 또 거칠게 불어갔다. 하지만 뺨을 때리는 것 같은 그 바람의
자취보다 더욱 출렁이며 흔들리는 건 주위의 수많은 사람들이었다.

"사, 사자신군이다……."

정범을 말했던 무당의 도사가 감탄처럼, 아니, 한숨처럼 나직이 말
했다. 그러나 이번엔 뒤를 잇는 말소리들이 없었다. 그저 여기저기서
내쉬는 뜨거운 숨소리들 속에 침 삼키는 소리만이 들려 나올 뿐이었다.

사자신군 정천휘.

아무 말도 필요없는 인물인 것이다. 현세에 살아 있는 신화이며, 누
구도 넘볼 수 없는 불패와 철혈의 승부사. 그가 바로 정천휘인 것이다.
그는 삼제오신의 전설과는 다른 인물이었다. 누구라도 검을 맞대면 거
꾸러뜨렸고, 설령 그것이 세상 전부라 해도 검을 휘두를 자였다. 그런
인물이 자신의 분신들을 이끌고 직접 길을 나선 것이다. 세상에 속살
을 보인 혈룡의 비밀을 차지하기 위해서.

"나에게 볼일이 있소?"

세철의 어조는 너무도 담담했다. 그 모습에 오히려 당황한 건 세철
일행이었고, 분노의 표정을 보인 건 이백을 포함한 조강과 심학수였다.
하지만 정작 세철과 마주 선 정천휘의 얼굴에는 묘한 웃음이 솟아올랐
다.

"좋은 친구군."

좋은 친구……. 그 말을 꺼낸 정천휘의 얼굴엔 웃음이 더욱 짙어졌다. 그러나 그 말과 얼굴에 걸린 웃음이 무얼 뜻하는 것인지는 아무도 알지 못했다. 그것이 정말로 좋다는 의미인지, 아니면 그 반대인지. 때문에 두 사람을 지켜보는 모든 사람들의 눈에는 무거운 긴장감이 떠나질 않았다.

"시간이 있다면 술이라도 한잔했으면 좋겠군. 하지만 지금은 자네나 나나 해야 할 일들이 있겠지?"

바람마저 얼리는 것 같은 긴장이 촤르르르 깨져 나갔다. 정천휘의 의중이 파악된 것이다. 무엇 때문인지 정천휘는 세철에게 호감을 보였다. 그리고 그건 이어지는 그의 말에서도 알 수 있듯이, 그를 아는 세상 모든 이들에게 보여지는 하나의 파격이었다, 있을 수 없는.

"이곳에 온 이유를 물어도 되겠나? 내가 알기로 자네는 혈룡도를 버렸던 것으로 아는데?"

상대를 두고 이유를 묻는 자가 아니었다. 그저 검을 든 승부. 상대를 쓰러뜨리던가 자신이 쓰러지던가 둘 중 하나만이 그가 살아온 강호의 철칙이며 법이었다. 그런 그가 묻는 것이다. 자신의 자식 같은 사자철기대를 도륙 낸 자이며, 자신처럼 앞을 부수되 뒤로 물러서지 않는 젊은 흑범 사나이를 향해서.

세철은 철혈의 기운의 물씬 피어나는 사내를 잠시 바라다보았다. 그리고 읽어냈다, 상대의 진심을.

"이곳에 사람을 찾으러 왔소. 그 밖의 일은 나와 상관없소."

여전히 뚝뚝 부러지는 말소리지만, 세철의 간결한 대답에 정천휘의 얼굴에 그려진 웃음은 한결 더 크고 짙어졌다.

"그러한가? 좋군, 아주 좋아."

무엇이 그리 좋다는 것인지, 정천휘는 거듭 말하며 고개를 끄덕였다. 하지만 그런 그의 심사를 깨는 목소리는 칼날을 비비는 소리로 무림연맹의 진중에서 튀어나왔다.

"잃어버린 형제가 상봉이라도 하는 겐가? 뭐가 그리도 좋다는 거지?"

거북하게 신경질적인 목소리를 내며 앞으로 나서는 자는 늙수그레한 도인이었다. 도관도 안 쓴 머리 위의 상투는 시골 영감쟁이의 그것이었고, 골내는 계집의 치마처럼 펄럭대는 흰 도복은 바람에 연신 두들겨 맞았다. 그렇게 독살스러운 눈빛으로 시비를 걸고 나선 자는 청성의 공진자였다.

"묘한 일이군. 아주 보기 드문 일이야. 살인마와 싸움꾼이 만나 저리 돈독한 모습을 보이다니. 말 내기 좋아하는 자들이 보았다면 대를 이어 전할 장면이로군. 그렇지 않소 여러분?"

시선은 세철과 정천휘에게 준 채로 공진자의 뒤를 향해 큰 소리로 물었다. 물음에 대한 대답은 또 다른 자들의 걸음과 함께 바로 나왔고, 그렇게 나온 자들은 무당의 고운자와 고학자였다.

"원시천존… 불행한 때에 불행한 자들을 만났으니 세상의 정기가 흐트러지는도다. 상제의 부름을 받을 자들이 천지의 이목을 어지럽히는구나."

"원시천존, 원시천존……."

사뭇 진중하고 격조있으며 구세제민의 뜻을 품은 선각자 같은 말과 모습이었다. 하지만 고색창연한 검을 메고 불진을 흔들며 고매한 얼굴을 보이는 그들조차도, 결국은 세상의 욕심에 휩쓸려 이 자리에 서 있음은 누구라도 알고 있는 사실이었다. 때문에 숨죽인 코웃음 소리가 사방의 군중들 속에서 흘러나왔다. 그건 명백한 비웃음이었다.

"누구냐! 어떤 놈들이 남의 등 뒤에서 소곤대는 것이냐? 할 말이 있는 자는 썩 나서라!"

홍분한 공진자가 주변의 군웅들을 향해서 소리쳤다. 그러나 그 호통 소리에 응대할 사람은 아무도 없었다, 단 몇몇의 사람들을 제외하고는.

"저런다고 똥이 금 될까?"

"글쎄 말입니다. 함부로 살인마라고 남을 음해하는 것 하며, 쉰내 풀풀 나는 소리들을 저렇게 웃기지도 않는 심각한 얼굴로 지껄이는 걸 보면 분명 정상은 아닌데요?"

정범과 언두수다. 물론 그들의 대화는 공진자와 무당의 두 도사를 향한 것이었다. 두 사람의 말소리는 자그마했지만 누구라도 들을 수 있는 소리였다. 그렇기에 군웅들에게서는 폭소가, 공진자의 입에서는 불길이 토해졌다.

"네 이놈들! 이, 이 배운 것 없는 쳐 죽일 놈들! 감히 너희 같은 놈들이 우릴 능멸하다니! 사지가 찢겨 죽고 싶은 게냐, 이 버러지 같은 놈들아!"

공진자가 훌쩍 다가서며 마른 얼굴을 부들부들 떨었다. 치켜뜬 눈에선 불똥 같은 분노가 보였고 힘이 들어간 손은 제 검의 손잡이를 꽉 붙잡았다. 하지만 그에 대한 반응은 그조차도 생각하지 못한 일이었다.

"그래서?"

정범이 공진자의 앞으로 성큼 나서며 두 팔의 소매를 걷어붙였다. 앞으로 내밀어진 턱은 불량배처럼 건들거렸고, 힘이 들어간 어깨는 유난히 불거져 보였다. 꼭 승복만 입혀놓았을 뿐, 완전한 건달의 모습이었다.

"그래서 어쩌자고? 한번 허보자는 거요?"

한 발 더 다가오며 턱짓을 하는 정범의 모습을 두 눈을 동그랗게 뜨고 바라보는 공진자는 말이 막히는지 일순 굳어버린 모습이었다. 하지만 역시 세월은 거져 얻어지는 것이 아닌 법. 종전의 흥분했던 모습을 벗어버린 공진자는 유별스레 차분한 눈빛과 목소리로 말을 꺼냈다.

"네놈은 소림의 정범이 아니냐?"

"그렇소."

"못 보던 사이에 버릇이 나빠졌구나."

"무슨 말씀! 봤던 그때도 그랬고 못 보던 그때도 이랬소!"

정범의 대거리는 승려의 모습이라곤 찾을 길 없는 완연한 시정잡배의 행태였다. 그 꼴을 마주 서서 보는 공진자의 눈이 하얀빛으로 깊게 가라앉았다. 하지만 그는 종전처럼 흥분하지 않았다. 그것은 상대가 다름 아닌 무치광승 정범이었기 때문이다. 설령 부딪쳐 이긴다 해도 본전이고, 그 반대의 경우는 감당할 수 없는 수치인 것이다. 그리고 다른 무엇보다도, 무치광승 정범은 그가 자신할 수 없는 상대였다.

"너희 소림의 중놈들이 원래 더러운 종자인 것은 알고 있었지만, 존장을 능멸하는 너 같은 놈 하나만 보아도 그 밑바닥이 어떠한지를 알겠구나. 모두가 그 밥에 그 나물이지. 거짓만 늘어놓는 족속들……."

차가움이 느껴질 만큼 차분하게 말을 꺼내는 공진자는 소림의 허물을 꼬집었다. 그건 혈리표의 비밀을 밝히지 않았던 그 일을 일컬음이었고 그 일에 얽힌 비밀을 아는 유일한 소림 제자는 정범이었다.

정범의 낯빛이 하얗게 변해갔다. 분노하는 것이다. 다른 일도 아닌 그 일은, 달이 유난히도 밝던 날 장문 방장실의 들창으로 새어 나오던 그 이야기는, 듣지 않았더라면 좋았을 그 비밀은, 때문에 상처 입은 소림의 자존심을 술로 가리며 살아야 했던 시간들의 그 비사는 결코 생각하고 싶지 않은 이야기인 것이다. 물론 공진자를 비롯한 타인들은 그 비밀을 알지 못한다. 저들은 그저 혈리표를 숨겨왔던 소림의 처사를 비난할 뿐이다. 하지만 아무리 그렇다고 해도, 저따위 인간들에게 비난받을 소림은 아닌 것이다. 그건 절대로 용납할 수 없는 일인 것이다.

"존장이라고?"

하얗게 굳어진 정범의 눈이 확 하고 불을 뿜었다.

"능멸이라고?"

움켜쥔 두 주먹에선 눈부신 황금 빛이 피어올랐다.

"우리는 안 되고 너희는 능멸해도 되는 소림이더냐? 그런 거냐?"

정범의 발이 성큼, 공진자를 향해 나아갔다.

"이, 이놈이!"

주춤, 뒤로 물러서는 공진자의 얼굴엔 커다란 당혹감이 어렸다.

"그 따위 개소리는 부처님 앞에 가서 해봐라!"

황금빛으로 찬연히 물든 두 개의 손, 천수여래수가 정범의 몸에서 폭발해 나갔다.

슈아아앙!

"헉!"

기겁한 음성을 낸 공진자의 검도 그 순간 검집을 이탈했다. 하지만 짧았던 거리를 뒤로 물러나는 공진자의 가슴으로 황금빛 수영들은 우박처럼 쏟아져 들어갔다.

"멈춰라!"

"물러나라!"

두 마디 외침과 함께 공진자의 좌우 뒤쪽으로부터 흰색의 휘황한 빛줄기 두 갈래가 창대처럼 날아들었다. 두 줄기 소금 기둥 같은 그것은, 마주 내뻗은 공진자의 희뭉한 검날과 같이 정범의 황금 수영에 충돌을 했다.

콰앙!

공진자의 가슴 앞 공간이 팽창하며 폭발했다. 폭풍 같은 기류는 바람의 방향을 바꾸며 주위 사방으로 퍼져 나갔고, 술 취한 채 떠밀리는 사람처럼 정신없이 뒤로 밀린 공진자는 끝내 엉덩방아를 찧고 말았다.

"어이쿠!"

땅바닥에 주저앉은 공진자는 얼얼한 전신의 느낌을 돌볼 사이도 없이 시선을 들어 앞을 보았다. 어느새 자신이 서 있던 자리에는 무당의 고운자와 고학자가 검을 빼 든 모습으로 서 있었다. 그 앞에 마주 선 정범은 여전히 개똥벌레의 꼬리 빛을 뒤집어쓴 것 같은 두 팔을 가슴 앞에 모은 모습이었다. 하지만 두 눈만은 훨씬 더 깊어 보였다.

"이런 제길!"

수치심을 참지 못한 공진자는 몸을 일으키며 무림연맹의 진중으로 고개를 돌렸다.

"이보시오들! 이번 기회에 버릇을 고치지 않으면 우린 평생 소림의 업신여김을 당할 거요!"

누굴 향해 하는 말인지 모를 그 소리는 방수를 부르는 소리임에 틀림없었다. 그리고 그 말이 맞는 걸 증명하는 것처럼 네 명의 인물이 무리의 뒤쪽에서 걸어나왔다.

단정한 도관에 옅은 청색의 도복, 한결같이 멋스러운 모양을 보이는 등에 멘 고색창연한 검. 그 검의 주인들 소매 위에 그려진 선명한 매화 문양. 그걸 본 누군가 또 소리쳤다.

"화산이다! 화산의 매화오군자(梅花五君子)다!"

화산. 얼굴을 드러내지 않던 화산이 드디어 모습을 드러냈다. 숨어 있는 자들처럼 아무 소식도 없다가 남궁세가의 혈겁에 모습을 보였던 경운자를 시작으로 드디어 그들이 다시 무림에 나선 것이다. 그런 화산의 매화오군자는 경운자의 동문 사형제들이었다. 각기 경악자, 경수자, 경금자, 경목자, 경운자로 이름 지어진 그들은, 지금 보이지 않는 경운자의 사형들이다. 그리고 그들은 화산을 이끄는 진정한 힘이었다.

"소림이 등을 돌렸다는 소리는 들었지만……."

조용히 입을 여는 매화오군자의 맏이 경악자의 시선은 사자신군 정천휘에게 머물다가 정범에게로 돌아갔다.

"이렇게 막돼먹은 제자를 내보내 우리를 욕보일 줄은 미처 몰랐군."

공진자처럼 마른 얼굴에 위로 치킨 듯한 검미를 보이는 경악자는 정범을 무섭게 쏘아보았다. 그러나 새로 나타난 늙은이들을 마주 보는 정범의 눈은 더욱 불길이 오를 뿐이었다.

"여기나 저기나 죽지 못한 늙은이들이 판을 치는구나. 하지만 오늘은 관을 맞춰두고 오지 못한 걸 후회하게 될 거다."

정범의 두 팔을 감싸고 있던 황금 빛이 더욱더 짙고 두터워졌다. 그 순간 경악자를 제외한 나머지 세 늙은이들의 검이 일제히 소리를 질렀다.

챙! 챙! 채앵!

"이런 쳐 죽일!"

"천둥벌거숭이 같은 놈! 죽고 싶은 게냐?"

"육시를 할 놈!"

분노한 늙은 도인들의 기세는 엄청났다. 그러나 그런 그들의 거친 기세는 시작도 하기 전에 한줄기 벽력같은 소리에 멈춰지고 말았다.

"건드리지 마라!"

파아앙!

엄청난 진동이 서 있는 자들의 발 밑을 지진처럼 휩쓸고 지나갔다. 진동은 발바닥과 종아리를 거쳐 허리를 흔들고, 오장육부에 강한 여진을 남기고 가슴을 울렁이며 심장을 조여 흔들었다. 그리곤 멍한 느낌의 머리를 치며 빠져나갔다. 그건 마치 쥐어 흔들린 종잇장 같은 느낌이었다. 그 엄청난 기운의 원인이 어디인지 사람들은 보았다.

치렁한 머리칼을 아무렇게나 뒤로 묶어 넘긴 얼굴. 그 얼굴의 중앙에서 빛을 토하는 한 쌍의 범 눈알, 다시 보아도 청동 신장을 연상시키는 검은 무복 속의 장대한 체구, 하늘을 지탱하는 것 같은 철 기둥의 두 다리. 그리고 그 다리 아래 깔려서 비명을 지른 안타까운 땅.

세철이었다. 세철이 밟은 진각 소리였다. 그 소리가 천둥처럼 터지고, 견디지 못한 대지는 제 몸을 떨어 모두에게 알린 것이다. 그 증거로 대지는 갈라진 제 살결을 모두에게 내보였다. 한마디로 엄청난 일이었다. 보는 모두에게 충격과 경악을 넘어 숨조차 쉬지 못하게 만드는 일이었다.

땅이 갈라져 있었다. 세철이 서 있는 자리를 중심으로 동심원처럼 퍼지며, 마치 거미줄이 퍼진 모양처럼 땅이 갈라져 퍼져 나간 것이다. 그 범위가 무려 칠 장여에 이르렀다. 그리고 그 패력의 기운을 보여주는 균열의 제일 크고 굵은 선은 매화오군자의 발 밑으로 뻗쳐 있었다.

숨죽인 군웅들을 뒤로한 채 화산의 매화오군자는 검을 빼 든 모습 그대로 세철만을 바라보았다. 얼굴에선 이미 노여움 따윈 찾아볼 수 없었다. 다만 기막힌 현실을 보는 경악이 떠올라 있을 뿐이었다. 그 얼굴들을 향해 세철이 나직하게 다시 말했다.

"우릴 건드리지 마라."

한순간 정적이 이어졌다. 검을 든 매화오군자를 비롯한 고운자와 고학자, 공진자를 포함한 무림연맹의 무리, 거기에 철혈의 사자철기맹과 주변에 서 있는 수많은 무림인들, 그리고 사자들의 우두머리인 정천휘를 포함한 세철의 일행까지도 모두 입을 열지 못했다. 그건 엄동설한의 추위와도 같았다.

"대단하군! 정말 대단해!"

정적을 깨고 제일 먼저 입을 연 자는 정천휘였다.

"나조차도 등골이 시릴 지경이야. 하물며 저 늙은이들이야 오죽할까!"

감탄한 눈으로 세철을 보던 정천휘의 눈이 무림연맹의 늙은이들에게로 돌아갔다. 그 순간 늙은이들의 눈에 짙은 수치와 모멸의 감정들이 샘물처럼 솟아 나왔다. 하지만 정천휘는 거듭해서 모욕을 뿌렸다.

"늙은이들이 오줌을 지리지나 않았는지 모르겠군. 너무 과하게 겁을 준 거 아닌가? 이거, 자닐 보고 있으니 내 피가 끓어오르는데?"

승부사의 기질을 보여주는 정천휘의 말이었다. 하지만 그 말에 반응을 보인 건 세철이 아닌 무림연맹의 늙은이들이었다.

"갈! 하늘 높은 줄 모르는 것들! 하찮은 자들을 쓰러뜨린 허명을 얻고 이제껏 보지 못한 흉기를 몸에 지녔다 해서 모두가 그에 굴복하리라 생각하면 오산이다! 오늘, 하늘 밖에 하늘이 있음을 알려주마!"

치앙!

이제껏 검을 뽑지 않았던 매화오군자의 맏이 경악자가 자신의 검을 소리나게 뽑았다. 검은 곧타로 세철과 정천휘를 향해서 겨누어졌다. 그 검의 끝에서 출렁대며 나오는 투명한 푸른 빛은 검신을 타고 오르며 경악자의 두 팔을 물들였다. 그리고 그 뒤로 똑같은 모습의 세 사람, 경수자, 경금자, 경목자의 신형이 푸른 빛의 검과 함께 벌려 나왔다.

"영광으로 생각해라! 화산의 비기는 이제까지 단 한 번이 쓰였을 뿐이다!"

외침을 주는 경악자의 검과 두 팔이 일 장이나 뻗친 푸른 장대로 변해 살기를 뿌렸다. 그런 형상은 나머지 세 사람도 마찬가지였다.

바라보는 정천휘는 천천히 피풍을 벗어 내렸다. 그 속에서 검집도 없는 그의 거검이 푸리디한 날빛으로 모습을 보였다. 등에서 주인의 손으로 옮겨 잡힌 거검은 몸통을 세워 올렸고, 정천휘는 나지막하게 입을 열었다.

"매화삼수지강이로군. 네 개가 합쳐지면 꽤나 볼 만하겠는걸?"

정천휘는 가슴 앞으로 검을 세워 들었다. 그렇게 치켜진 검은 커다란 제 몸통만큼 시리고 엄장한 기세를 뿌려댔다. 그리고 소리 내어 울었다.

지이이이잉.

검이 흔들리지도 않았다. 마주 선 화산의 늙은이들처럼 요상한 빛을 뒤집어쓰지도 않았다. 하지만 소리가 났다. 한겨울에 얼어버린 강물 속으로부터 들려오는 것 같은 그 소리는 오히려 혹독한 긴장을 가져다주었다. 그리고 그건 불패의 승부사 정천휘의 검이 피를 갈망하는 소리였다.

일촉즉발의 순간, 숨죽인 수많은 사람들, 바람마저 죽어버린 이상한 하늘, 그 주위를 덮어쓴 듯이 일렁거리며 흐르는 안개, 그리고 서로를 향해 검을 겨눈 사람들…….

세철은 자신의 앞으로 나서며 검을 치켜 세운 정천휘를 보았다. 그리고 그 반대편에 선 네 명의 화산도사도 보았다. 화산도사들의 검은 정천휘는 물론 자신마저도 겨냥해 왔다. 하지만 그걸 보는 세철은 싸우고 싶지 않았다. 싸울 의지를 먼저 보였던 건 자신이었지만, 지금은 어서 빨리 연호를 찾아 돌아가고만 싶었다. 더불어 자신의 상대는 다른 곳에 있는 것이다, 또다시 종적을 감춘 염차수라는 인물이.

"시작해 볼까?"

긴장과 정적을 깨뜨리며 정천휘의 발이 한 걸음 나아갔다. 마주 선 네 늙은이의 검도 출렁, 흔들렸다. 하지만 바로 그 순간, 하늘을 떨어

울리는 폭발 소리는 모든 걸 멈춰 세웠다.

쾅아아앙!

나아가던 정천휘의 고개가 돌아갔다. 푸른 빛으로 출렁대던 매화오군자의 검도 멈춰 섰다. 방관하는 것처럼 지켜보던 세철의 시선도 방향을 틀었다.

산중턱에서 불기둥이 솟아올랐다. 아스라하게 산을 둘러 감았던 안개는 하늘 높이 밀려 올라갔다. 그 속에서 시커먼 잔해들이 솟구쳤다.

"광한사다!"

언두수가 소리쳤다. 격하게 외친 그의 말처럼 폭발의 근원은 광한사였다. 아니, 엄밀히 말하면 광한사의 종루가 폭발한 것이다. 이유는 바로 알 수 있었다. 시커멓게 하늘로 솟아올랐던 폭발의 잔해 중 어른 키만한 종이 떨어져 내린 것이다.

꽈앙! 뎅! 데엥! 투우웅!

산밑 마을의 뒤쪽으로 떨어져 내린 종은 비탈에 부딪쳐 튕겨 오르고 다시 떨어져 굴러 내리며 요란한 소리를 계속 질러댔다. 그리고 그걸 지켜보던 사람들은 소리치며 뛰기 시작했다. 경주가 시작된 것이다.

"종루가 터졌다!"

"혈룡의 문이 열렸다!"

순식간에 아수라장이 벌어졌다. 앞서 뛰는 사람의 등을 치고 옆 사람의 옆구리를 때리며, 군웅들은 광한사로 질주해 갔다. 물경 수백의 사람들이 한꺼번에 소리치며 서로를 향해 주먹과 칼을 휘두르며 뛰는 모습은 보기에도 놀라웠다. 하지만 사람들은 남보다 먼저 가기 위해서 서로의 등을 그을 뿐이었다.

"저, 저런!"

"시작이군. 한데 누가 폭발을 일으킨 거지?"

놀라고 안타까워하는 언두수의 옆에서 부춘호가 의문을 던졌다. 그건 아직까지 움직이지 않는 모두의 생각이기도 했다. 하지만 산중턱의 절을 가리키는 하남의 손짓 속에 의문은 해소되었다.

"누가 있군요. 녹의를 입은 자들 같은데……."

"녹림연합! 벽력문이군!"

언두수가 소리쳤다. 남아 있는 자들 모두가 산을 올려다보았다.

푸릇한 빛깔의 그림자들이 절 앞에서 움직이는 것이 보였다. 그렇게 움직이는 자들은 단지 몇몇이었지만, 절 뒤의 산사 면을 넘어 내려오는 그림자들의 수효는 수십, 수백이었다. 그걸 보던 공진자가 소리쳤다.

"제기랄 벽력문 놈들! 우리도 출발하자, 어서!"

소리 지른 공진자가 제일 먼저 뛰기 시작했다. 그 뒤를 삼백여 명의 무림연맹 무사가 뒤따라 달음박질을 했고 고운자와 고학자는 검을 갈무리하고 뒤쫓았다. 그리고 멈춰 버린 결전의 주인들인 화산의 네 늙은이는 싸늘한 눈길을 남기고 뒤돌아 섰다. 하지만 한마디 하는 건 잊지 않았다.

"정천휘… 넌 오늘 이곳을 떠날 수 없을 거다!"

스스로의 결의 같은 그 한마디를 던지고 경악자가 마지막으로 뒤돌아 섰다. 바라보는 정천휘의 얼굴에 희미한 미소가 떠올랐다. 이리저리 깊은 흉기들의 자국이 남은 그 얼굴은 왠지 웃음이 아닌 분노를 보이는 것 같았다.

순식간에 마을 앞을 메웠던 모든 사람들이 산으로 떠나 버렸다. 텅 빈 듯한 그 공간에 남은 것은 변함없이 삼엄한 기세로 서 있는 사자철기맹의 이백 무사와 그 주인들, 그리고 세철을 위시한 일행뿐이었다.

광한사로 몰려가는 사람들의 뒷모습에 시선을 주던 정천휘가 눈길을 세철에게 돌렸다.

"나도 가야겠군. 자네는 어쩔 텐가."

우묵한 눈길을 정천휘에 돌려 맞춘 세철은 간단히 대답했다.

"사람을 찾아야지요."

대답한 세철의 눈은 다시 산으로 돌아갔다. 그리고 늘상 하는 한마디를 또 던졌다.

"갑시다."

말을 남긴 세철은 그야말로 질풍처럼 달려나갔다. 그 모습을 보고 정천휘가 어이없는 얼굴을 하였지만, 고개를 설레설레 흔드는 언두수를 비롯한 일행은 바로 뒤쫓아 뛰기 시작했다. 안개 때문에 보이지 않던 하늘은 그사이 거무스름한 어둠으로 내리 덮이고 있었다.

"거듭 말하지만 이건 함정이 분명해."

절 앞엔 아직도 화약 냄새가 진동했다. 폭파된 종루가 있던 자리에는 시체들이 줄을 이었다. 그 중간을 일행의 선두로 걸어가는 정곽의 음성은 유별스레 차가웠다.

"벌써 많이도 죽었군."

언두수의 목소리는 평소답지 않게 무거웠다. 가라앉은 그의 음성이 말해 주듯, 여기저기 널브러진 시신들은 급박했던 상황을 그대로 보여 주었다.

"여기가 입구군."

걸음을 멈춘 정곽의 발 앞으로 시커멓게 아가리를 벌린 구멍이 보였다. 폭발의 여파 때문인지 본래의 형체가 망가진 입구는 지옥의 입구처럼 기괴했다. 종루의 기반석 정중앙에 하늘을 보고 뚫어진 그것은 조용한 고요와 암흑으로 유혹했다. 꼭 어서 들어오라는 손짓 같았다.

"연호가 이 안에 들어갔을까?"

긴장과 의혹의 눈빛으로 언두수는 구멍을 보며 말했다.

"이곳이 목적이었으니… 저 안 어딘가에 있겠지."

하남은 무겁게 가라앉은 눈빛으로 대꾸했다.

"이건 꼭… 지옥으로 통하는 입구 같구나."

정범의 음성은 소림의 괴승답지 않게 흔들렸다. 그리고 그건 부춘호도 마찬가지였다.

"저 안에 대관절 뭐가 있을까?"

기기기기기기기깅…….

내려다보는 모두의 시선 속에서 구멍은 이상한 소리를 질렀다. 그건 너무도 갑작스러웠다. 땅속을 울리는 아련하고 희미한 그 소리를 일행 모두 분명하게 들었다. 소리는 뭔가가 밀리는 것 같기도 했고, 또 맞물려 돌아가는 기계음 같기도 했다. 하지만 분명한 건 없었다.

언두수를 비롯한 일행 모두는 서로의 얼굴을 교차해 바라보았다. 그리고 정곽에게로 시선을 모았다. 폭발한 구멍 아래로 이어진 계단에 시선을 주던 정곽이 눈길을 떼고는 고개를 들어 세철을 시작으로 일행 모두의 얼굴을 차례로, 천천히 돌아보며 입을 열었다.

"기관이 돌아가는 소리다. 이젠 명백해졌다. 누군가 음모를 꾸몄고,

그 음모를 달성하기 위해 혈룡비처의 소문을 퍼뜨렸다. 근원없이 삽시간에 퍼진 소문을 보면 알 수 있듯이, 이 일은 철저하게 계획됐고 그 계획을 진행하는 자들이 저 안에 있다. 그들은 들어온 자들을 모두 죽일 거다.”

정곽의 눈은 파랗게 빛나는 것 같았다. 그것이 긴장 때문인지 이러한 일을 벌이는 자들에 대한 분노 때문인지는 일행도 알 수 없었다. 하지만 지금 이 순간 그들 고두가 느끼는 감정, 동료를 향한 걱정이 묻어 있다는 것은 알 수 있었다. 때문에 모두가 마음이 급했다. 연호를 찾아야 하는 것이다.

“빨리 들어가 봅시다. 안에서 연호가 낭패한 일을 당하고 있는지도 모르지 않습니까?”

급한 얼굴로 언두수가 말했다. 얼굴엔 걱정이 가득했다. 언제나 다혈질로 덜렁대는 그였지만, 정을 준 사람에게 약한 그의 천성은 지금 이 순간에도 숨김없이 드러났다. 그런 그가 서슴없이 입구로 몸을 디밀었다.

“잠깐.”

언두수의 어깨를 크고 투박한 손이 잡았다. 계단을 내려 밟으려던 언두수는 의아한 얼굴로 뒤를 돌아보았다. 누군지 바로 보였다. 세철이었다.

“내가 앞장서겠소.”

한 발을 들이민 채 몸을 덥춰 세운 언두수는 세철의 눈을 보았다. 자신의 친구인 검은 흑범청년의 두 눈은 그저 평소처럼 우묵할 뿐이었다. 하지만 그 안 깊숙한 곳에 잠겨 있는 세철의 진심을 언두수는 보았다,

언제나 마음속으로만 새기는 그만의 동료애를. 그건 또다시 친인들을 잃고 싶지 않다는 그의 소망인 것이다.

언두수는 고개를 끄덕여 보이며 입구에서 물러났다. 그리고 세철은 그 자리에 바로 발을 디밀었다.

"조심하라구."

뒤따르는 언두수의 말을 들으며 세철은 천천히 계단을 밟고 내려갔다. 한 발 한 발 아래로 내려딛을수록 공기의 냄새가 짙어지고 시야는 어두워졌다. 발이 가는 곳엔 여지없이 사람들의 시신이 걸음을 방해했다. 이미 많은 수의 사람들이 서로의 상잔으로 죽음의 선을 넘은 것이다.

"제기랄. 너무 어두운데? 누구 화섭자 없나?"

세철과 정곽에 이어 세 번째로 들어선 정범이 불쑥 말했다. 하지만 그 말이 무색할 정도로 주위는 갑자기 밝아졌다.

퍽, 퍽, 퍽, 퍽.

"어? 뭐야?"

"어라?"

작게 팽창하는 소리를 내며 양쪽 벽면에서 도깨비처럼 커지는 유등을 보고 정범과 언두수가 소리를 냈다. 하지만 놀람은 계속 이어졌다. 바로 양 옆 벽에서 혼자 켜진 유등을 시작으로, 머리보다 높은 위치에 걸린 유등들이 차례로 빛을 밝혀 나아갔다. 줄줄이 앞으로 이어지며 켜지는 그 유등 빛들은 일행이 선 석도의 저 끝까지 보여주었다.

"이거 완전히 귀신 놀음일세?"

"뭐야? 어떻게 저럴 수가 있는 거야?"

역시 또 정범과 언두수가 갈을 꺼냈다. 하지만 그들의 말처럼 눈앞의 광경은 신기했다. 혼자서 켜지는 불이란 듣도 보도 못한 것이다. 때문에 궁금증을 참지 못한 언두수가 벽으로 다가섰다. 손은 유등을 잡기 위해서 위로 뻗었다.

"만지지 마라!"

정곽이 고함을 쳤다. 소리는 정사각으로 주욱 이어진 통로의 저 끝까지 울려 나갔다. 소스라치게 놀란 언두수는 반사적으로 손을 거둬들였다.

"아무것도 만지지 마라. 이곳은 기관이 설치된 곳이다. 함부로 손을 댔다간 어떤 일이 벌어질지 모른다."

유등 빛을 받아 노랗게 반짝이는 정곽의 눈을 보며 언두수는 찔끔한 얼굴로 고개를 끄덕거렸다. 정곽은 곧바로 고개를 돌려 전방을 노려보았다. 그리고 유등 빛이 이어진 통로의 벽면과 바닥, 천장을 유심히 살펴보았다.

전체가 돌로 이어진 구조였다. 벽면과 바닥은 가로세로 두 자가 될 듯한 정사각의 벽돌 모양의 바위들이 매끈한 모양으로 이어졌고, 천장은 널따란 통자의 돌이 연이은 모양이었다. 그렇게 통로는 정사각의 모양으로 길게 이어졌다.

세심하게 사방을 살피던 정곽이 천천히 전진했다. 벽어 걸린 유등 빛은 폭파된 입구 쪽으로부터 들어오는 바깥바람에, 안쪽으로 자꾸만 몸통을 구부렸다. 흔들리는 그것들의 아래를 걸어가는 일행의 그림자는 그때마다 벽 쪽에서 이리저리 춤을 춰댔다.

숨죽인 고요 속에 일행의 발자국 소리만이 통로를 매만졌다. 그렇게 걸어가기를 얼마나 지났을까, 일행의 앞쪽에 예닐곱 구의 시신이 걸음을 가로막았다. 흥건한 피를 아직도 조금씩 흘려내는 시신들은 낯이 익은 얼굴들이었다.

"어라, 저자는……?"

언두수가 그중 한 사람의 얼굴을 알아보았다. 바로 옆에서 내려다보는 정범도 시신을 알아보고는 씁쓸한 목소리로 나지막하게 중얼댔다.

"도사 놈이 도관에서 제(祭)나 올릴 것이지……. 여기서 뒈졌군. 아미타불."

두 사람이 알아본 시신 중 한 구는 일행이 맨 처음 도착했을 당시 정범의 안면을 알아본 무당의 도사였다. 불과 반 시진도 채 지나지 않았건만, 일행의 기억 속에 살아 있던 그는 차가운 주검이 되어 이곳에 다시 나타난 것이다. 하지만 지금의 그는 아무도 알아보지 못했다.

성의없이 보일 만큼 건성으로 불호를 외운 정범은 무릎을 구부려 시신의 겨드랑이로 손을 넣었다. 그 모양을 보고 정곽이 물음을 던졌다.

"뭘 하려는 게요?"

힐끔 올려다본 정범은 시신을 안아 올리며 대답했다.

"한두 구도 아니고, 밟고 지나 갈 수는 없는 노릇 아니오?"

맞긴 맞는 말이었다. 이제까지 지나쳐 온 시신들은 이곳저곳에 흩어져 그 사이로 지나왔지만, 지금 일행의 앞에 쓰러진 시신들은 마치 길을 막는 것처럼 통로의 중앙에 차곡히 늘어져 있었다. 때문에 건너뛸 것이 아니라면, 시신들을 치워야만 진로를 확보할 수 있는 형국이었다.

"새삼스러운 짓이라 해도 할 말이 없지만, 본승과 인연이 있었던 듯한 자이니 잠시 손을 쓰겠소."

정곽에게 양해의 말을 던진 정범은 잡아 안은 시신을 벽 쪽으로 끌어당겼다. 그런 정범의 행동을 보고 언두수가 바로 뒤따라 손을 냈지만, 갑자기 변하는 눈앞의 상황은 내민 손을 멈추게 만들었다.

기이이잉—

정범이 도사의 시신을 벽에 기대놓은 그 순간이었다. 시신의 등과 머리가 닿은 두 자 폭의 벽면 일부분이 움푹 뒤로 밀려들어 갔다. 곧바로 기계음이 분명한 소리가 들리며 일행의 뒤쪽 천장이 내려앉았다.

삽시간의 일이었다. 고개를 돌린 언두수가 어, 하는 소리를 낼 사이도 없이 거대한 천장의 한 부분은 순간적으로 떨어져 내렸다. 그리고 그건 벽이 되었다.

쿵!

"뭐, 뭐야?"

"얼라리요?"

"어, 어?"

"저, 저게?"

언두수와 정범, 하남과 부춘호가 동시에 입을 벌렸다. 전혀 의외의 일을 본 그 눈들은 놀라움과 당혹감으로 가득했다. 하지만 그 순간에도 오직 두 사람, 정곽과 세철만은 싸늘한 눈으로 바라볼 뿐이었다.

"이, 이거 어떡하지?"

막혀 버린 벽면에 다가서더 언두수는 당황해했다. 손으로 연방 이곳저곳을 쓰다듬어 보지만, 거대한 돌벽을 어찌할 수 없다는 건 모두가 아는 일이었다. 정곽은 그런 언두수와 일행 모두에게 경고하듯 말했다.

“이제 시작이다. 거듭 말하지만 조금이라도 이상한 건 피하고 아무
것도 건들지 마라. 설사 그것이 가족의 시신이라 해도 말이다.”

정곽의 말에 무안한 표정을 지은 건 정범이었다. 하지만 정곽은 곧
바로 신형을 돌렸고, 단호하게 앞으로 나아갔다.

세철은 정곽의 옆으로 붙어 섰다. 나머지는 그 뒤를 따랐다. 그렇게
일행이 시신들을 건너 전진할 때, 이번엔 앞쪽의 천장이 내려앉았다.

기이이잉.

내려앉는 천장을 향해 세철이 바닥을 차고 뛰어나갔다.

팡!

세철의 발돋움 소리가 선명하고 맹렬하게 들렸다. 하지만 삼분지 이
나 내려와 버린 돌벽 앞에서 세철은 멈춰 서버렸다. 자신은 이대로 지
나간다 해도, 나머지 뒤의 일행은 지날 수 없는 속도였던 것이다. 그렇
다고 해서 밑으로 들어가 밀어 올릴 수 있는 형세도 아니었다.

쿠웅!

거대한 돌벽이 바닥에 내려앉았다. 이번엔 아무도 입을 벌리지 않았
다. 그러나 상황은 더욱 안 좋았다. 앞뒤로 막혀 버린 공간 안에 모두
가 갇혀 버린 것이다.

“이런 제길!”

앞뒤를 돌아다 본 언두수가 욕설을 뱉었다. 하지만 욕설이 채 끝나
기도 전에 상황은 급격하게 변했다. 이번엔 막혀 버린 전방의 우측 벽
면이 그 크기만큼 밑으로 가라앉은 것이다.

구우우웅!

가라앉은 벽면은 바닥이 되었다. 그리고 그 벽이 있던 자리로 새로

운 통로가 생겨났다. 놀랄 틈도 없이 생긴 변화였다. 마치 제 몸을 스스로 바꾸고 변화하는 것 같은 석도는 새로운 길을 보이며 일행을 유혹했다.

세철은 자신의 바로 옆으로 새로 생긴 통로를 무서운 눈으로 바라보았다. 그렇게 한기 도는 눈길을 주기는 정곽도 마찬가지였다. 그러나 정곽은 머뭇거리지 않았다.

"가자."

정곽이 새로운 통로로 몸을 디밀었다. 세철은 또 바로 옆으로 서서 나아갔다. 그렇게 일행은 모드 새로운 통로 속을 걸어나갔다. 새 통로에는 역시 유등들이 줄지어 벽 위에서 춤을 추었다. 그렇게 나아간 거리가 대략 십여 장이 되었을 무렵, 또 새로운 변화가 일행 앞에 생겨났다.

구우우웅.

이번엔 전진하던 일행의 앞과 좌, 우측의 양쪽 벽이었다. 그것들이 밀려 나오며 통로를 좁혀왔다. 하지만 속도는 이전의 변화보다 눈에 띄게 느렸다. 또한 그걸 보며 손을 든 정곽의 제지에 세철을 포함한 어느 누구도 움직이지 않았다.

그으으응…….

밀려 나오던 벽들이 소리를 끝내고 멈춰 섰다. 서로를 마주 보고 멈춘 돌벽들은 사람 넷이 나란히 걸어갈 통로를 한 사람이 겨우 지나갈 공간으로 만들고 멈춘 것이다. 그리곤 더 이상 아무 변화도 보이지 않았다.

튀어나온 돌벽들의 앞으로 천천히 걸어간 정곽은 그 자리에 무릎을 굽히고 앉았다. 하얗게 빛나는 눈은 돌벽 사이를 지나 천장을 향했고, 다시 벽과 벽의 각진 면을 지나 바닥까지 내려와 세심히 훑어 나갔다.

마주 보고 있는 양쪽 벽과 벽의 석면은 무척이나 매끄러워 보였다. 넓고 반질한 그 돌벽의 양면을 뚫어지게 쳐다보던 정곽은 뒤를 향해 말했다.

"누구 뭐 던질 만한 것 좀 없나?"

뚱딴지 같은 소리에 고개를 갸웃하던 언두수가 바로 물었다.

"던질 만한 거요? 그게 무슨……."

"이왕이면 작고 묵직한 걸로."

질문을 끊고 거듭된 정곽의 말에 언두수는 좌우를 돌아보았다. 때마침 하남이 품속에서 손바닥만한 주머니를 꺼냈다. 그리고 그걸 받아든 정곽은 손바닥 위에 내용물을 쏟아냈다. 손톱만한 크기의 그것들은 은 조각들이었다. 내려다본 언두수는 바로 입을 벌려 하남을 공격했다.

"이 친구가! 그동안 식대 한번 내는 적 없더니만!"

"허, 허험. 여행을 하다 보면 언제 어는 때 무슨 일이 있을지 모르니까… 이해하게나."

멋쩍게 웃는 하남과 하얗게 눈을 흘기는 언두수가 뒤에서 무슨 짓을 하든지 간에 상관없다는 듯이 은 조각들을 손에 움켜쥔 정곽은 좁아진 통로를 보며 몸을 일으켰다. 그리고 한 발자국을 뒤로 물린 후 은 조각들을 앞으로 내던졌다.

피피피피피피핑!

은 조각들은 섬광이 되어 앞으로 쏘아져 나갔다. 아니, 그렇게 보인 건 처음뿐이었다. 쾌섬으로 날아가던 은 조각들은 갑작스런 연무를 만났다. 양쪽 벽면의 맨 위부터 맨 아래까지의 모든 면적에서 빠짐없이 뿜어져 나오는 그것들은 그 사이를 비행하던 은 조각들을 찰나에 감쌌다. 그리곤 허공에서 모두 녹여 버렸다.

피이이이이이이!

"물러서!"

정곽의 급박한 외침에 일행은 뒤로 물러났다. 그리고 보았다, 좁게 마주 본 양 벽면의 사이에서 반대편 벽을 향해 서로 뿜어지는 짙고 독한 안개를. 매캐한 내음으로 두 벽면 사이를 가득 메운 그것들은 이쪽 벽에서 저쪽 벽으로 쏘아지며, 그 사이를 날던 은 조각들을 흔적없이 삼켜 버렸다. 아니, 녹여 버린 것이다. 그리곤 차츰차츰 밑으로 가라앉으며 물기로 변해 벽을 타고 흘러내렸다.

예리하게 뜬 눈으로 그 광경을 지켜본 정곽은 신음처럼 입을 열었다.

"염산(鹽酸)이다……!"

모두 눈을 크게 뜨며 놀랐다. 하지만 너무 놀란 탓인지 아무도 입을 열지 않았다. 하지만 세철은 달랐다.

"그냥은 지나갈 수 없겠군."

다른 누구의 대답도 기다리지 않은 채 세철은 물러 나왔던 두 벽면 사이로 다가갔다. 그리고 두 벽의 모양을 유심히 바라보며 손으로 더듬다가, 문득 한 발을 뒤로 빼며 오른 주먹을 들어 올렸다. 부수려는 것이다.

"안 돼!"

소리친 정곽을 돌아보며 세철은 주먹을 멈췄다.

"섣불리 건드리면 감당할 수 없는 지경이 될지도 모른다."

엄중한 정곽의 경고를 들은 세철은 주먹을 내리며 물었다.

"달리 방법이 있겠소?"

세철의 눈을 보다 다시 그 뒤의 통로로 시선을 넘긴 정곽은 차분하게 다시 말을 꺼냈다.

"사문(死門)이 있으면 생문(生門)이 있는 법. 그것이 세상의 이치다. 저 건너에 분명 이 벽을 조작하는 장치가 있을 거다. 그걸 찾으면 된다."

세철은 정곽의 이야기를 알아들었다. 다른 사람들도 그랬다. 지나온 통로에서 시신의 등으로 눌렸던 벽의 일부분처럼 그런 장치가 있을 거란 이야기였다. 하지만 그러기 위해선 누군가 건너가야 했다. 불과 일 장 반이 될까 한 거리지만, 두 벽 사이에서 뿜어지는 산의 순간적인 속도는 그들 모두가 좀 전에 보았다. 그 속도를 뛰어넘을 자는 일행 중에 없었다. 가장 근접한 자라면 세철과 정범 정도가 될 것이다.

"내가 건너가지요."

세철이 성큼성큼 벽으로부터 떨어져 나왔다. 그 모습을 정곽은 말없이 바라보았고, 언두수와 하남 부춘호는 황당함이 묻든 표정으로 쳐다보았다.

"아니, 그게 무슨 말도 안 되는……."

"뒤를 봐주시오."

만류하려는 언두수의 말은 바로 끊어졌다. 세철이 정범에게 협조를 구한 때문이었다. 정범은 잠시 세철을 바라보다 고개를 끄덕여 보인 후, 세철이 서 있는 자리의 뒤쪽으로 물러났다. 그리고 두 손을 합장 지었다.

"나무관세음보살…… 준비되었소."

정범의 대답이 있자 세철은 가만히 앞을 바라보았다. 눈은 뚫어버릴 것처럼 두 벽 사이와 그 건너의 공간으로 집중했고, 두 다리는 땅에 박듯이 밀착시킨 채 슬며시 간격을 벌렸다. 두 팔은 가슴 앞으로 모아 겨드랑이에 붙였고, 온몸은 열어 통로 내부의 기류와 조응했다.

파아앙!

한순간 세철의 몸이 포환처럼 터져 나갔다. 디뎠던 발이 떠난 자리는 돌 바닥이 패어 나갔다. 겨드랑이에 붙였던 두 팔은 앞으로 뻗어 허공을 움켜잡아 뒤로 끌어당겼다. 그렇게 흐르는 공기의 결속으로 세철은 몸을 태웠다. 그리고 두 벽의 사이를 들어서는 그 순간, 뒤에 있던 정범의 두 손에서 황금빛 손 그림자가 무수히 튀어나왔다. 그것들이 세철의 등으로 날아와 수백 사람의 손길처럼 등을 떠밀었다.

두 벽 사이로 들어선 세철은 등으로 느껴지는 정범의 힘을 몸에 실어 앞으로 더욱 빠르게 달려갔다. 하지만 그 순간 뿜어지는 양 옆의 살인 연무는 소리보다 앞서서 세철의 몸을 덮치며 감싸 안았다. 그건 너무도 빨랐다.

피이이이이이이!

눈앞과 머리 위, 발 밑과 등 뒤, 옆구리와 어깨, 순식간에 온몸을 덮쳐 뿜어 나오는 염산의 연무는 세철의 몸을 먹어치우려 맹렬하게 다가왔다. 석 자에 불과할 듯한 두 벽의 틈은 그 속을 달리는 세철에겐 너무나 좁고, 또한 지나치게 길었다. 최소한 지금 이 순간의 세철에게는 그렇게 느껴졌다. 그걸 증명하듯이 산의 연무는 이미 옷깃을 파고드는 중이었다.

세철은 온몸을 둘러 감는 산의 연무를 보며 어금니를 질끈 물었다. 그리곤 바로 호흡을 멈추며 달리던 바닥을 차고 올랐다. 오른발을 우측으로 뻗어 벽면을 찼다. 벽을 차는 우측 다리에 화끈한 감각이 전해졌다. 하지만 곧바로 반동을 빌어 좌측 벽을 차며 온몸을 뒤틀었다. 그렇게 세철의 몸은 앞으로 쏘아지며 한줄기 와선풍이 되었다.

후아아아앙!

세철의 몸에 닿던 연무가 거칠게 돌아갔다. 꼭 회전하는 세철의 몸으로 빨려드는 것 같은 그것들은 그렇게 세철과 함께 돌았다. 하지만 미세한 간격을 둔 연무들은 엄청난 속도로 돌아가는 세철의 몸을 침범하지는 못했다. 그냥 겉돌아갈 뿐이었다. 그 속에서 세철은 전광처럼 튀어나왔다.

피아아아앙!

찰나의 순간에 튀어나온 세철의 몸은 바닥을 한 번 되차며 계속해서 돌았다. 그 신형의 끝을 거미줄처럼 길게 돌며 이어져 나온 연무의 소용돌이는 세철의 그림자를 계속 뒤쫓았다. 그 모습은 꼭 줄을 뽑아내는 거미에 다름 아니었다.

파앙!

회전하던 세철의 다리가 바닥을 찍어 내렸다. 정신없이 돌던 몸은 한순간에 멈춰 버렸고, 그 몸의 끝을 따라 돌아가던 연무들은 사방으로 흩어져 나갔다.

치이이익!

주위 사방의 벽과 바닥에 흩어져 나간 산들이 마지막 소리를 냈다. 산지사방에 자국을 내며 소멸하는 산무(酸霧)의 최후를 세철은 불 같은 눈으로 바라보았다. 그리고 자신의 두 다리를 가만히 내려다보았다. 너덜너덜하게 삭아버린 옷 사이로 검은 무쇠 각반이 보였다. 여전히 검은빛이었다. 그 빛깔이 예전과 다르지 않듯이, 몸에는 이상이 없었다.

"성공했다! 성공했어!"

가라앉는 산무의 두 벽 너머에서 언두수가 건너다보며 기쁘게 소리쳤다. 나머지 일행의 얼굴도 그렇기는 매한가지였다. 하지만 정곽은 빠르게 주문을 넣었다. 소리치는 그가 말하는 건 세철이 건너간 이유이기도 했다.

"기관 조작 장치를 찾아!"

세철은 주변을 빠르게 훑어 나갔다. 건너편과 똑같은 모양으로 튀어나온 두 벽의 사이부터, 그에 이어진 벽과 천장, 그리고 바닥까지 세심하게 살피고 또 살폈다. 손가지 더듬는 그 동작이 반복되길 얼마 후, 다른 곳과 구별되는 벽의 한 부분을 세철은 발견했다.

통째로 튀어나온 두 벽면과 달리, 그 앞뒤로 이어진 벽면은 사각의 바위들이 벽돌처럼 쌓인 모양이었다. 그 모양은 처음 진입할 때부터 보던 그 모습 그대로였다. 하지만 세철의 손끝에 다른 구별을 준 한 부분, 미세하게 틈과 틈 사이가 느껴지고 그 끝 부분에 돌 가루가 묻어 나오는 부분은 분명 달랐다. 그리고 그건 죽은 무당 도사의 시신이 밀었던 그 부분처럼 내부의 기관과 연결된 부분이 틀림없었다.

찾아낸 기관의 열쇠 부분을 잠시 바라보던 세철은 손을 밀착시켰다.

그리고 슬며시 밀었다.

그으으으…….

역시 손에 닿은 부분이 뒤로 밀려들어 갔다. 그리고 연이은 동작으로 튀어나왔던 양쪽 통로의 벽면이 뒤로 후퇴하기 시작했다.

구우우우웅.

나올 때와 달리 천천히, 느리게 뒤로 밀려간 두 벽면은 정상적인 모습을 회복했다. 완전히 뒤로 들어가 버린 그 모양을 의심스럽게 쳐다보며 언두수가 슬금슬금 다가왔다.

"이거, 다시 튀어나오는 건 아닐 테지?"

그 등을 정범이 철썩 때렸다.

"아따, 젊은 친구가 소심하긴!"

홀떡 놀라 돌아보는 언두수의 얼굴을 향해 정범은 흰 이를 씨익 드러내 보였다. 그리고 성큼성큼 걸어 세철이 있는 곳으로 다가갔다. 그 뒷모습을 불그락한 표정으로 노려보던 언두수가 바로 뒤따르고 정곽과 하남, 부춘호가 빠르게 걸어갔다. 그 걸음 그대로 일행의 전진은 다시 시작됐다.

"사자철기맹은 어찌 됐을까?"

유난히 조심스런 눈으로 앞을 보며 걷던 언두수는 옆의 하남에게 물었다. 슬쩍 시선을 돌렸던 하남은 다시 앞을 보며 긴장한 목소리로 말했다.

"아마도… 우리랑 크게 다르지 않을 테지. 어쩌면 이 벽 뒤에 그들이 있을지도 알 수 없는 노릇이고."

하남의 대답에 언두수는 고개를 끄덕였다. 그리고는 유별스런 시선으로 제 옆의 벽들을 다시 한 번 바라보았다.

"저, 벽 뒤에……."

언두수의 중얼거림은 이어지지 않았다.

꽝! 꽈앙!

"헉! 뭐, 뭐야?!"

중얼대던 언두수가 깜짝 놀라 걸음을 멈췄다. 그가 쳐다보던 벽의 뒤쪽에서 느닷없는 폭발음과 진동이 전해졌기 때문이다. 일행 모두가 그 소리와 진동에 걸음을 멈춰 세웠다. 놀란 얼굴들은 사방을 돌아보았다. 하지만 소리와 진동은 거듭해서 이어졌다.

꽈꽈꽈꽝! 쿵, 쿠우웅! 구르르르르…….

통로 전체가 지진을 만난 것처럼 거세게 흔들렸다. 천장에선 돌 가루와 먼지가 비처럼 뿌려졌다. 눈을 부릅뜬 정곽은 급박하게 바로 소리쳤다.

"뛰어!"

일행 모두가 비처럼 뿌려 내리는 먼지 속을 뚫고 앞을 향해 뛰었다. 하지만 원인을 알 수 없는 폭발 소리는 계속 이어졌고, 발이 닿는 돌바닥은 출렁대며 진동했다. 벽 너머에 그들이 알 수 없는 이변이 생긴 게 틀림없었다.

픽, 픽, 피픽, 픽.

유등들이 진동을 견디지 못하고 꺼져 버렸다. 처음에 들어설 때 저절로 켜지던 그 반대의 모습이었다. 하지만 이번엔 확실한 원인이 있었고, 그 원인을 견디지 못한 유등들은 바닥에 떨어져 내렸다. 불붙은 기름이 이곳 저곳으로 퍼졌다.

"이런 제기랄! 이러다 생매장당하는 거 아니야?"

급박하게 뛰면서도 언두수는 욕설을 내뱉었다. 하지만 상황은 무척이나 좋지 않았다. 통로가 뒤틀려 버릴 것 같은 진동과 연이은 굉음은 달리는 그들의 몸마저 출렁이게 만들고 있었다. 그리고 더한 충격이 파도처럼 그들을 덮쳤다.

쿠아아앙!

달려나가던 일행의 앞에서 폭발이 일어났다. 폭발은 양쪽 벽과 천장을 산산이 가루 내며 터져 나왔고, 그 파편들을 보며 눈을 부릅뜨는 그들의 발 밑이 지옥처럼 꺼져 내렸다. 통로 전체가 무너져 내리는, 대비할 방법도 시간도 없는 하강이었다. 그러나 추락하는 그들에겐 날개가 없었다.

*　　　　*　　　　*

투투투투투투투투투!

"크악!"

"으아악!"

"커헉!"

고연호는 정신없이 뒤로 물러났다. 이건 생지옥이었다. 눈앞에서 사람들은 걸레가 돼 죽어가고 있었다. 물경 수십 명의 사람들이 한꺼번에 몰살되는 장면은 보기에도 처절하고 끔찍했다. 온몸을 쇠꼬챙이로 뚫리는 그 광경은 혈리표의 지옥을 보았던 그때와는 또 달랐다. 하지만 피 냄새는 똑같았다, 뜨끈하고 비릿하며 울컥한 욕지기를 동반하는.

이곳은 사람을 죽이기 위해 존재하는 곳이었다. 목전에 보이는 광경처럼 걸음을 옮기는 곳곳마다 죽음의 함정이었다. 아직도 벽에서는 쇠꼬챙이들이 발사되어 나오는 그 요란한 소리가 귓속을 헤집었다. 어른의 팔 반 길이에 새끼손가락 굵기만한 그것들은 양쪽 벽의 무수한 구멍에서 튀어나와 그 사이의 사람들을 꼬치로 만들어 버렸다.

사람들은 벌집이 되어 죽어 쓰러졌다. 먼저 죽은 자의 몸에 나중 죽은 자의 몸이 겹쳐 넘어지고, 서 있는 자의 다른 몸을 뚫은 쇠꼬챙이들은 이미 죽은 자들의 몸을 다시 뚫고 반대편 벽으로 사라져 들어갔다.

얼마나 많은 사람들이 죽었는지 헤아려지지도 않았고, 죽음은 실감조차 나지 않았다. 혈룡의 비밀이 숨어 있다는 이곳에 들어오던 그 순간부터 죽음은 예견되어 있던 것이다. 아니, 선두를 뺏기지 않기 위해 서로에게 칼질을 해대던 그 순간부터 정해진 응보일런지도 몰랐다.

처음엔 저절로 켜지는 불빛을 보며 놀라던 사람들의 발 밑이 느닷없이 꺼져 내렸다. 그 위를 걷던 자들이 떨어지고 비명이 들려왔을 때, 뒤따르던 다른 자들의 눈에 보인 것은 참혹이었다. 함정에 떨어진 사람들은 하늘로 섬뜩하게 치솟은 무수한 창날에 겹겹이 꽂힌 모습이었다.

하지만 그건 시작에 불과했다. 참혹을 당한 다른 이들의 모습을 본 군웅들은 더 이상 서로를 향해 무기를 휘두르지 않았다. 그러나 되돌아 나가는 이 또한 아무도 없었다. 그렇게 사람들은 다시 전진했다. 천장이 내려오고, 벽이 가라앉으며, 새 길이 드러나면 그리로 나아갔다. 그 와중에 거대한 돌벽에 밀려 죽고 천장에 깔려 죽는 이가 속출했다. 그때쯤에는 무언가 잘못된 것을 느낀 듯, 슬금슬금 되돌아 도망쳐 나가려는 자들도 생겨났다. 하지만 이미 갈 수 없었다.

출구가 사라져 버린 통로를 사람들은 무작정 전진해야만 했다. 통로는 계속해서 막히고 열리기를 반복하며 사람들을 흩어놓았다. 그 도중에 염산이 뿌려지는 통로에선 또 수십의 사람들이 죽어 나갔다. 그들은 뼈조차도 녹아버리는 처참하고 끔찍스런 모습으로 죽었다. 하지만 결코 그것이 다가 아니었다.

염산의 안개비가 뿌려지는 통로를 피해 정신없이 후퇴하던 사람들의 옆으로 새 통로가 생겨났다. 목숨을 보존하려는 사람들은 정신없이 그곳으로 뛰어들었다. 대부분의 군웅들이 그 통로로 접어들었을 때, 또다시 벽면에서 안개비가 뿜어져 나왔다. 사람들은 기겁하고 아우성쳤다. 하지만 아무 일도 벌어지지 않았다. 당연히 녹아들 줄 알았던 몸들이 멀쩡하자 사람들은 안도의 숨을 쉬며 뿜어져 나오는 액체가 무엇인지를 살펴보았다. 액체는 기름이었다. 그러나 그 순간 액체는 불이 되었다.

모두가 그 불 속에서 재가 되었다. 통로 전체가 불로 가득 차고 벽에서는 계속해서 기름이, 불길이 뿜어져 나왔다. 그 중간에서 사람들은 장작이 되어 타올랐다. 피할 곳이라곤 아무 데도, 손바닥만한 공간도 있지 않았다. 그저 타는 냄새만이 진동하고, 불길은 짐승의 혓바닥처럼 통로 전체를 휘감았다.

그걸 보고 또 뒤로 뛴다. 제정신을 가진 사람은 이미 아무도 없었다. 그 혼란의 외중에 또 다른 통로가 생겨났다. 앞뒤 가릴 경황이 없던 살아남은 자들은 그리로 전부 몰려들었다. 그런데 이번엔 저것이었다. 벌집으로 쑤셔대는 쇠꼬챙이…….

“허어… 사려… 사려주어…….”

거친 숨을 몰아쉬는 고연호의 발목을 누군가가 붙잡았다.

“헉!”

화들짝 놀란 고연호는 뒤로 주저앉았다. 끔찍한 머리 속의 영상은 한순간에 날아갔다. 대신 눈앞에 죽음의 손이 보였다. 그러나 곧 죽을 손이기도 했다.

“제바… 사려… 주어…….”

고연호는 자신의 발목을 붙잡은 사내를 떨리는 눈길로 바라보았다. 사내의 모습은 처참했다. 종아리와 허벅지, 하복부와 가슴, 두 팔과 어깨, 그리고 자신을 올려다보는 얼굴 한쪽까지도 쇠꼬챙이에 관통당했다. 그 지경으로 사내는 팔을 뻗어 자신의 발목을 붙잡은 것이다. 살려는, 살고픈 욕망이 사내의 부서진 얼굴에 가득했다. 하지만 그러기엔 너무 늦은 것 같았다.

푸르르르르, 사내의 손이 경련했다. 부서진 얼굴에 흐르는 것과 똑같은 색의 피가 사내의 입 사이로 흘러내렸다. 간절하게 올려다보던 두 눈은 까무룩 흰창으로 뒤집어졌다. 그리고 얼굴을 바닥에 박았다.

“으, 으으…….”

힘이 풀리는 사내의 손을 털어내며 고연호는 뒤로 물러앉았다. 입에서는 저절로 신음이 새어 나왔다. 후들대는 발을 밀어 등을 벽에 기댔다. 하지만 바로 등을 떼고 벽을 바라보았다. 지금 보는 이 벽에선 뭐가 튀어나올지 알 수 없는 노릇이었다. 식은땀만이 계속해서 흘러내렸다.

뭐가 잘못된 것인지 혼란스러웠다. 자신이 이곳에 온 것이 잘못한 것인지, 도대체 소문과 달리 이곳은 왜 이런 지경인지, 대관절 무슨 조화로 이런 일이 벌어지는 것인지 정말로 궁금하고 또 의문스러웠다.

풍문을 쫓아 섣불리 달려든 자신의 행동이 후회스러웠다. 하지만 달리 방법이 없었다. 소림사에 계속해서 남아 있을 수도 없었다. 해야 할 일이, 반드시 이루어야 할 일이, 죽기 전엔 결코 잊을 수 없는 일이 있는 것이다. 하지만 그 일을 다른 이의 손으로 이룰 순 없는 노릇이었다. 세철이 아무리 강하다고 해도, 자신보다 더한 상태에서 다시 살아난 비인간이라 해도 숙부의 복수만큼은 자신의 손으로 해야 했다.

때문에 매일같이 세철의 모습을 멀리서 보며 몸을 단련해 왔었다. 조금이라도 그를 따라가기 위해서, 복수의 가능치를 높이기 위해서 칼을 휘둘러 온 것이다. 하지만 마음만큼 몸과 칼은 따라주지 않았다. 벽력문과 손을 잡았다는 당문의 이야기는 더욱 절망스럽게 했다. 그래서 더욱더 이를 악물고 칼만을 그어댔다. 그러나 방법이 없었다.

방에 처박혀서 울분을 삼킬 수밖에 없었다. 칼을 꺾어버리고 싶었다. 무능한 자신의 모습이 너무도 싫었다. 아무리 칼을 휘둘러도 벽력문과 합친 당문은 능력을 벗어난 대상이었다. 암담했다. 이미 알고 있는 사실이었음에도, 시간이 지날수록 그 의미는 복수의 투지를 깎아 내렸다. 때문에 그런 생각들로 방에 처박힌 자신이 더욱더 미웠다.

그런데 그때 그 얘기를 들은 것이다. 숨이 멎을 만큼 충격적인 그 얘기, 외부에 나갔던 승려 몇몇이 듣고 왔다는 그 소문. 절의 곳곳에서 젊은 중들이 새벽별 아래 모여 소곤대는 그 이야기는 온몸에 소름이 돋을 만큼의 전율을 가져다 주었다.

혈룡도……. 언젠가 들었던 혈룡마제의 비밀이 숨겨진 희대의 보도. 세상에 나타났다 피를 뿌리고 다시 숨어버린 그 칼. 그 칼의 비밀이, 혈룡마제의 유진이 남겨진 혈룡비처가 세상에 드러났다는 이야기였다.

그날 새벽 그대로 절을 뛰쳐나왔다. 길을 가던 중엔 도적들로부터 소문의 확인까지 할 수 있었다. 한 늙은이를 기억 속에 남겨두고 오는 길이 되었지만, 복수를 이룰 수 있다는 일념은 길고도 멀었던 길을 피곤없이 오게 해주었다.

그대로였다. 혈룡도만 손에 넣는다면, 혈룡마제가 남긴 유진을 얻을 수만 있다면 시간이 얼마가 걸리건 복수를 이룰 가능성은 꿈이 아닌 현실이 되는 것이다. 그 때문에 이곳까지 달려왔다. 하지만, 하지만 지금 이곳은… 지옥이었다.

"제기랄! 도대체 여기가 뭐 하는 데야? 어떤 놈들이 이런 짓을 하는 거야? 으아아아아!"

한 사내가 울분 섞인 고함을 질러댔다. 고함 소리는 처절하고 비통했다. 어느새 인간들을 도륙하던 쇠꼬챙이들의 살육은 끝나 있었다. 죽은 자들의 시체가 통로에 가득했다. 그 뒤에 남은 사람들은 서로를 확인하고 돌아다보았다. 살아남은 자들은 그렇게 서로의 얼굴에서 위안을 찾았다. 하지만 위안을 삼기엔 남은 자들의 숫자가 너무도 적었다.

중간중간에 흩어졌다곤 하지만, 이곳까지 나뉘어 온 사람들의 수효는 백여 명을 훨씬 상회하는 숫자였다. 그런데 지금 남아 있는, 아니, 살아 있는 사람들의 수효는 불과 이십여 명뿐이었다. 구 할 가까이나 죽은 것이다. 모두가 눌려 죽고, 깔려 죽고, 타서 죽고, 녹아서 죽고, 그리고 벌집이 되어 죽은 것이다.

모르긴 몰라도 흩어진 다른 사람들의 무리도 마찬가지일 게 뻔했다. 그 무리가 무림연맹이든 사자철기맹이든 또 다른 무리이든 간에, 들어온 자들 모두를 몰살시키기 위해 만들어진 이 함정은 예외가 있지 않을 것이다. 또한 그러한 몰살계가 감추어진 이 함정을 이젠 아무도 의심하지 않았다.

"어떡해야 하지? 도대체 이곳에서 어떻게 나가야 하는 거야?"

또 다른 젊은 사내가 울 것 같은 표정으로 입을 벌렸다. 곧 울음을 터뜨릴 것 같은 사내는 흔들리는 검 한 자루를 꼭 잡은 모습이었다. 하지만 떨리는 팔의 흔들림을 검이 감추지 못하는 것처럼, 지금의 상황에선 어떠한 무기도 무용지물이라는 것을 사내 역시 알고 있을 터였다.

사람들이 하나둘씩 주저앉았다. 너무도 기진해 보이는 그 모습들은 서로가 서로의 등을 맞대게 했다. 그럴 수밖에 없는 것이 지금의 이 통로는 또다시 어떤 죽음의 변화를 보일지 아무도 알지 못했기 때문이다.

그런 사람들의 모습을 보며 고연호는 가만히 호흡을 골라 나갔다. 대비해야 하는 것이다. 이곳에서 다른 자들처럼 죽을 수는 없기에 준비하는 것이다. 그리고 살아 나가야 했다. 무슨 일이 있어도 살아야 했다.

그그그그그그궁…….

통로가 또다시 변화를 시작했다. 주저앉았던 생존자들은 욕설을 내뱉으며 벌떡 몸을 일으켰다.

"이런 빌어먹을!"

"도대체 어떤 놈들이야!"

그리곤 각자의 병기를 움켜쥐고 열리는 벽 쪽을 향했다.

그그그그… 쿠웅!

벽이 완전히 열렸다. 하지만 잠시 동안 아무 변화도 없었다. 그리고 모두가 두렵게 바라보던 그곳에서 사람들이 걸어나왔다. 아주 조심스럽고, 보는 자들처럼 두려움과 공포가 가득한 눈을 한 그림자들은 분명 사람이었다.

"어? 무, 무림연맹이다!"

바라보던 자 중 한 명이 소리쳤다.

"거기 누구냐? 정체를 밝혀라!"

나오던 무림연맹의 무리도 걸음을 멈추고 고함쳤다. 어쩌한 상황과 뜻밖의 사람들도 믿을 수 없는 것이 이 통로 속의 현실이기 때문이다. 그런 무림연맹 인물들의 눈에는 핏발이 도드라져 보였다. 병기를 내민 채 주춤주춤 걸음을 내딛는 몰골들은 피범벅이었다. 허리에 두른 하얀 띠는 붉은 띠로 변해 있었고 그들은 적의 가득한 살기를 내뿜었다.

"우린 적이 아니오! 이걸 보시오! 우리도 겨우 살아남았소!"

처음에 소리쳤던 사내가 죽은 자들을 가리키며 서둘러 해명했다. 자신들이 살고자 살기를 띠우던 무림연맹의 인물들은 사내의 손이 가리키는 곳을 보았다. 하지만 이미 익숙한 탓인지, 체념한 것인지 참혹함을 꺼리는 얼굴이 아닌 안도의 표정을 먼저 만들었다.

"휴우… 여기도 마찬가지군."

정체를 밝히라던 무림연맹의 무사는 병기를 내리고 천천히 걸어나왔다. 그 옆과 뒤에서 무기를 겨누던 다른 이들도 뒤따라 옮겨 나왔다. 두셋씩 열을 지어 나온 무림연맹의 무사는 오십여 명 안팎이었다. 처음 이곳에 온 숫자가 삼백 명이었으니, 육분지 일로 줄어든 숫자였다. 하지만 나머지 모두가 죽은 것인지, 아니면 통로의 분열 속에서 흩어진 것인지는 알 수 없었다. 그러나 한 가지, 그들 역시 다르지 않다는 것은 보는 모두의 생각이었다.

"어떻게 된 겁니까? 다른 사람들은 어디 있습니까?"

울먹이던 사내가 무림연맹의 무사에게 말을 던졌다. 하지만 대답하는 자의 말도 물음이긴 마찬가지였다.

"그건 나도 묻고 싶은 말이오. 다른 사람들은 더 없는 거요?"

주변을 둘러보는 무림연맹 무사의 말에 대답하는 자는 없었다. 물었던 자조차 곧 시선을 거두었다. 그 얼굴은 자신의 질문이 얼마나 우매한 것인지를 스스로 아는 표정이었다. 침묵은 곧 전체로 번져 나갔다. 그리고 처음처럼 사람들은 하나둘씩 주저앉기 시작했다. 서로가 서로에게 등을 내어주는 그 모습들은 이전엔 상상도 할 수 없었지만, 지금의 현실은 그런 걸 따질 상황이 아니었다.

이곳저곳에서 미약한 신음 소리가 들려왔다. 아직 죽지 않은 자들이 내쉬는 마지막 숨결 같은 소리였다. 하지만 그 소리에 반응하거나 몸을 일으키는 자는 아무도 없었다. 그러기엔 너무 늦은 탓도 있었고,

무엇보다도 자신의 생명을 지키는 것이 더 중요했기 때문이다. 그렇게 남은 자들은 휴식을 취했다. 하지만 그건 죽음을 담보한 휴식이었다.

고연호는 사람들의 동태를 지켜보며 천천히 몸을 점검해 나갔다. 다행히도 상한 곳은 없었다. 여기저기 긁히고 생채기가 난 곳은 많았지만, 몸이 불편할 정도의 큰 부상은 입지 않았다. 몸이 성하니 이젠 나가야 했다. 혈룡도의 유혹이 아무리 크다곤 하지만, 지금의 상황으로 봐선 그것도 물거품이 된 게 분명했다. 누군가 먼저 손을 댄 것이 분명했고, 그 전설을 이용해 사람들을 몰살시키고 있는 것이다. 반드시 나가야 했다. 여기서 죽는다면 숙부의 복수는 꿈이 되고 만다.

기기기기기깅…….

움직이는 통로의 소리가 또 들렸다. 고연호는 빠르게 몸을 일으키며 칼을 고쳐 잡았다. 주저앉았던 다른 자들도 모두 신형을 일으켰다. 그리고 소리가 들리는 곳, 벽이 움직이는 쪽을 향해 몸을 움츠렸다.

막혔던 뒤쪽, 무리의 퇴로를 차단했던 벽이 천천히 옆으로 밀려 나갔다. 그 모양을 바라보는 생존자들의 눈에는 극도의 공포가 떠올랐다. 알 수 없기 때문이었다. 또 어떤 죽음의 덫이 다가올지, 이번엔 몇이나 살아남을지 짐작조차 안 되는 상황인 것이다.

고연호는 따끔거리는 목구멍에 침을 삼켜 넣으며 통로를 주시했다.

벽은 유난히도 느리게 열리는 것 같았다. 심장은 두근거리고 박도를 잡은 두 손엔 땀이 배었다. 반쯤 열린 벽면의 뒤쪽이 어스름하게 눈에 들어왔다. 그 안에 무언가 어른대는 그림자가 보이는 것 같았다. 하지만 확실한 건 아무것도 없었다. 때문에 몸에 바짝 더 힘을 주었다.

기이이이… 쿠웅!

드디어 통로가 완전히 열렸다. 하지만 열린 통로 쪽은 어두웠다. 이
쪽엔 불이 살아 있는 반면 그쪽엔 살아 있는 유등 빛이 보이지 않았다.
그런 어둠 속에서 무언가가 보이지 않을 만큼 빠르게 튀어나왔다.

피, 피피, 피잇!

이쪽 통로의 불빛에 노출된 은빛 섬광은 검빛이 분명했다. 하지만
전광 같은 그 검빛이 튀어나오던 순간까지 사람들은 알아보지 못했다.
그리고 그 검날이 귀신처럼 튀어나옴과 동시에 사람의 목소리가 들렸
다.

"멈추시오!"

소리는 검날이 튀어나오는 그 뒤쪽이었다. 무얼 멈추라는 건지는 모
르겠으나, 그 순간 갈지자로 허공을 쪼개 나온 검빛은 한 사람의 몸을
휘어 감았다.

시, 시, 시엣!

"커흑!"

검빛을 몸에 뒤집어쓴 자가 억눌린 소리를 뱉어냈다. 검을 잡고 울
먹이던 젊은 사내였다. 그 사내의 가슴에서 열십자의 핏줄기가 솟구쳤
다. 그 순간에 검빛을 그어댄 신형이 눈에 보였다. 하지만 검을 그어댄
신형과 검은 멈추지 않았다. 한 동작인 것처럼 옆으로 이동한 검은 두
번의 빛을 허공에 더 그어댔다. 그리고 그 끝에서 두 사람의 목줄기가
터졌다.

"그윽……!"

“컥!”

창졸간에 목을 베인 두 사람의 목에서 피가 뿜어져 나왔다. 하지만 그 순간까지도 사람들은 상황을 분간하지 못했고, 검은 또 다른 사람에게로 날아들었다.

피이잇! 카앙!

빛살처럼 움직이던 검이 불꽃을 피우고 멈춰 섰다. 또 다른 검이 그 길을 막은 것이다. 검이 멈춰 선 그 순간에 세 사람의 죽음이 현실로 바닥에 쓰러졌다.

쿵, 쿠궁!

찰나간의 그 상황을 고연호는 이제야 분간해 냈다. 세 사람의 죽음을 만들어낸 검이 빛을 그어대던 그 순간, 열린 통로의 어둠 속에서 또 다른 그림자가 튀어나왔다. 그리고 살인을 저지른 검의 움직임을 멈춰 세운 것이다.

“이, 이게…….”

무림연맹의 무사들을 비롯한 사람들은 주춤주춤 뒤로 물러섰다. 창졸간에 벌어진 죽음에 그들은 정신을 차리지 못했다. 하지만 그 순간 그들은 검을 휘두른 자와 그 검을 막아선 자를 알아보았다. 그들은 적이 아니었다. 그어댄 자는 공진자였고, 막아선 자는 고운자였다.

“공진 도우! 진정하시오!”

고운자가 아직도 검을 거두지 않는 공진자에게 소리쳤다. 공진자의 눈이 고운자에게 싸늘한 빛을 뿌렸다. 왠지 그 눈은 광기가 엿보이는 듯싶었다. 그리고 그런 이유를 사람들은 짐작했다.

공진자의 몸은 정상이 아니었다. 왼쪽 뺨과 이마를 비롯한 얼굴이 흉측하게 녹아 붙어 있었다. 왼 어깨와 팔은 축 늘어졌고, 등과 가슴을 포함한 상반신의 의복은 재가 된 채로 몸에 붙어 있는 모습이었다. 참혹한 몰골이었다.

"진정하시오! 제발!"

간곡하게 소리치는 고운자를 바라보던 공진자의 눈이 조금씩 조금씩 가라앉았다. 하지만 흥분으로 들썩이는 가슴의 기복은 여전했기에 고운자는 또 말했다.

"잘 보시오. 저들은 적이 아니오. 이곳에서 우리가 겪은 것은 기관뿐이 아니오? 저들은 사람이오. 게다가 우리 식술들도 있소이다."

차분하고 또렷하게 설명하는 고운자의 말에 공진자는 주변을 천천히 둘러보았다. 그리고 점점 흔들리는 눈빛을 아래로 내린 후 이제껏 맞대고 있던 검을 늘어뜨렸다.

"죽일……."

분명치 않은 말을 뱉으며 공진자는 고개를 숙여 내렸다. 검을 든 손과 어깨는 부들부들 떨렸고 숙인 채 바닥을 보는 얼굴은 비참하게 일그러졌다.

공진자의 표정이 왜 저러한지는 묻지 않아도 짐작할 수 있었다. 열려진 벽 뒤쪽에서 나온 것은 공진자와 고학자 단둘뿐이었다. 나머지가 다 어디로 갔는지는 알 수 없었다. 하지만 흉측한 몰골의 공진자와 피칠갑된 고운자의 모습을 보면 능히 짐작할 수 있는 일이었다. 그건 모두가 겪은 일이기도 했다.

서서히 진정되는 모습을 보이는 공진자에게서 고운자는 시선을 뗐다. 그리고 한쪽에 몰려서 있는 무림연맹의 무사들을 바라보며 물었다.

"이곳엔 너희뿐이더냐?"

두려움이 가시지 않은 시선으로 바라보던 무사들 중 처음에 선도로 나섰던 무사가 입을 열었다.

"생존자는 저희뿐입니다. 한데… 장로님들께선 어찌……."

무사는 말을 다 끝맺지 못했다. 묻지 않아도 짐작되는 일이었지만, 차마 묻기에도 곤란한 일이었던 것이다.

무사를 바라보던 고운자는 시선을 돌렸다. 그리고 통로에 남아 있는 자들의 면면을 살펴보며 조용하게 말했다. 너무도 비통한 목소리였다.

"모두 죽었다……. 길이 갈린 사람들은 어떤지 모르겠으나… 우리 둘만이 몸을 보존했다……."

대답을 들은 무사는 고개를 수그렸다. 병기를 잡은 손이 부르르 떨렸다. 그런 모양인 건 다른 무림연맹 무사들도 마찬가지였다. 하지만 분노는 한순간이었고 현실은 지속이었다. 그 사실을 제일 먼저 자각한 이는 고연호였다.

"이제 어찌해야 하겠습니까? 여길 어떻게 빠져나가야 하는 겁니까?"

고운자와 무사들의 시선이 고연호에게 돌아왔다. 유심한 눈길로 잠시 바라보던 고운자는 다른 이들에게로 시선을 돌렸다. 고연호에게 몰렸던 시선은 모두 고운자에게로 돌아와 있는 상태였다. 그 눈길들은 한결같이 대답을 요구했다. 하지만 고운자에게도 답은 없었다.

"나갈 길은 없다!"

신경질적인 카랑한 목소리는 공진자였다. 수그렸던 고개를 천천히 들어 올린 그는 곤혹스러운 얼굴의 고운자를 보았다. 그리고 곧바로 시선을 고연호에게로 돌렸다. 살기가 도는 눈빛은 종전처럼 광기로 번들댔다.

"살고 싶으냐, 꼬마야? 하지만 그건 그른 것 같구나. 우린 우리를 이 지경으로 만든 놈들을 만나야 한다. 그놈들이 누구인지 알기 전에는, 설령 길이 있다고 해도 나갈 생각은 버려야 할 거다. 알겠느냐?"

정상이 아닌 듯한 공진자의 눈빛을 보며 고연호는 진한 소름을 느꼈다. 하지만 저 미친 늙은이의 말을 따를 생각은 추호도 없었다. 저 늙은이의 말은 다 같이 죽자는 얘기와 똑같았다. 그건 절대로 있을 수 없는 얘기였다. 살 수만 있다면 무슨 수를 써서라도 살아야 했다.

"그건 원하는 사람들의 얘기고, 나가고 싶은 사람은 나가야 하지 않겠습니까?"

고연호는 공진자의 말에 반박했다. 그 말에 일반 무인들은 물론 무림연맹의 무사들까지도 수긍의 눈빛을 보였다. 하지만 공진자는 버럭 소리쳤다.

"뭐라? 나가고 싶다고?"

공진자의 검이 다시 일어섰다.

"너 혼자 나가고 싶단 말이지?"

고연호 쪽으로 한 걸음을 내디딘 공진자의 눈엔 파란 빛이 일렁거렸다. 고연호는 그런 공진자를 보며 짙은 위기를 느꼈다. 하지만 반발도 울컥하고 치솟았다.

"나 혼자 나가고 싶다곤 하지 않았소."

공진자는 한 걸음을 더 다가오며 음산하게 말했다.

"어쨌든 나가고 싶다고? 그래, 그러면 내가 내보내 주지……. 무거운 몸뚱이도 놔두고 홀가분하게 말이야."

일렁대던 파란 눈빛이 공진자의 눈에서 튀어나온다고 느낀 그 순간, 고연호는 반사적으로 칼을 들어 올렸다. 하지만 칼 앞에서 솟구치는 흰빛의 섬광을 보았다고 생각한 그 찰나에 공진자의 검은 목줄기 앞을 파고들었다.

꿈속의 느린 정경처럼 검끝이 눈에 보였다. 이상한 일이었다. 쳐 올리는 자신의 칼도 보였고, 옆에서 소리치는 고운자의 얼굴도 선명하게 보였다. 그 속에서 그어 올린 칼은 헛되이 허공을 가르는 모양이었다. 파고드는 검은 점점 더 목에 가까워졌다. 그렇게 모든 것이 다 보였다. 그런데 몸이 움직여지지 않았다. 억눌리고 붙들린 것처럼, 몸은 천천히 느림보처럼 움직일 뿐이었다.

답답했다. 하지만 피할 방법이 없었다. 죽음을 예감했다. 죽음이 눈앞에 와 있었다. 이대로 죽고 싶지 않았다. 이런 곳에서 쓰러지고 싶지 않았다. 원수를 갚고 싶었다. 숙부들의 원수를 쳐 죽이고 싶었다. 그런 후에 죽고 싶었다. 하지만 지금 목 앞의 저 검은 그 바람을 죽이러 들어오고 있었다.

고연호는 목을 파고드는 검끝을 보며 몸에 힘을 풀었다. 어차피 피할 수 없는 죽음이라면 당당하게 맞아들이고 싶었다. 그리고 숙부들의 곁으로 가면 될 것이었다. 그런 심정으로 공진자의 검을 지나, 그 검을 찔러 넣는 공진자의 얼굴을 보았다. 흉측한 광기로 물든 그 얼굴이 이상하게도 측은해 보였다. 하지만 그보다도 더 이상한 건 공진자의 얼굴 너머 고운자의 다급한 표정 뒤로, 무사들이 서 있는 벽 전체가 터지는 모습이었다. 정말로 꿈결같은 이상한 광경이었다.

쿠아아아앙!

후끈한 바람을 맞으며 고연호는 뒤로 날아갔다. 하지만 정신을 놓치는 그 와중에서도, 몸은 자꾸만 뒤가 아닌 밑으로 떨어지는 것만 같았다.

풍로에 덮인 술을 잔에 따르는 제갈승만은 흐릿한 미소를 머금었다. 작은 다담상을 놓은 맞은편에는 제갈승종이 앉아 잔을 들었다. 두 사람의 주위에는 아무도 없었다. 열린 대웅전의 문밖으로는 짙은 어둠이 내려앉았다. 그 어듬 아태쪽 어딘가에서 둔중한 폭발음이 계속해서 들렸다.

쿵, 쿠웅, 쿠우웅.

두 사람이 앉은 대웅전의 마룻바닥도 들썩거렸다. 불상은 자애로운 미소를 버리지 않은 채 좌우로 뒤뚱거렸다. 술잔에 담긴 술도 출렁댔다. 그 잔을 들어 저갈승만은 입에 털어 넣었다.

"크음, 좋구나."

잠시 술맛을 음미하며 절 밖의 어둠을 응시하던 제갈승만은 제갈승종에게로 시선을 돌렸다. 제갈승종은 술잔을 내린 후, 시선을 제 형에게로 맞추었다.

"벽력문 아이들이 발악을 하는군요."

"음, 그런다고 변하는 게 있으려고."

"그렇습니다. 어차피 자충수입니다. 석도는 파괴되고 내려앉겠지만, 그 아래의 동혈은 오히려 저들의 숨통을 끊는 거미줄의 중심인 셈이니까요. 그리고 벽력문의 일은 이미 예견했던 일이기도 하구요."

동생의 말에 고개를 끄덕인 제갈승만은 다시 흔들리는 술잔에 술을 채웠다. 그리고 처음처럼 술을 털어 넣은 후, 제갈승종에게 여유있는 목소리로 다시 물었다.

"아직 황보가 등에선 오지 않았나?"

"무슨 생각인지 진입하진 않았지만, 황보가와 팽가, 무극도문의 연합이 분명한 적의(赤衣)의 무리가 절 아래쪽에 모여 있습니다. 아마도 벽력문이 일을 저지를 때를 기다렸던 것 같습니다. 그러니 곧 진입할 걸로 여겨집니다."

"여우 같은 놈……."

제갈승만의 한마디는 누굴 향한 것인지 모호했다. 때문에 제갈승종은 잠시 의아한 표정을 만들었다. 하지만 제갈승만은 한 잔의 술을 거푸 따르며 입을 벌려 말했다.

"황보장청, 그놈이 진짜 여우다. 겉으론 팽진성 놈이 꾀를 내는 것 같지만, 언제나 미끼를 주고 못 이기는 척 따르는 것이 놈의 처세야. 그게 놈이 휘하를 부리는 방법이지. 오늘의 일도 뻔한 수순일 거다."

그제야 이해의 눈빛을 보이는 제갈승종은 다시 조심스런 질문을 했다.

"저들은 그렇다 치고 삭신 일행과 묵호련은 어찌 대처해야 할까요? 예상대로라면 그들도 와 있어야 하지만, 아직 종적이 보이지 않으니……."

"걱정할 건 없다. 황보장청도 그런 생각이겠지만, 일의 배후를 캐겠다는 것이 그들의 생각이겠지. 아마도 그들은 이미 근방에 도착해 있을 게다. 하지만 마지막 순간까지 드러날 우리도 아니거니와 그들의 의도대로 되는 것은 아무것도 없을 것이다. 그들도 결국은 들어올 수밖에 없지. 그리고 그때가 되면… 모든 것이 끝이 나는 거지."

찰랑이는 술잔을 다시 집어 올린 제갈승만은 천천히 들이켰다. 그 모습은 꼭 중오를 들이마시는 사람처럼 유난히도 섬뜩했다. 그렇게 비운 잔을 내려놓은 제갈승만은 시커먼 대웅전 밖의 하늘을 올려다보며 혼잣말처럼 중얼거렸다.

"오늘이 지나면 세상은 우리 제갈가의 것이 된다!"

일렁이는 제갈승만의 눈은 바깥의 안개처럼 어둡고 두터웠다. 또한 그 속엔 깊은 감회와 세월을 기다려 온 자의 인고가 함께 있었다.

"무던히도 참았고 많이도 기다려 온 시간이었다. 이젠 지난 일을 돌이켜 생각하기조차 싫구나. 하지만 이 한 잔의 술처럼, 오늘로써 모든 걸 털어낼 수 있을 게야·……."

비워 버린 잔을 내려다보며 기억을 곱씹는 듯한 제갈승만은 느릿하게 술병을 들어 다시 잔을 채웠다. 그리고는 곧바로 입에 털어 넣었다.

"형님, 술이 과하신 듯하군요. 말씀처럼 이제 곧 일의 매듭을 지어야 할 터인데……."

　걱정스런 제갈승종의 눈을 보고 제갈승만은 희미하게 웃었다.

　"그래, 네 말이 맞다. 술은 이쯤에서 그만두어야 하겠구나. 오늘이 가기 전에 좋은 구경거리가 있을 터인데 술에 취해 놓칠 수는 없는 일이지."

　잔을 내려놓는 제갈승만의 손에서 시선을 뗀 제갈승종은 또다시 자신의 염려를 슬쩍 꺼냈다. 언제나 그렇듯이, 자신의 형에게 거듭되는 경계와 주의를 주는 것이 그의 역할인 것이다. 그리고 그건 자신의 마음이기도 했다.

　"하고… 예상 밖의 인물들이 들어와 있습니다. 철비철각호란 자와 소림의 무치광승 정범, 그리고 그 일행인데… 죽음에 이르렀던 자가 오늘 보니 완전히 무공을 회복했습니다. 전혀 염두에 두지 않았던 인물은 아니지만, 그자에겐 혈리표가 있지 않습니까? 그것이 소제는 영…….."

　"관계없다."

　제갈승만은 단호하게 잘라 말했다. 그 눈은 또다시 짙은 일렁임으로 제갈승종을 보았다.

　"그것이 당문을 초토화시킬 정도의 위력을 가졌다지만, 시전자가 죽는다면 한갓 쇳덩이에 불과할 터. 설마 하니 산을 뚫겠느냐, 땅을 갈라 올리겠느냐? 만에 하나 그렇다고 해도, 저 안의 용맥은 모든 걸 삼켜 버릴 게다. 그것은… 누구도 바꿀 수 없는 저들의 결정된 운명이지!"

　일렁대던 제갈승만의 눈은 다시 차분히 가라앉았다. 그리곤 몸을 일으켜 세우며 술잔을 바닥에 던졌다.

챙그랑!

자기 파편들이 대웅전의 바닥에 산산이 흩어졌다. 경쾌하게 깨지는 그 소리를 음미하듯 보고 들으며 제갈승만은 대웅전을 둘러보았다. 그리고 웃는 얼굴로 제갈승종에게 말했다.

"일이 다 끝나면 제라도 한번 올리자꾸나. 어쨌든 이 절은 우리에겐 신의 선물 같은 존재가 아니겠느냐? 이 절을 비워준 중들에게도 미안한 일이고 말이야. 그렇지? 으하하하하하!"

누가 들어도 상관없다는 듯, 호탕하게 웃어 젖히는 제갈승만의 웃음에선 짙은 피 냄새가 풍겨져 나왔다. 어쩌면 그 냄새는 절 뒤에 묻힌 죽은 승려들의 피 냄새인지도 몰랐다.

*　　　　*　　　　*

콰콰콰콰콱!

파파파파팡!

세철의 몸이 검은 질풍으로 움직였다. 쏟아져 내리는 돌무더기들과 바위 파편들을 쳐내는 그의 손과 발은 보이지도 않았다. 하지만 그 윤곽의 반경에서 수많은 돌무더기들이 허공에 부서져 나갔다. 위험한 그 모습은 차라리 황홀해 보였다.

"이쪽으로! 어서!"

정곽이 거북머리처럼 돌출한 바위 밑에서 소리쳤다. 그의 곁으로는 피 터진 머리를 부여잡은 언두수가 보였다. 하남은 그들을 보며 있는 힘껏 뛰었다. 하지만 달리는 그의 앞으로는 머리만한 돌들이 비처럼 쏟아졌다.

퍼억!

"윽!

커다란 돌에 어깨를 강타당한 하남이 앞으로 고꾸라졌다. 그 몸 위로 위험한 돌무더기들이 비를 뿌렸다. 쳐다보던 언두수는 다급한 욕설을 내뱉었다.

"이런 제기!"

그 순간 정곽이 뛰어나갔다.

캉! 카카카카카캉!

정곽의 허리춤에서 튀어나간 유엽도가 허공을 난자했다. 불꽃이 현란하게 튀는 속에 정곽은 하남의 몸을 붙잡았다. 그리고 왔을 때처럼 칼을 그어대며 정신없이 뒤로 물러났다. 같은 순간 정범은 부춘호를 붙잡고 뛰고 있었다. 그 머리 위에서 세철은 정신없이 손발을 휘둘렀다.

파파파파파팍!

정범이 정신 잃은 부춘호를 반대편 바위 밑으로 끌고 갔다. 하지만 아이들 머리만한 돌들의 추락은 계속 이어졌다. 그 속에서 춤을 추던 세철도 정범 쪽으로 빠르게 몸을 이동했다. 그런데 그 순간 바라보던 정범이 소리쳤다.

"피해!"

세철은 정범이 보는 자신의 머리 위를 보았다. 커다란, 말 그대로 집채만한 바위가 떨어져 내렸다. 보는 순간 바위는 이미 머리 위였다. 피하기엔 늦은 감이 있었다. 아니, 바위를 보는 그 순간 세철은 피하기를 거부했다.

피아앙!

세철의 왼발이 솟구쳐 올라갔다. 머리와 상체는 뒤로 쓰러지듯 넘어 갔고, 왼 다리는 머리가 있던 자리로 용솟음쳤다. 그런데 그 발끝과 다 리를 시퍼런 녹청빛이 휘감고 있었다. 그리고 다리는 바의와 부딪쳤 다.

쿠아아앙!

바위가 울음소리를 냈다. 그 엄청난 소리는 산산이 부서지는 아픔의 소리였다. 폭발로 떨어진 바위는 또다시 견딜 수 없는 충격에 폭발하 듯 깨지며 사방으로 쪼가져 나갔다. 그리고 그 사이에서 세철은 훌러 덩 뒤로 돈 몸을 멈칫 세웠다.

파파파파파!

깨진 바위 파편들이 사방의 동굴 벽에 부딪치는 소리가 또한 요란했 다. 하지만 그 속에서 다른 소리도 들렸다.

"아야!"

파편에 맞았는지 정범이 아픈 시늉을 했다. 그리고 바로 투덜댔다.

"이런 제기, 무식하기는."

세철이 깨부순 바위가 마지막이었는지, 어느새 위험한 돌들의 추락 은 잦아들었다. 작은 돌 조각들만이 이리저리 동굴의 벽어 부딪쳐 팅 겨지는 소리만이 간간이 이어졌다.

툭, 투둑, 툭툭…….

"끝난 건가?"

언두수가 터진 머리를 삐죽이 내밀어 위를 올려다보았다. 잔 먼지만

이 흩날려 내리는 위는 까마득하고 시커맸다. 미로처럼 이리저리 사람을 몰던 석도는 완전히 부서져 내렸다. 그 통로가 있던 자리는 검은 연기만이 가득했다. 하지만 그 아래 또 이런 공간이 있는 것이다.

"제기랄 거, 십 장은 족히 넘겠는데?"

떨어진 사실이 믿기지 않는 듯, 언두수는 가만히 고개를 내둘렀다. 사실이었다. 언두수가 고개를 내두를 만큼 폭발과 함께 추락하던 그 순간은 위험했고, 아래서 올려다보는 동굴의 위쪽은 높고도 험악스러웠다.

너무도 다행스런 일이었다. 바닥과 함께 가라앉던 그 순간에 세철과 정범이 귀신처럼 몸을 쓰지 않았다면 나머지 일행의 생사를 장담할 수 없는 순간이었다. 등을 밀고 몸을 잡아 균형을 잡아준 그들의 손이 없었다면, 떨어지는 바위들을 간발의 차로 차며 아래로 내려앉진 못했을 것이다. 그러나 그럼에도 불구하고 부상자는 생긴 것이다.

생각이 다친 사람들에게 이르자 언두수는 급히 고개를 돌렸다.

"어, 맞아! 하 형! 괜찮은 거야?"

어깨를 움켜잡고 고통스런 표정을 보이는 하남은 오히려 부춘호를 걱정했다.

"나보다는… 부 형님이, 으음……."

"맞어! 부 형님!"

언두수는 또 급하게 동굴 반대편으로 고개를 돌렸다. 바위 아래서 정범이 부춘호의 다리를 붙잡은 모습이 보였다. 그 앞에 세철은 장승처럼 시커멓게 서 있었다.

"어때요? 괜찮은 거요?"

정범의 눈이 힐끔 한 번 돌아왔다. 하지만 무거운 음성으로 한마디를 내고 다시 돌아갔다.

"다리가 부러졌어."

"엑! 다리가요?"

언두수는 급하게 정범 쪽으로 뛰어갔다. 하지만 그런 자신의 머리에서도 피가 흐르고 있는 건 알지 못하는 모습이었다.

"심각해요? 어, 정신을 못 차리네?"

혼절한 채 누워 있는 부춘호의 모습을 보고 언두수는 놀란 얼굴을 감추지 못했다.

"시끄러워. 호들갑 떨지 말고 여기나 붙잡아."

"네? 아, 네네."

부춘호의 오른쪽 허벅지를 정곽에게 붙잡게 한 정범은 종아리를 슬며시 들었다. 바지를 걷어 올리자 정강이의 중간 부분이 퉁그러진 게 눈에 보였다. 그 부분을 살며시 쓰다듬듯 쓸어 내리던 정범의 손이 갑자기 확 하고 잡아당겼다.

덜컥.

"으으……."

혼절한 와중에도 통증을 느꼈음인지 부춘호가 얼굴을 찡그렸다.

"됐다."

정범의 굳었던 얼굴이 풀리자 언두수는 바짝 긴장한 얼굴 그대로인 채 되물었다.

"됐어요? 정말 된 거예요?"

"이 친구가? 내 손을 뭘로 보고! 아, 부목 댈 만한 거나 찾아와!"

짐짓 성내는 척하는 정범의 소리에 언두수는 허둥지둥 일어섰다.

"부목이요? 그, 그래, 부목이 있어야지."

사방을 둘러보던 언두수는 동굴의 한쪽 구석에서 바위 사이로 삐죽이 솟은 것을 보았다. 앞뒤 가릴 것 없이 달려가 살펴보니 부러진 창대들이었다. 분명 기관의 움직임으로 사람을 해치기 위해 만들어졌을 그것들은, 무너지는 통로와 함께 이렇게 부러진 것이 틀림없었다.

돌들을 헤치고 그중에 네 가닥을 빼냈다. 그리고 부춘호가 누운 자리를 향해 뒤돌아서는 순간, 언두수는 한 가지 사실을 깨달았다. 다 보이는 것이다. 땅속의 동굴이라면 의당 어두워야 하건만, 한쪽 구석에 있는 부러진 창대마저 확인할 정도로 동굴은 어둡지 않았다.

"이거… 아까는 불이 있었다지만… 이 아래는 뭐 때문에 어둡지 않은 거지?"

부춘호 쪽으로 다가가며 언두수는 의문스레 중얼거렸다. 그 소리에 언두수로부터 창대를 넘겨받는 정범도 다시 한 번 주위를 돌아보았다.

"정말 그렇긴 한데……."

세철은 부목을 대는 부춘호를 내려다보다 정곽 쪽으로 걸어갔다. 정곽은 그 사이 하남의 어깨와 팔을 찢어낸 옷가지로 몸통에 동여매고 일어서는 중이었다.

"괜찮소?"

묻는 세철에게 간단히 손을 들어 보이며 정곽은 다른 말을 했다.

"무너지지 않았다면, 이쪽이 우리가 진행하던 방향이다."

다가온 세철에게 동굴의 한쪽 편을 가리키며 정곽은 걸어갔다. 그 뒷모습을 따라 걸음을 옮기며 세철은 생각했다. 과연 저 동물적인 방향 감각은 타고나는 것인지, 아니면 후천적인 노력에 의해 생기는 것인지 정말로 의문스러웠다. 이 상황에서도 정곽은 중심으로 향하는 방향을 정확히 짚어내는 것이다. 그건 진정 감탄할 만한 능력이 아닐 수 없었다.

앞을 향해 걷던 정곽이 모퉁이처럼 굴곡진 위치에서 걸음을 멈추자 세철도 멈춰 섰다. 그런데 등을 보인 정곽의 앞쪽이 이상하게 부연 빛을 내는 것 같았다.

"석영이로군. 수정이야."

세철은 중얼대는 정곽의 옆으로 나서며 앞쪽을 보았다. 그리고 동굴이 어둡지 않다던 언두수의 의문과 정곽이 중얼거린 소리가 무엇인지 알아냈다.

벽이 온통 수정이었다. 동굴의 천장과 벽, 심지어는 바닥까지도 수정이었다. 연수정, 흑수정, 박수정, 자수정, 홍석영, 철석영, 호안석, 사금석까지, 마치 도배된 것처럼 결정을 이룬 동굴의 모습은 기이하고 이채로웠다.

"저것 때문이군."

또 혼잣소리를 내는 정곽의 시선을 좇아 세철은 동굴 속 빛의 근원을 보았다. 그건 용암이었다. 오 장쯤 이어지던 동굴은 두 갈래로 나누어졌다. 그 중간의 바닥에 구덩이가 보였고, 그 속에서 붉은 용암이 부글부글 끓어올랐다.

"어쩐지 덥다 했더니……."

어느새 등 뒤로 다가온 정범이 부춘호를 업은 채로 중얼거렸다. 언두수도 하남을 부축해 옆으로 다가와 있었다.

"저 용암 빛을 수정이 반사시킨 거군요. 거참, 묘하네."

맞는 말이었다. 수정은 스스로 빛을 내는 광석이 아니니 빛의 근원은 따로 있을 수밖에 없다. 하지만 다시 생각해 보면, 이 많은 수정이 있다는 건 다른 광석이 있을 개연성 또한 충분하다는 얘기였다. 거기다 그것이 수정보다 더욱더 값이 나가는 무엇이라면 이건 말 그대로 노다지였다.

"다른 사람들도 이곳 어딘가에 있다면 지금쯤은 눈들이 뒤집혀 있을지도 모르겠군."

부춘호의 목소리였다. 정곽과 세철이 뒤돌아보았다. 정범의 등에 업힌 그가 정신을 차린 것이다.

"그렇게 보지 말라구, 스님께 업힌 것도 미안해 죽을 지경인데."

"아, 미안하긴 뭐가 미안해요. 이 참에 줄창 붙어 있으라구요, 그 등짝에."

은근하게 부아를 돋우는 언두수의 염장질에 정범의 눈이 희끔한 빛으로 험악하게 돌아왔다.

"뭐라?"

"아니, 뭐… 말인즉슨… 헤헤헤헤."

옆 걸음질하는 언두수를 따라 하남도 끌려갔다.

"이거 봐. 왜 나는 붙잡고 이래, 이 친구가."

"이 사람아, 놓긴. 자넨 환자 아닌가, 환자."

정범과 자신 사이에 하남을 세운 언두수는 식은 웃음을 헤헤거렸다. 하지만 그 순간 다가서던 정범은 걸음을 멈췄고 세철은 정범을 보았다.

"들었소?"

"들었는데."

뜻 모를 소리를 지껄인 두 사람 중 세철의 신형이 먼저 튀어 나갔다. 그리고 그 뒤를 정범이 뒤쫓아 달려갔다. 달리는 그 등에 부춘호가 매달려 있는 건 당연했다.

"뭐, 뭐야?"

언두수가 애매한 소리를 냈다. 하지만 곧바로 달려가는 정곽과 하남을 보며 그도 달릴 수밖에 없었다.

"이, 이봐들! 같이 가!"

뒤에서 들리는 동료들의 소리를 귀에 담으며 세철은 더욱 빠르게 달려나갔다. 기포를 터뜨리는 용암 구덩이를 뛰어넘어 왼쪽 갈래의 동굴로 접어들자 동굴은 더욱 넓어졌다. 그 바닥과 벽을 차고 달리며 세철은 고연호를 생각했다.

어쩌면 지금의 이런 상황대로라면 늦어버린 건지도 몰랐다. 만일 그렇다면 자신은 씻을 수 없는 죄를 저지르게 되는 것과 같았다. 아니, 이미 그렇게 된 것인지도 모른다. 하지만 만에 하나, 백만분의 하나라도 연호가 살아 있기만 한다면 무슨 수를 써서라도 구해야만 했다. 그것이 뒤따르는 동료들이 목숨을 건 이유이고, 자신이 달리는 이유였다.

피이잉!

누군가 던진 수리전이 귀 옆을 스쳐 갔다. 달리는 전방에 던진 자의 모습이 보였다. 당황하는 게 분명한 그 모습은 거듭해서 수리전을 던져 냈다.

핑. 피핑. 피잉!

안면과 가슴으로 들어오는 수리전을 피하려던 세철은 팔을 들어 올렸다. 그리고 수리전의 몸통을 후려갈겼다. 뒤의 동료들을 위한 몸짓이었다.

팡팡팡팡!

달리는 세철의 두 주먹 끝에서 부스러기들이 튀었다. 그 모습을 보는 전방의 그림자가 뒷걸음질을 쳤다. 하지만 비호처럼 마지막 거리를 좁혀 덮친 세철의 손은 상대의 목을 움켜잡았다. 그리고 달리던 속도 그대로 밀어 던졌다.

부우웅.

콰당!

"커헉!"

개구락지처럼 바닥에 내팽개쳐진 사내는 숨 막힌 소리를 내질렀다. 그때까지 앞쪽을 보고 있던 다른 사내들이 일제히 뒤를 돌아보았다. 그리고 놀라 소리 질렀다.

"뭐야?"

"웬 놈이! 헛! 철비철각호다!"

"엇! 저, 저자가!"

놀란 얼굴로 뒷걸음질치는 사내들의 수효는 삼십 명 정도였다. 모두 무림연맹의 무사들이었다. 하지만 눈에 보이는 건 그들뿐만이 아니었다.

세철이 한 사내를 던지고 멈춰 선 장소는 기묘했다. 사방으로 다섯 개의 다른 동혈이 보이는 위치였고 작은 장원의 안마당처럼 제법 넓은 공간이었다. 그리고 통로가 없는 쪽, 무림연맹의 무사들이 병기를 들

고 마주 서 있던 곳은 석실이었다. 동굴 벽 안쪽으로 뚫린 그 안에 벽
력문의 무사들이 있었다.

"헉헉! 아이고, 숨차… 얼래? 무슨 일이래?"

뒤늦게 도착한 일행 중 언두수는 무림연맹 무사들과 석실 안쪽을 번
갈아 보며 궁금해했다. 궁금함은 바로 파악되었다. 석실 안쪽에서 만
폭비전을 겨누고 있는 벽력문 무사들 사이로 작은 궤짝이 보였다. 무
사들의 숫자는 대략 십여 명, 긴장한 그들의 눈빛만큼이나 현란한 보광
이 그 안에서 쏟아져 나왔다. 투명하게 영롱한 흰빛을 내는 그것은, 궤
짝의 위로 수북이 쌓아놓은 하얀 소금처럼 보이는 그것들은 가까이 가
서 확인하지 않아도 알 수 있는 보물, 금강석이 분명했다.

"아미타불. 소문만 무성했던 혈룡의 보물이 드디어 나왔구나. 그런
데 이상하군. 저건 꼭 누가 일부러 놔둔 것 같은 생각이 드는데? 여태
까지 겪은 일도 그렇고… 그렇지?"

가늘게 뜬 눈으로 바라보며 말하던 정범이 제 옆의 언두수를 툭 차
며 물었다.

"엇? 뭐, 뭐라구요?"

보광에 눈을 팔던 언두수를 정범은 마뜩찮은 표정으로 보았다.

"이 친구가, 지금이 어느 시국인데 그 따위 썩은 물개눈알이야?"

"저, 저게 금강석 맞지요? 그렇지요?"

언두수는 아직도 딴스리를 했다. 정범의 눈이 치켜 올라간 건 당연
했고, 정곽은 앞으로 나서며 질문을 던졌다.

"그대들뿐인가?"

주춤주춤 물러서는 와중에도 석실의 동정을 살피던 무림연맹 무사

들은 정곽이 아닌 세철을 향해 대답했다.

"모, 모르오. 우리도 겨우 목숨을 부지했소."

대답하는 사내를 유심히 바라보던 정곽은 다시 말을 던졌다. 시선은 석실 안의 벽력문도들에게 둔 채로였다.

"저들과는 이곳에서 만났나?"

우물쭈물 세철과 정곽, 석실 쪽을 번갈아 보던 사내는 다시 대답했다.

"그렇소. 폭발이 있은 후 이곳에서 저들을 처음 보았소. 다른 사람들이 더 있는지는 우리도 알지 못하오. 하지만 어쩌면… 우리처럼 연못에 떨어진 사람들은 무사할지도 모르겠소."

"연못이라고?"

바짝 되묻는 정곽의 눈은 반짝 빛을 냈다. 사내는 찔끔한 눈으로 곧바로 대답했다.

"그, 그렇소. 온천이었소. 온통 무너지는 순간 죽는다고 생각했는데, 다행히도 온천에 떨어진 거요. 그런데 그곳의 물은 정말로 뜨거웠소."

사내의 대답을 들은 정곽의 눈은 무얼 생각하는지 점점 더 빛을 냈다. 그러나 잠시 후 눈빛은 사그라들었다. 하지만 이번엔 세철이 입을 열었다.

"사람을 찾는다. 칼 한 자루와 검 한 자루를 등에 메고 또 한 자루의 칼을 지닌 청년이다. 보지 못했나?"

세철의 질문에 정곽에게 대답했던 사내는 훌쩍 한 걸음 뒤로 물러났다. 두려움이 분명한 얼굴로 그는 세철을 바라보며 힘겹게 입을 열었다.

"보, 보지 못했소이다! 이, 이봐들, 누구 본 사람 없나?"

뒤돌아 제 일행에게 묻는 사내의 행동은 다급해 보였다. 하지만 사내처럼 뒤로 물러나며 고개를 젓는 나머지 무림연맹 무사들의 얼굴에는 두려움만이 있을 뿐이었다.

세철은 시선을 돌려 석실 쪽을 바라보았다. 만폭비전을 겨눈 벽력문 무사들은 바짝 긴장한 모습이었다. 자신들 외엔 그 누구의 생사도 알 수 없는 이 동굴에서 그들은 적을 만난 것이다. 그런데 거기다 세철 일행까지 나타났다. 겨누고 있는 만폭비전을 쏠 수도 없는 상황이다. 석도를 뚫고자 사용했던 그들의 화기는 통째로 전체를 내려 앉혔다. 또다시 화기를 사용한다면, 이번엔 어떤 일이 벌어질지 알 수 없는 것이다.

"갑시다."

세철이 등을 돌렸다. 정곽은 고개를 끄덕인 후 바로 방향을 잡았다. 하지만 그 순간 들린 호각 소리는 정곽의 발걸음을 붙잡아 돌렸다.

삐이이이이익!

가늘고 긴 고음으로 째지는 듯한 그 소리는 동굴의 벽과 천장에 부딪쳐 날리며 사람들의 귓속을 파고들었다.

"이쪽이오!"

하남이 자신의 우측으로 뚫린 동혈을 가리켰다. 세철과 정범, 정곽의 신형은 동시에 달려나갔다.

"어어, 같이 가! 이 사람들이 정말!"

그때까지도 금강석에 시선을 주던 언두수는 또다시 제 일행의 뒤를 뒤늦게 좇아갔다. 하지만 하남의 뒤를 좇아 들어선 맨 우측 동굴을 달리던 그가 본 것은 종전과 똑같은 구조의 또 다른 장소였다. 넓은 공간에 그 사이사이로 뚫려 있는 다섯 개의 또 다른 통로, 그리고 사람들.

삐이이이익!

챙그랑! 챙! 채채쟁! 창! 치아앙!

수십의 무리가 혼전을 벌이고 있었다. 무림연맹의 무사들과 벽력문의 무리, 그리고 이번엔 사자철기맹의 무사들까지. 서로가 서로에게 칼과 검, 그 밖의 무기들을 휘둘러 대는 그들의 모습은 야차들 같았다. 성한 자들은 하나도 없었고 모두가 핏물을 뒤집어쓴 듯한 모습에 눈에서는 광기들이 흘렀다.

미친 듯이 서로를 죽여대는 그들의 발 밑으로는 싯누런 빛깔의 주먹만한 금괴들이 자갈처럼 널려 발길에 밟혔다. 세 무리가 싸우는 원인이 분명했다. 혼전의 와중에도 금괴를 주우려는 자는 허리를 숙였고, 그 허리를 커다란 거검이 장작 패듯 쪼개 내렸다. 그러나 거검의 주인은 목젖을 후비는 또 다른 검을 피하지 못했고, 남의 목을 후빈 검 주인은 바로 옆에서 발사된 쇠뇌에 안구가 뚫려 버렸다.

핑! 피핑! 핑!

벽력문도들의 석궁은 만폭비전이 아닌 쇠뇌를 쏘아댔다. 짧은 거리에서 발사된 그것들은 목표를 빗나감 없이 상대방의 몸통에 틀어박혔다. 하지만 치명상을 피한 상대들은 여지없이 발사한 자의 목을 갈라버렸다. 말 그대로 참혹한 혼전이었다. 세 무리의 싸움 중 대세는 사자철기맹에게 기울어가는 형세였다. 하지만 지금도 불어대는 벽력문의 호각 소리는 앞으로의 일을 알 수 없게 했다. 또 누가 있는지 아무도 모르기 때문이다.

삐이이익!

동굴을 울리며 퍼져 나가는 호각 소리에 인상을 찡그리던 언두수는 실망스럽게 입을 열었다.

"여기도 안 보이네. 들어온 무림인들이 꽤 될 텐데… 대관절 어찌 된 건지……."

잦아드는 언두수의 음성을 뒤로 들으며 세철은 피가 튀는 혼전을 가만히 바라보았다. 서로가 서로를 죽이는 저자들은 이곳에서 정말로 서로를 다 죽일 기세였다. 하지만 자신들의 목숨조차도 그 안에 있다는 것은 망각한 얼굴들이었다. 그리고 보이지 않는 연호가 이미 그런 지경이라면…….

"동굴은 넓다. 아직 실망하기엔 이르지."

세철은 퍼뜩 고개를 옆으로 돌렸다. 정곽이었다. 그는 한곳을 가리켰다. 아까처럼 석실이 있는 벽쪽, 바닥에 널린 황금의 출처가 분명한 그 석실의 바로 옆에 뚫린 동굴 통로였다.

"저리 가자."

유엽도를 빼드는 정곽을 보고 세철은 바로 몸을 움직였다. 정곽이 가리킨 곳은 혼전이 벌어지는 싸움의 한가운데를 관통해야 하는 곳이었다. 하지만 그에겐 망설일 이유가 아무것도 없었다.

파앙!

세철이 땅을 차며 나가는 소리는 언제나 경쾌할 정도로 강력했다. 그 속도와 힘 그대로 세철의 몸은 무리의 한가운데로 뛰어들었다. 칼과 검을 맞댄 벽력문 무사와 무림연맹 무사 둘 사이로 발을 들이밀었다. 동시에 달리는 기세 그대로를 빌어 두 사람의 옆구리에 손바닥을 갖다 댔다. 그리고 그대로 밀어버렸다.

"억!"

"으헉!"

밀려 버린 두 사람의 몸은 세철의 좌우로 흩어지며 뒤로 날아갔다. 그 두 사람의 몸이 뒷사람의 몸과 병기를 치고, 또 그 뒷사람의 몸을 때려 밀고, 또 그 뒤로 선 자들의 몸을 강타하고……. 그렇게 무지막지한 힘을 몸에 담고 뒤로 밀려가는 두 사람의 뒤로는 아무것도 서 있질 못했다.

쿠다다다다타타타탕!

"캑!"

"어허헉!"

"큭, 뭐, 뭐가!"

두 갈래 파도가 밀려가듯 사람들은 주욱 연속해서 넘어갔다. 하지만 누구도 정신을 차릴 수 없는 상황 속을 세철은 멈추지 않고 달려갔다.

부아앙!

달리는 세철의 오른쪽 머리 위에서 거검이 그어 내려왔다. 사자철기맹의 무사였다. 하지만 내리찍는 그의 눈은 세철이 누군인지 파악 못한 게 분명했다. 알았다면 검을 내려치지도 않았겠지만, 그 눈 속에 보이는 건 피의 광기였다.

세철은 내리 찍히는 거검의 검면을 오른 팔꿈치로 후려갈겼다.

파앙!

부서지는 검날을 뒤로하고 달리는 세철 앞에 이번엔 쇠뇌가 발사되었다.

풍!

미간으로 박혀오는 쇠뇌를 보며 세철은 왼 주먹을 위로 올려쳤다. 아래서 위로 올려친 주먹은 정확히 미간을 노리던 쇠뇌를 튕겨냈다.

팅!

동굴 천장 쪽으로 솟구치는 쇠뇌의 방향을 확인할 사이도 없이 세철은 몸을 숙였다. 곧바로 왼 다리를 상대방의 하단에 후려 넣었다. 쇠뇌를 쏜 벽력문 무사의 발목 어림을 쓸어 차고 질풍처럼 그 옆으로 비껴 지나갔다.

퍼억!

"어헉!"

벽력문 무사의 몸은 제자리에서 앞으로 맴을 돌 듯이 튀어 나갔다. 거꾸로 돌던 그의 눈은 그제야 제 옆으로 발목을 걷어차고 지나간 인물이 누구인가를 생각해 낸 눈빛이었다. 하지만 말하기에도 너무 늦은 상태였다.

앞으로 나아가는 세철은 맞은편 상대에게 검을 휘두르는 자의 어깨를 붙잡았다. 그대로 지나치며 잡은 옷깃을 강하게 잡아 돌렸다. 무림연맹 소속이 분명한 무사는 제자리에서 팽이처럼 돌며 바닥에 쓰러졌다. 그 와중에 같이 돌아간 손끝의 검은 사방으로 날을 돌리며 걸리는 것들과 부딪쳤다.

"어어어!"

피이이이잉!

카카카카캉!

돌아보지도 않고 달리는 세철은 앞에 걸리는 사람들의 몸을 어깨로 들이받았다. 한 사람, 두 사람, 또 동시에 세 사람. 숨 막히는 소리를 지르며 뒤로 나가떨어지는 사람들은 영문도 모른 채 다른 이들의 몸과 부딪쳤다. 하지만 세철은 그들에게 주먹을 쓰지 않았다. 법종 방장의 당부 따위 때문은 아니었다. 다만 지금 주위에 있는 자들은 이용물에 불과하기 때문이다. 모두가 서로를 죽일 듯이 무기를 휘두르고 있지만, 정작 죽여야 할 자들이 따로 있다는 걸 망각하고 있는 것이다. 그러나 어쩌면 저들에겐 모두가 죽여야 할 대상인지도 몰랐다.

파앙!

"커억!"

마지막으로 앞을 가로막던 자를 어깨로 밀치고 세철은 목적했던 동혈에 들어섰다. 하지만 그 순간 뭔가가 세철의 귀밑 공기를 뚫고 날아와 동굴 벽에 부딪쳤다.

티잉!

돌이 튀는 걸 본 세철은 바로 고개를 돌렸다. 바로 뒤로는 세철 자신이 뚫은 인의 통로를 동료들이 달려오고 있었다. 하지만 그때까지도 살육을 멈추지 않던 사람들이 맥없이 쓰러졌다. 속절없이 픽픽 쓰러지는 사람들의 몸에선 핏방울이 튀어나왔다.

탕! 타탕! 타타타타탕!

동굴 속 공기를 찢어발기는 소리는 죽음의 소리였다. 소리의 근원은 세철 자신의 일행이 지나왔던 바로 옆의 통로였다. 그곳에 죽음을 쏘는 자들이 보였다. 붉은 옷에 붉은 두건을 눌러쓰고 등에 왜도를 멘 무리는 세철 등이 이미 겪었던 무리였다. 그들의 손에 기다란 총통이 들려 불을 뿜어댔다. 날씬하고 가벼운 모양을 한 그것들은 사람들이 알던 그런 총통이 아니었다.

타타타타타타타타탕!

"컥!"

"으악!"

"으흑!"

머리가 터져 쓰러지는 자, 가슴에서 피를 뿜는 자, 팔다리가 관통당해 넘어지는 자… 사람들은 그렇게 삽시간에 쓰러졌다. 그들을 살육하는 적의(赤衣) 무리는 일사불란했다. 열 명이 한 줄로 나란히 무릎을 꿇고 앉아 발사한 후 뒤로 물러서면, 그 다음 열 명이 그 자리에 앉아 또 발사를 했다. 그사이 뒤로 물러난 자들은 또다시 장전하고, 아직도 발사의 순서를 기다리는 자들은 통로에 가득했다. 그 수효가 이백은 훨씬 넘어 보였다.

"뛰어!"

세철의 옆에 다다른 정곽이 뒤를 돌아보며 소리쳤다. 부춘호를 업은 정범은 이미 도달해 있었다. 하지만 어깨를 다친 하남과 그 뒤의 언두수는 아직도 뛰는 중이었다.

"자세를 낮춰! 빨리!"

통로로 접어든 정범이 바로 소리쳤다. 하지만 그 순간, 언두수가 풀썩 쓰러졌다.

"이런! 이봐!"

정범이 다급하게 다시 소리치자 하남이 뒤를 돌아보았다. 쓰러진 언두수를 본 그는 뒤를 향해 뛰었다. 불과 이 장 남짓한 거리를 다시 되돌아간 그가 언두수를 부축해 올리는 순간, 선명한 핏줄기가 하남의 허벅지에서 솟구치는 게 보였다.

"억!"

외마디 소리를 내고 하남이 주저앉았다. 그리고 그 순간 세철이 뛰쳐나갔다. 곧바로 부춘호를 내려놓은 정범의 신형도 뛰어나갔다. 총탄이 쏟아졌다.

타타타타탕!

언두수와 하남을 향해 달리는 세철은 자신을 향해 발사되는 총신들을 보았다. 이미 장내에는 서 있는 자들이 별로 없었다. 모두가 총탄에 쓰러져 바닥을 뒹굴었다. 그 위를 날아 자신에게 틀어박히는 총탄의 비를 향해서 세철은 손발을 휘둘렀다.

투타타타타타타티티티팅!

검은 귀신의 그림자처럼 부연 막을 형성한 세철의 몸 바깥에서 총탄의 불꽃이 화려하게 피었다. 손과 발의 철비구와 무쇠 각반에 가로막힌 그것들은 이리저리 사방으로 튕겨나며 또다시 소리 질렀다. 하지만 연속되는 총탄의 비는 멈추지 않았고, 언두수와 하남을 가로막고 포효하던 세철의 발이 바닥의 도와 검을 차올렸다.

핑! 타당!

발끝에 차올린 탄력으로 떠오른 도와 검이 세철의 허리만큼 솟구쳤다. 그런데 그 순간 두 발이 소홀한 틈을 뚫고 탄환이 파고들었다.

픽. 퍼벅. 픽. 픽.

허벅지와 종아리, 옆구리에 아찔한 통증이 왔다. 순간적으로 몸이 멈칫할 만큼 극렬한 통증이었다. 하지만 세철은 두 발을 번갈아 땅을 차며 몸을 옆으로 띄워 들렸다. 그리고 떨어지려는 도와 검을 연속해서 앞으로 차냈다.

파팡!

피이잉!

허리 높이로 떠서 옆으로 도는 세철의 발끝에서 도와 검이 터져 나갔다. 회전하는 수레바퀴에서 흙덩이가 튕겨져 나가는 것처럼 이탈해 나온 도와 검은 흰 선으로 동굴 속을 갈랐다. 그 끝은 총통을 쏘아대는 적의 무리 한가운데를 잔인하게 유린했다.

피이이잉!

퍼벅!

일렬로 앉아 총통을 쏘던 열 명 중 가운데 둘의 가슴이 꿰뚫렸다. 피가 튈 사이도 없이 인간의 살을 헤집은 도와 검은 그 뒤에 선 자들의 하복부마저 뚫고 지나갔다. 그리고 삼 열에 선 자들의 배를 가르고 들어가서야 몸통을 흔들며 하얗게 웃었다.

순식간에 여섯이 죽어 넘어졌다. 하지만 그 죽음이 있기까지 비명은 들리지 않았다. 적의 무리는 제 옆의 동료들이 죽어 넘어가지만 고개도 돌리지 않았다. 그들은 무서운 기세로 달려드는 세철을 향해서 총탄을 쏘아댈 뿐이었다.

타타타타타탕!

갈지자로 신형을 흔들며 달려가는 세철은 정신없이 주먹을 내뻗었다. 푸른빛을 머금은 두 주먹 끝과 팔뚝에선 쉬지 않고 불꽃이 튀었다. 하지만 그 사이사이를 비집고 몸에 박히는 탄환의 뜨거움은 너무도 아찔했다.

“갈!”

갑자기 뒤편에서 터진 소리는 정범이 분명했다. 그 소리를 듣는 순간 세철의 눈빛이 번쩍 빛을 뿜었다. 그리고 달리던 두 발을 차올렸다.

타닷!

정범은 자신의 기합에 맞춰 도약하는 세철의 몸을 보며 오른발을 번쩍 들어 올렸다. 곧바로 반원을 그리듯 바깥으로 돌려 내리며 거세게 땅을 밟았다.

터엉!

땅을 울리는 진각과 동시에 정범의 신형은 마보로 세워지며 앞을 보았다. 같은 순간 허리로 들어갔던 두 주먹이 튀어나오며 포환처럼 권영(拳影)을 뿌려 던졌다.

“이여어어어어!”

파파파파팡!

공기를 뭉개 터뜨리며 연속으로 쏘아진 정범의 권력이 세철의 발 밑을 지나 적의 무리를 덮쳤다.

퍼퍼퍼퍼퍼버벅!

일 열과 이 열의 앉고 섰던 자들이 정신없이 뒤로 쓰러졌다. 그 속에서 처음으로 작은 신음 소리가 터져 나왔다.

“큭!”

그러나 신음은 곧 사라졌고, 적의 무리는 쓰러지는 제 동료들을 도외시한 채 흔들리는 진형을 메워 나왔다. 하지만 그 위로 세철의 몸이 떨어져 내렸다.

부아아앙!

사 장여의 거리를 건너뛰어 내려오는 세철의 오른발이 기다랗게 횡으로 궤적을 그려냈다. 그 궤적의 중간에 휩쓸린 머리들이 요란한 소리로 터져 나갔다.

퍼퍼퍼퍽!

너무도 끔찍한 상황이 순간적으로 벌어졌다. 으깨진 수박처럼 된 머리의 주인들이 버려지는 장작처럼 옆으로 쓰러졌다. 피와 뇌수가 허공에 흩뿌려지고 그 속을 뚫고 나오는 검은 손과 발은 또 다른 자들의 가슴을 함몰시켰다.

파파파팡!

"컥!"

"크흑!"

땅에 내려서며 지른 세철의 손과 발은 다른 네 명을 쓰러뜨리고도 쉬지 않았다. 곧바로 쓰러진 자들의 몸을 건너 내디딘 세철은 주저앉듯이 몸을 숙이고 왼 다리로 바닥을 쓸 듯이 돌려 찼다.

휘아아앙!

도리깨가 휘돌아가는 것 같은 그 중간에 피하지 못한 자들의 정강이가 걸려들었다. 그리고 모두 빠개져 나갔다.

버버버벅!

다리가 부러진 채 홀렁홀렁 연속해서 넘어가는 적의 무리 사이에서 세철의 몸이 다시 솟구쳤다. 회전하는 기세를 그대로 빌린 세철의 몸은 처음처럼 오른 다리를 횡으로 돌려 차고 거듭해서 왼 다리를 뒤돌려 찼다.

피아아앙!

퍼퍼퍼퍼퍽!

그때서야 총통을 내리고 어깨 위의 왜도를 잡으려던 적의 무리는 속절없이 부서져 나갔다. 어깨가 부서지고, 턱이 깨지고, 관자놀이가 터지고, 황급히 내리던 총통이 빠개지고. 수수 짚단처럼 무너지는 그들의 사이에서 세철은 한 마리 미친 쇠호랑이, 말 그대로 철비철각호였다.

"멈춰라!"

적의인들 무리 뒤쪽에서 갑자기 호통과 기세가 터져 나왔다. 무리를 뛰어넘으며 솟구치는 커다란 그림자는 무서운 기세로 세철을 덮쳐 내렸다.

부아아아앙!

세철의 정수리 한가운데를 찍어 내리는 기세의 정체는 거대한 감산도였다. 그 기세를 확인한 순간, 세철은 두 팔을 십자로 막아 올렸다.

카아앙!

동굴 속을 순간적으로 밝게 비춘 현란한 불똥이 세철의 두 팔 사이에서 피어올랐다. 또한 무지막지한 역도가 세철의 팔을 타고 흘러들었다. 하지만 그 순간 세철은 두 팔의 철비구 사이에서 튕겨 나가는 감산도를 오른쪽 옆으로 감듯이 후려 내렸다.

휘이이! 캉!

바닥을 찍은 감산도가 소리 지를 때, 세철은 왼 어깨와 왼발을 앞으로 들이밀며 몸을 돌렸다. 그리고 돌아 나오는 오른손을 쭉 펴서 손날을 횡으로 그었다.

시이잇!

퍽!

"크흑!"

오른쪽 어깨를 감싸 쥐고 물러서는 자가 보였다. 커다란 체구에 그만큼 커다란 칼. 언젠가 개봉성의 밖에서 세철과 맞부딪쳤던 무극도문의 이제자, 파산도 두평이었다.

창! 채쟁! 치아앙!

그사이 적의 무리, 적혈단원들은 모두 왜도를 뽑아 들었다. 동료들의 순간적이고도 허망스럽기까지 한 죽음에도 불구하고 그들의 기세는 여전히 살기등등했다. 그리고 그런 무리의 사이를 벌리고 두 사나이가 걸어나왔다.

붉은 두건을 쓰지 않은 두평과 달리 두 사내는 다른 무리처럼 두건을 쓴 모습이었다. 그중 앞선 사내가 제 머리의 두건을 벗겨 내리며 입을 열었다.

"오랜만이구나, 장세철!"

이글대는 눈으로 세철을 쏘아보는 사내는 젊었다. 씹어뱉듯이 꺼내는 목소리는 살기와 냉기가 가득했다. 그리고 그 사내를 세철은 알아보았다. 하북의 패자, 무영도 팽귀호를 숙부로, 백일천승도 팽진성을 아비로 둔 새끼 호랑이들. 그 위세로 자신에게 칼을 들이밀었던 자들.

"팽가의 아들들이군."

세철이 조용하고 나직하게 말했다. 마주 보던 팽수의 눈이 새하얗게 빛을 쏟아냈다. 뒤에 서 있던 자가 거칠게 두건을 벗어 던졌다. 그 모양으로 앞으로 나서는 자는 둘째 아들 팽조였다. 흥분을 참지 못하는 그 몸을 팽수의 팔이 가로막았다.

"물러서!"

제 몸을 막은 형의 눈을 팽조가 무섭게 쏘아보았다. 하지만 그만큼 새하얗게 빛나는 형의 눈을 보며 팽조는 천천히 눈빛을 수그러뜨렸다. 그리고 냉정하게 가라앉은 눈으로 세철을 직시하며 뒤로 물러섰다.

세철은 두 형제의 등장과 감정의 변화를 지켜보며 한 가지 기억을 떠올렸다. 소림에서 몸을 추스르던 시간, 비가 억수같이 쏟아지던 어느 여름날, 황보숙정은 찻물과 과일을 내오며 조용히 말을 건넸었다.

아버지가 집 나간 자신의 행동을 용인했다는 것이다. 또한 세철 자신과의 관계도 인정했다는 것이다. 하지만 그 이면에는 아버지의 계산이 있다고 말했었다. 그건 세철을 이용하려는 아버지의 욕심이라고 했었다. 그리고 떨리는 음성으로 얘기했었다. 진실로 바라진 않지만, 언젠가 아버지와 부딪치는 시간이 오게 되면 한 번만, 한 번만……

황보숙정은 얘기를 다 끝맺지 못하고 울먹였었다. 하지만 세철은 대답하지 않았다. 그러나 그 이야기가 무엇인지 모를 세철이 아니었다. 그리고 눈앞의 저자들은 그런 이유로 걸음을 멈춘 것이다. 당장 해치고 싶은 자신을 눈앞에 두고서도.

"너도 알겠지만……."

팽수가 뜨거운 눈빛으로 다시 입을 열었다. 그 손은 자신의 뒤로 물러선 두평마저도 제지하고서였다.

"우리는 이제 함부로 칼을 맞대선 안 될 사이가 되었다. 물론 그건 어디까지나 어른들의 생각이지만, 우리는 따를 수밖에 없지. 하지만! 우리는 지난 시간 동안 너만을 생각하며 지내왔다. 그걸 없던 것으로 할 수는 없는 노릇이지! 절대로!"

팽수의 하얀 눈빛은 끓는 것처럼 더욱더 짙어졌다. 하지만 마주 보는 세철의 눈엔 변화가 없었다.

팽수는 다시 입을 벌렸다.

"이 동굴은 넓고 깊다. 이 어둠 속에 뭐가 있을지는 아무도 모르지. 그 속에서 네가 어느 누구의 칼을 맞는다면 그건 전적으로 네 탓일 뿐이다. 그걸 명심해라!"

왜도를 움켜잡은 팽수의 손이 부르르 진저리치듯이 떨림을 보였다. 하지만 그 떨림보다 더한 분노와 살기가 세철의 등 뒤어서 급격하게 뻗쳐 나왔다.

"역시 네놈들이었구나."

낮고 가늘게 그르렁다는 울림의 목소리는 정곽이었다. 갑작스런 살기를 동반하고 세철의 옆으로 나선 그를 팽수와 팽조, 두평이 바라보았다. 그리고 곧바로 이해의 눈빛을 보이며 희미한 비웃음을 입에 물었다.

"그대였군, 천리추 오기병사 정곽."

세철을 보던 때와 달리 팽수의 얼굴엔 비릿한 비웃음이 걸렸다. 하지만 그 웃음은 바로 굳어버렸다.

피잉!

정곽의 손이 움찔한 순간, 유엽도가 허리춤에서 폭발했다. 눈부신 쾌섬의 빛을 폭사한 그것은 팽수의 목을 그대로 관통해 왔다. 그 순간을 아무도 보지 못했다.

"허엇!"

너무도 빠르고 갑작스런 정곽의 칼을 보며 팽수는 헛바람을 삼켰다.

하지만 그 역시도 몸을 뒤로 빼며 자신의 칼 손잡이를 잡아 뽑았다.

키잉!

허리춤을 이탈하는 팽수의 왜도가 빠르게 튀어나왔다. 하지만 반쯤 날을 보인 왜도는 그대로 멈춰 버렸다. 목을 뚫으러 달려들던 정곽의 유엽도 역시 동작을 중지했다. 앞으로 뻗친 정곽의 칼끝은 팽수의 얼굴 앞 세 치를 놔두고서 멈춘 것이다. 그 상태 그대로 짧은 정적이 흘러갔다. 피 말리는 긴장의 순간이었다. 숨죽인 주변의 사람들은 왜 이런 상황이 벌어진 것인지 알 수 없었다. 하지만 정곽이 입을 벌렸다.

"잘 들어라! 너희는 모두… 오늘 이곳을 벗어나지 못할 거다. 그건 내가 장담하지!"

말과 함께 정곽의 칼끝이 부르르 진동했다. 흔들리는 은빛 칼몸은 당장이라도 팽수의 목을 뚫어버릴 것만 같았다. 그리고 그러한 의지는 정곽의 시퍼런 두 눈에서도 줄기줄기 뻗어 나왔다. 그러나 정곽은… 칼을 거뒀다.

치잉.

나올 때처럼 순식간에 칼은 도갑에 잠겨들었다. 칼을 거둬들인 정곽은 바로 뒤돌아 섰다. 자신을 바라보는 정범의 눈을 외면한 그는 바닥에 주저앉아 있는 언두수와 하남을 부축해 올렸다. 그리고 부춘호가 바라보고 있는 동굴 통로로 천천히 걸어갔다. 팽수는 그때까지도 칼을 넣지 못했다.

세철은 정곽의 뒷모습을 보지 않았다. 다만 일그러지며 경련하는 팽수의 얼굴만은 똑똑히 보았다. 더불어 그 뒤에서 하얗게 탈색하는 팽조와 두평의 얼굴까지.

"싸우지 않을 거면 가자고."

정범의 한마디는 모든 상황을 종결시켰다. 무슨 생각을 했는지, 그때까지도 정곽의 뒷모습을 보며 일그러졌던 팽수의 얼굴이 천천히 가라앉았다. 반쯤 빼 들었던 예도는 도갑 속에 갈무리해 들였다. 그리고 아무 일 없었던 사람처럼 제 무리에게 명령을 내렸다.

"금괴를 거둬들여라!"

그 한마디를 던지고 팽수는 세철을 다시 보았다.

"어찌 되었든 너와 우리는 가족이 될 수 없을 테지. 하늘이 두 쪽이나도 말이야."

음성마저도 차분해진 팽수의 변화를 보던 세철은 고개를 가만히 끄덕여 보였다. 그 모습에 바라보던 팽수의 눈이 잠시 이채를 보일 때, 세철은 정곽처럼 몸을 되돌렸다.

돌아선 세철 앞에 정범의 싸늘한 시선이 자신의 뒤를 향하는 게 보였다. 등으로 밀려드는 뜨거운 살기는 내딛는 걸음을 도와주는 듯했다. 하지만 세철의 생각은 정곽에게로 가 있었다.

부춘호 등과 합류한 통로에서 자신을 보고 있는 정곽의 눈은 많은 걸 말해 주었다. 칼을 거둬들여야 했던 그의 심정을 알 것 같았다. 때문에 미안하고 고마웠다.

정곽은 복수의 대상들을 눈앞에 두고서도 자신을 먼저 헤아린 것이다. 그리고 일행이 이곳에 들어온 이유, 고연호를 찾는 일에 우선을 둔 것이다. 결코 쉽지 않을 그 분별과 구분이 세철은 존경스러웠다. 하지만 그의 말처럼, 두 번째로 뽑히는 정곽의 칼은 결코 그냥 거둬지지 않을 것이다. 그리고 그 시기는 멀지 않았고, 더불어 이 동굴 속이 될 것이 분명했다.

세철은 빠르게 정곽이 있는 곳으로 걸어갔다. 걷는 도중 움찔움찔한 통증을 주는 옆구리에 손을 갖다 댔다. 총탄이 박힌 자리 중 하나였다. 그 속에 손가락을 후벼 넣었다. 근육 속에서 까칠한 감촉을 주는 것이 만져졌다. 그걸 그대로 후벼서 잡아 뽑았다. 손가락 끝에 잡힌 그걸 가만히 들여다보았다. 피 묻은 까만 콩알 같은 그것은 쇠 구슬이었다.

이 작은 쇠 구슬이 수많은 목숨을 앗아간 것이다. 사람들이 사람들을 죽이기 위해서 만들어낸 흉기는 이제 예측할 수 없는 지경에까지 이른 것이다. 뜨거운 기운이 가슴 밑바닥에서부터 몰려 올라왔다. 세철은 쇠 구슬을 잡은 자신의 손조차도 구슬과 다를 게 없이 여겨졌다. 둘 다 살인 무기인 것이다. 하지만 지금은, 결코 감상에 젖어들 때가 아니었다.

손가락 끝에 잡았던 쇠 구슬을 세철을 동굴 벽으로 튕겨 버렸다. 팅, 하는 소리가 벽에서 퍼져 나왔다. 그런데 그 순간, 정곽 등이 서 있던 바로 옆의 동혈 속에서 폭음이 터져 나왔다.

콰아앙!

세철은 또다시 달리기 시작했다.

17장 파국(破局)

파국(破局) 1

고연호는 뛰고 또 뛰었다. 입에선 단내가 나고 가슴은 터질 것만 같았다. 하지만 뛰어야 했다. 사방에서 터지는 폭발에 휩쓸리지 않으려면 뛰는 수밖에 없었다. 누가 터뜨리는지도 몰랐다. 마치 쥐를 쫓는 것처럼 곳곳에서 터지는 폭발은 살아남은 자들을 앞으로 달리게 했다.

벽력문도들이 아닌 건 분명했다. 자신처럼 정신없이 동굴 속을 뛰는 자들 중엔 녹의의 무리도 보였다. 그들 역시 도망치는 게 분명했다. 그렇다면 다른 누군가의 소행인 것이 명백했다. 그리고 어쩌면, 저 폭발은 죽어 넘어진 벽력문도들의 화기가 아닐 수도 있었다.

달리는 지금의 느낌이 그러했다. 점점 중심으로 향하고 있다는 생각이 강하게 들었다. 폭발은 그 뒤를 짐승 몰이하듯 교묘하고 빈틈없이 연속해서 터졌다. 또한 폭발이 생긴 자리는 여지없이 통로가 무너져 내렸다.

이건 분명 퇴로를 차단하고 중심으로 몰아가는 게 틀림없었다. 그렇다면 사람들이 도망쳐 달려가는 그 중심엔 몰아가는 자가 의도하는 뭔가가 기다리고 있을 것이다. 그리고 그건 피할 수 없는 덫이 분명했다.

고연호는 이를 악물었다. 참을 수 없는 분노가 치밀었다. 목숨을 건지려 도망치는 앞에도 죽음이 기다리고, 멈춘다 해도 뒤쫓아오는 죽음이 몸을 덮칠 것이다. 완벽한 덫에 빠진 것이다. 그런 덫에 걸려 허우적대는 자신이 한심스러웠다.

"허억, 허억……."

고연호는 달리던 몸을 멈춰 세웠다. 얼마나 달렸는지 다리는 후들거렸고, 무릎을 짚은 상체는 연신 들먹거렸다. 하지만 그런 고연호의 옆으로는 계속해서 사람들이 뛰어갔다. 달리는 그들의 얼굴 위에 보이는 것은 살기 위한 의지였다. 그리고 그것은 너무도 힘겨워 보였다.

"제기!"

퍼억!

동굴 벽을 주먹으로 후려친 고연호는 아릿한 통증을 느꼈다. 그렇게 다짐하고 이를 물었건만 때때로 찾아드는 자신의 나약함이, 주저함이 싫었다. 남들은 살기 위해서 저리도 열심히 뛰는데, 자신은 주저앉아서 계산을 하고 있는 것이다. 아무 쓸데없는 계산이었다. 죽음만이 답으로 나오는 얄팍한 수였다. 그저 방법이 있다면, 단 일 할의 확률에라도 몸을 던지는 것뿐이었다.

고연호는 피가 흘르는 자신의 주먹을 보았다. 어슴푸레한 동굴 빛에 피는 검은색으로 보였다. 하지만 자신이 살아 있다는 증거였다. 생각해 보면 죽음은 벌써 몇 번이나 자신을 찾아왔었다. 그러나 자신은 그 것을 비껴 나왔다. 종전단 해도 미친 늙은이의 검에 죽을 뻔했다. 그 순간에 무너져 내린 폭발이 없었다면 자신은 그 검에 죽었을 것이다. 폭발 역시도 마찬가지였다. 그런 폭발과 돌무더기 속에서 떨어진 자신 이 온천에 떨어진 건 우연이라 하기엔 너무 교묘했다.

자신은 살 운명이 분명했다. 아니, 죽을 운명이라 해도 살아야 했다. 산 자만이 목적한 것을 이룰 수 있고, 자신은 죽어서라도 이뤄야 할 사 명이 있는 것이다. 그 사명, 숙부들의 복수를 위해서는 자신은 결코 죽 어서는 안 되는 몸이었다.

다시금 이를 악다물며 고연호는 상체를 들어 세웠다. 그런데 이제껏 보지 못했던 빛이 앞쪽에서 보였다. 자신이 달리던 통로의 끝이 분명 한 그곳은 넓고 환한 빛으로 가득했다. 그 속에서 사람들의 그림자가 너울대는 것이 보였다. 마지막 죽음의 덫이 분명했다. 하지만 이젠 피 할 수 없었다.

고연호는 다시 뛰기 시작했다. 하지만 그런 그의 뒤에서 폭음이 터 져 나왔다. 이제까지 사람들의 뒤를 몰이하던 바로 그 폭발이었다.

쿠아앙!

후끈한 바람이 고연호의 등을 떠다밀었다. 발이 땅에서 떨어진 채로 앞으로 날아갔다. 크고 작은 덩어리들이 그 속에서 몸을 때렸다. 하지 만 몸을 가눌 수도, 정신을 차릴 수도 없었다. 마치 던져진 공처럼 그 렇게 고연호는 동굴 속을 날아서 굴러갔다.

파바바바바박!

동굴 바닥과 벽의 돌출부에 부딪치고 쓸리며 고연호는 가까스로 구

르기를 멈췄다. 멍한 정신과 흐린 시야는 보이는 전부를 뱅글뱅글 돌
려댔다. 그러나 돌던 사물이 자리를 잡고 위아래가 구분될 무렵 극심
한 통증이 전신을 엄습했다.

"크흑!"

저도 모르게 신음을 내뱉은 고연호는 고통이 오는 몸의 부분을 살펴
봤다. 왼쪽 다리의 허벅지부터 정강이까지 기다랗게 살이 파여 있었
다. 상처는 그곳뿐이 아니었다. 어깨와 얼굴, 팔과 옆구리에 이르기까
지 찢기고 긁힌 상처는 가득했다. 하지만 제일 큰 상처는 역시 다리였
다.

"제기랄……!"

상처를 보며 숨을 몰아쉬던 고연호는 옷자락을 찢어냈다. 곧바로 살
이 패인 다리를 둘둘 말아 꼼꼼하게 여몄다. 그리곤 후들대는 몸을 옆
으로 옮겨 동굴 벽에 등을 기댔다. 혼곤한 피곤과 통증이 전신에 몰려
들었다. 하지만 그 순간 사람들의 말소리가 들렸다.

고연호는 퍼뜩 고개를 돌렸다. 그리고 상황을 알아차렸다. 자신의
몸은 어느새 통로의 끝까지 와 있었고, 빛이 보이는 눈앞에는 사람들의
모습이 선명하게 보였다. 하지만 눈에 보이는 건 그것뿐이 아니었다.

붉은 빛, 현란하게 요사스런 붉은 빛이 사람들의 그림자 사이로 눈
을 자극했다. 빛은 중앙에서 뻗쳐 나왔다. 그 빛은 둥그런 원형의 광장
같은 동굴 속을 아련하게 흘러다녔다.

이곳이 중심이었다. 미로 같던 동굴의 한가운데이고, 사람들이 쫓겨
몰려온 덫의 핵심이 분명했다. 그리고 미끼는 저 붉은 빛이 틀림없었
다. 사람들 모두가 홀린 듯이 그 빛만을 바라보고 있었다. 미끼는… 혈

룡도였다.

"하아……."

통증도 잊은 채 고연호는 식은 숨을 내쉬었다. 둥그런 원형 천장이 내려앉은 듯한 동굴 중앙, 광장 같은 널따란 석동의 한가운데, 연못처럼 용암이 부글대는 뜨거운 열기 중심에, 작은 섬처럼 솟은 바위의 한가운데 그것이 있었다. 사람들이 꿈에도 마지않던 보물, 혈룡도였다.

넋을 잃은 건 고연호만이 아니었다. 석동에 모여든 많은 사람들의 얼굴도 그러했다. 정신없이 혈룡도를 바라보는 사람들의 몰골은 참담했다. 온통 깨지고 찢어지고 베어져 피칠갑된 모습들은 전쟁의 난민에 다름 아니었다.

허리에 둘렀던 흰 띠가 적띠가 된 무림연맹의 무사들, 피에 젖은 녹의가 검은빛으로 보이는 벽력문의 무리, 들고 있는 거검이 힘겨워 보이는 사자철기맹의 젊은 사자들, 그리고 겨우 목숨을 부지한 강호의 무인들. 그들 모두가 상처 입은 몸을 잊은 채 칼만을 바라다보았다.

하지만 모두가 잊은 듯했던 현실은 바로 자리를 찾았다. 그 시작은 벽력문의 호각 소리였다.

삐이이익!

사람들은 후드득 미몽을 떨어내고 소리의 근원을 찾았다. 호각을 분 자는 벽력문의 무사였다. 그 무사의 옆에는 눈에 띄는 인물이 보였다. 얼굴을 가릴 듯한 긴 장발에 한 자루 검을 손에 쥔 자, 귀신검 왕중이었다. 또한 그자의 옆으로 젊은 사내도 보였다. 수려한 이목에 불꽃 문양이 검갑을 수놓은 검을 든 사내, 화령검 유성이 분명했다.

호각 소리와 함께 장내에는 빠른 변화가 생겨났다. 여기저기 흩어져 있던 벽력문의 무사들이 한곳으로 모이기 시작했다. 물론 그 중심엔 화령검 유성과 귀신검 왕중이 자리했다. 그와 동시에 다른 자들의 움직임도 빨라졌다.

"사자철기대는 집결하라!"

우렁우렁한 목소리로 외친 자는 용악검 이백이었다. 그 뒤엔 서늘한 눈으로 장내를 바라보는 사자신군 정천휘가 있었다. 또한 그 뒤로 시립하듯 선 자들은 무중신안 심학수와 철혈수 조강이 분명했다. 웅크린 사자 떼 같은 그들의 앞으로 젊은 사자들이 신속하게 모여들었다.

"무림연맹의 무사들은 이곳에 운집하라!"

거북한 목소리로 발광처럼 악을 쓴 자의 모습이 고연호의 눈에 보였다. 반쪽 안면이 녹아 붙은 모습에 상반신의 반쪽까지 의복과 함께 녹아 붙은 끔찍한 모습의 늙은이, 고연호에게 검을 들이밀었던 청성의 공진자였다.

"살아난 자들은 이곳에 모여 모두 검을 들어라!"

거듭 소리치는 공진자의 반쪽 얼굴은 광기로 푸들거렸다. 그런 그의 모습을 옆에 선 고운자와 고학자가 안타깝게 바라보았다. 하지만 그들의 바로 옆으로 선 화산의 매화오군자는 공진자만큼이나 살벌한 얼굴이었다.

헤쳐 모이는 아이들의 전쟁놀이 같은 장내의 상황을 고연호는 차분히 지켜보았다. 어느새 장내의 인원들은 세 군데로 나뉘어 대치하는 형국이 되었다. 혈룡도가 꽂힌 중앙의 바위섬을 중심으로 각기 한 군데씩, 공교롭게도 그들이 모인 곳은 바위섬으로 통하는 가교가 놓인 위치였다.

용암의 연못은 뜨거운 기운을 계속해서 올려 보냈다. 삼 장 정도의 넓이로 둥그런 원형의 모양을 한 연못은 보는 것만으로도 후끈거릴 정도였다. 그 위로 세 개의 철제 다리가 방사형으로 연결되어 있었다. 사람 하나가 간신히 지나갈 정도의 폭인 다리는 완만하게 휘어진 사다리 같은 모양이었다. 그 끝이 바깥에 닿아 있고, 그 뒤로 세 무리의 사람들이 모인 것이다.

모인 사람들의 수효는 생각 외로 많았다. 공진자가 고함치는 무림연맹의 무사들은 대략 백 명 정도였다. 처음 들어올 때 숫자가 삼백여 명이었으니, 물경 이백여 명이 목숨을 잃은 것이다. 그 반면에 사자철기맹의 숫자는 백여 명이 훨씬 넘어 보였다. 이백 명의 숫자였으니 상대적으로 생존한 자가 많은 것이다. 그리고 그건 사자철기대의 능력을 말해 주는 것이기도 했다.

또 한 세력인 벽력문의 수효는 가장 많았다. 들어온 자들이 몇이나 되는지는 알 수 없지만, 지금 살아서 뭉친 자들의 숫자는 거의 이백에 육박했다. 그리고 그들의 뒤와 다른 두 세력의 뒤 곳곳에는 나방처럼 달려왔던 강호의 무인들이 서서 장내를 쳐다보았다. 그들의 수효가 또한 백여 명이 넘어 보였다. 폭발에 비해 생존자들은 의외로 많았지만, 생각해 보면 정말로 수많은 사람들이 희생된 것이다. 하지만 그중 제일 희생이 많았던 건, 역시 소속없는 강호의 무인들이었다.

숨 막히는 대치가 다시 시작된 장내의 정경을 보며 고연호는 문득 의문을 가졌다. 대체 누가 이런 곳에 이런 시설을 만들고 사람들을 끌어들인 것인지, 대관절 무슨 이유로 이렇듯 험악한 음모를 꾸미는 것인지 아무리 생각해도 짚이는 것이 없었다. 또한 눈앞의 저 사람들 역시도 그러했다. 분명 자신처럼 의문과 의심이 들 터인데도, 저들은 눈앞의 상대에게만 검을 내미는 것이다. 과연 저들의 생각은 또 무엇인지…….

파앙!

또다시 들린 느닷없는 폭발 소리에 고연호는 두 팔로 머리를 감쌌다. 지레 놀랐던 그는 생각보다 작았던 폭음 소리를 깨닫고 다시 고개를 들었다. 그런데 그 순간 사람들이 부르짖는 소리가 들렸다.

"저, 저거 봐라!"

"혈룡도해다!"

"혈룡도법의 진체다!"

소리치는 군웅들이 다급하게 손가락으로 가리키는 곳을 고연호는 쳐다보았다. 이상이 생긴 건 틀림없었다. 그리고 그 이상은 혈룡도가 꽂혀 있던 바위섬의 중앙이었다. 혈룡도가 기둥처럼 꼿꼿이 박힌 바로 옆, 그곳이 폭파된 것이다. 아니, 더 엄밀히 말하면 책상만한 바위의 면적이 터져 나간 것이다. 왜 갑자기 그런 일이 벌어졌는지는 아무도 몰랐다. 하지만 지금 이 순간 그런 사실은 중요하지 않았다. 오직 바위가 터져 나간 자리에 놓여 있는 책 한 권이 중요할 뿐이었다.

"먼저 차지하는 자가 임자다!"

누구인지 알 수 없는 자가 소리쳤다. 그 소리와 동시에 장내의 균형은 무너졌다. 이제까지 세 무리의 눈치만 살펴보던 군웅들이 몸을 날린 것이다. 그럴 수밖에 없는 것이, 그들이 들어온 목적이 그것이었고, 눈에 보이는 저것은 죽음을 도외시할 만큼의 커다란 가치가 있었기 때문이다.

“이놈들!”

무림연맹의 무리를 돌아 나오고 건너뛰는 자들을 향해서 공진자도 몸을 날렸다. 그리고 검을 그어댔다.

피, 피, 피잇!

순식간에 세 명의 몸에서 목이 떨어져 나갔다. 비명도 지르지 못한 그들의 몸이 땅으로 떨어지는 순간, 벽력문의 무리는 만폭비전을, 아니, 폭발물이 없는 쇠뇌를 발사했다.

퓨퓨퓨퓨퓨퓽!

“컥!”

“으헉!”

발사한 쇠뇌에 관통당한 군웅들이 벽력문 무리의 주위에서 순식간에 쓰러졌다. 하지만 또 다른 무리, 사자철기맹은 자신들 주위를 돌아서 뛰는 군웅들을 제지하지 않았다. 미동도 없이 절제된 모습으로 검만을 치켜든 그들의 모습은 사뭇 엄중하였다. 그러나 사자철기맹의 방관을 벗어난 군웅들은 가교를 밟아보기도 전에 시린 검날을 만나야 했다.

“죽을 자들만 몸을 움직여라!”

피이잇!

“커헉!”

가교에 다다른 한 사내의 목을 경악자가 반쪽을 냈다. 시퍼런 그의 검날은 거듭해서 움직이며 두 사내의 가슴을 연속해서 갈라 버렸다.

피, 피잇!

“큭!”

"크윽!"

죽음과 함께 소요는 금세 가라앉았다. 그때서야 공포를 눈가에 담은 군웅들은 슬금슬금 뒷걸음질쳤다. 그들이 진행하던 방향, 철교가 놓인 자리 앞에는 공진자를 비롯한 매화오군자의 네 명이 서릿발 같은 살기로 검을 들고 벌려 나왔다. 또한 벽력문이 있는 철교의 앞쪽으로는 귀신검 왕중이 검을 들고 버텨 섰다.

장내엔 싸늘한 정적만이 흘렀다. 순간적이 소요의 뒤에 찾아든 정적은 그래서 더욱 무거웠다. 그 속에서 사람들의 눈이 서로를 찾아 얽혀 들었다. 함부로 움직이는 자는 아무도 없었다. 하지만 바라보는 눈들은 누구라도 먼저 움직이면 가만있지 않을 기세들을 흘려냈다. 숨 막히는 살기였다.

"이건… 꼭두각시놀음이로군."

참을 수 없는 살기의 정적을 조용한 음성으로 깬 자는 정천휘였다. 입가에 희미한 미소를 머금은 그는 종전과 같은 어조로 다시 말을 꺼냈다.

"지금 이 상황을 누군가가 즐기고 있을 텐데… 여러분의 생각은 어떻소?"

사자철기대의 앞으로 나서며 묻는 정천휘의 눈은 무림연맹 쪽을 돌아 벽력문에게 머물렀다. 대답은 바로 나왔다. 광기 어린 처참한 얼굴을 한 공진자였다.

"모두가 짐작하고 이곳에 든 게 아니더냐? 그건 사자신군, 너도 마찬가지일 텐데? 아니라면 모자란 놈이거나 미친놈이겠지. 안 그러하냐?"

격하기 그지없는 공진자의 표현에 정천휘의 미소는 더욱 짙어졌다.

"말씀을 재미있게 하시는군. 하긴 뭐, 그렇지. 누구라도 짐작한 일이지만 안 들어올 수 없는 곳이었겠지, 이곳은. 지금 눈앞에 보이는 저 물건들을 만져 보기 전까지 길을 비킬 수 없는 당신들의 심정처럼 말이야."

말을 하며 정천휘는 천천히 앞으로 걸어나왔다. 걸음을 멈춘 그가 선 곳은 마지막 한 군데의 철교가 놓인 자리 앞이었다. 그 자리에 서서 정천휘는 오연하게 사위를 둘러보았다. 아무렇지도 않게 걸어나온 그 움직임은 흔들리는 균형을 정확하게 삼각의 대치로 만들어 버렸다.

정천휘의 움직임을 유심히 바라보던 경악자는 검끝을 소리나게 털며 입을 벌렸다.

피잉!

"이제 움직여 볼 마음이 든 것이냐? 입으로는 그럴듯한 소리를 지껄이고 있지만, 정천휘 네놈 역시도 다를 건 없지. 너 역시 혈룡의 유진이 탐이 나 이 자리에 섰다는 건 모두가 아는 일이다. 그리고… 세상이 네놈더러 불패의 승부사라 칼하지만 난 믿지 않는다. 그건 네놈이 진정한 적수를 만나지 못했기 때문이지. 그렇지 않으냐, 사자신군?"

정천휘는 빛나는 경악자의 눈을 보며 고개를 끄덕였다.

"맞는 말이다. 난 이제껏 한 번도 진정한 적수를 만난 적이 없지. 내 스스로 도망치고 싶을 단큼의 죽음의 공포를 주는 그런 상대 말이야. 그러니 어떠한가, 오늘 이 자리에서 내 상대가 되어주지 않을 텐가?"

땅 쪽을 향하고 있던 정천휘의 검이 빙글 돌아 검끝을 세워 올렸다. 그 순간 뒤로 포진하고 있던 사자철기맹의 무사들이 똑같은 모습으로 검을 치켜들었다. 일사불란하고 강한 패기가 느껴지는 그 광경은 전투가 임박했음을 알리는 신호이기도 했다. 그런 그들의 눈은 불붙인 횃불 같았다.

같은 순간, 정천휘와 사자철기대의 변화를 보던 공진자는 거세게 소리쳤다.

"무림연맹의 무사들은 결사의 각오로 검을 들어라! 그리고 상대를 남김없이 도륙하라!"

공진자의 외침에 맞춰 무림연맹의 무사들이 병기를 치켜들었다. 또한 그 순간을 기다렸다는 듯이 벽력문의 진영에선 귀신검 왕중이 목청껏 외쳤다.

"우리는 안중에도 없다는 건가? 좋다! 벽력의 제자들은 칼을 뽑아라!"

왕중의 외침이 떨어지자 벽력문도들은 손에 들었던 석궁을 등에 메고 허리춤의 칼을 거칠게 뽑아 들었다. 그 기세 또한 나머지 두 무리에 못지않았다.

세 무리의 험악한 기세와 일촉즉발의 결전 의지를 읽은 군웅들은 슬금슬금 뒷걸음질쳤다. 드디어 올 것이 온 것이다. 하지만 물러나는 그들의 눈빛 속에 어린 것은 아직도 버리지 못한 혈룡의 유산에 대한 욕심이었다. 그러나 이후의 일을 기약할 수 없는 그들은 계속 물러나야만 했다.

"이젠 더 기다릴 것 없다! 쳐라!"

마침내 공진자의 외침과 함께 혼전은 시작되었다. 사람들이 사람들을 죽이기 위해서 내지르는 외침은 후끈한 석동 속의 공기만큼이나 크고 뜨거웠다.

"우와아아아!"

*   *   *

정신없이 달려나가던 세철은 옆을 돌아보았다. 폭음 소리는 자신들이 달리는 옆쪽의 동혈에서 처음 들렸었다. 하지만 지금은 사방에서 폭발 소리가 울려 퍼졌다.

쾅! 콰쾅! 콰앙!

폭발 소리는 점점 더 가까워졌다. 꼭 일행의 뒤를 쫓는 것만 같았다. 달리는 발 밑의 진동은 더욱 거세졌다. 군데군데 좌우로 뚫어진 동굴 사이의 작은 동혈은 옆으로 달리는 자들의 모습을 보여주었다. 그들 역시 자신의 일행처럼 결사적으로 달리는 모습이었다. 하지만 그렇지 못한 자들도 눈에 보였다.

쾅!

바로 옆 동굴에서 폭발이 일어났다. 동굴과 동굴 사이에 뚫린 작은 동혈은 그 모습을 선명하게 보여주었다. 바위가 무너져 내리고 사람들이 깔려 버렸다. 분명친 않지만 좀 전에 보았던 무림연맹의 무사들 같았다. 하지만 그 모습도 곧 사라져 버렸다. 무너진 바위들은 동혈을 메운 것이다.

"계속 달려!"

바로 뒤에서 정곽이 소리쳤다. 급했던 소리만큼이나 후끈한 먼지바람이 뒤에서 몰아쳐 왔다. 세철은 등에 업은 언두수를 더욱 다 잡은 채로 발끝에 힘을 주었다.

뒤에선 정범이 부춘호를 업고 자신처럼 정신없이 뛰었다. 또 정곽은 하남을 업었다. 일행 여섯 중 부상 입은 셋을 나머지가 업고 뛰는 중인 것이다.

예상은 했지만 동료들의 부상은 역시 마음을 급하게 했다. 아직 연호를 찾지도 못했는데 일행의 반이 부상을 입은 것이다. 성급했다거나 운이 없었다고 하기엔 상황이 너무도 좋지 않았다. 지금 터지는 저 폭발들은 분명 벽력문의 화기가 아니었다. 그렇다면 분명 터뜨리는 자가 있을 것이다. 하지만 어째서, 무엇 때문에 이런 일을 벌이는지 세철은 그것이 궁금했다.

"옆으로 건너가!"

정곽이 또 소리쳤다. 바로 옆에 뚫린 동혈을 지나 옆 동굴로 넘어가라는 소리였다. 세철은 방향을 틀어 그곳으로 뛰었다. 정범과 정곽의 움직임도 느껴졌다. 그런데 그 순간, 폭발은 일행이 달리는 바로 뒤에서도 터졌다.

콰아앙!

거대한 솜뭉치로 때려 맞는 듯한 느낌이 전신에 전해졌다. 하지만 그 느낌이 오는 순간 세철은 동혈의 벽을 박차고 옆쪽 동굴로 몸을 날렸다. 같은 순간 자신이 디딘 벽의 아래쪽을 정범이 차고 나가는 것이 보였다. 하지만 그 뒤에 달리던 정곽이 어떠한지는 볼 수가 없었다.

세철은 마음이 다급했다. 때문에 넘어온 동굴의 바닥을 밟자마자 땅을 찍었다.

파앙!

바닥을 파고든 발과 함께 몸이 멈춰 섰다. 곧바로 다른 발로 바닥을 찍어 밀며 몸을 반대로 되돌렸다. 그 순간에 정범의 몸을 향해 언두수를 던졌다.

"받아!"

정범 역시 빠르게 몸을 서우며 언두수를 향해 손을 뻗었다. 그 찰나와 같은 시간에 세철은 폭발이 밀려드는 동혈 쪽으로 몸을 던졌다.

폭발과 함께 밀려 나오는 정곽의 모습이 보였다. 그 모양은 꼭 폭발을 등에 지고 나오는 것 같았다. 하지만 자신과 정범처럼 동혈의 벽을 차고 나오는 정곽은 위험했다. 그림자처럼 폭산해 오는 등 뒤의 검은 장막은 이미 정곽과 한 몸처럼 보였다.

세철은 정곽의 눈을 보았다. 정곽 역시 세철의 눈을 보았다. 두 눈빛이 마주치는 순간, 세철은 달리던 바닥을 찍으며 사선으로 솟구쳐 몸을 날렸다. 그 숨 막히는 순간에 세철과 정곽은 서로의 손을 붙잡았다.

휘아아앙!

폭발의 열풍이 세철과 정곽, 그리고 등에 업힌 하남의 몸을 스치며 동혈에서 터져 나왔다. 하지만 동굴과 동굴 사이 옆으로 뚫린 동혈에서 뿜어져 나온 그 힘은, 간발의 차이로 세 사람의 발 밑을 스치며 동굴 안쪽에 흩어졌다. 그러나 그 여파에 밀린 세 사람의 몸이 가랑잎처럼 허공을 돌아 나갔다.

콰르르르르.

세철과 정곽이 연속해서 벽을 찍으며 힘들게 착지해 내릴 무렵, 동굴과 동굴을 이어주던 동혈은 바위 더미로 메워져 버렸다. 무너져 내린 동굴의 잔해는 수북하고 불룩하게 싸였다.

투두둑, 툭, 툭.

자욱한 먼지 속에 몇 개의 돌덩이가 더 굴러 내린 후에야 모든 것이 멈췄다. 하지만 지하의 여기저기서 들리는 폭음 소리는 아직도 계속되는 중이었다.

"괜찮은가?"

먼지 속으로 정범이 건너다보며 물었다. 세철은 고개를 끄덕였다. 그러나 정곽은 바로 재촉했다.

"넘어오시오."

다시 하남을 업으며 달릴 기세를 보이는 정곽의 모습에 정범은 코끝을 찡그려 보이며 돌무더기를 넘어갔다. 등에는 부춘호를 업고 팔에는 언두수를 안은 그의 모습은 영락없는 피난민의 그것이었다.

"숨 돌릴 틈이 없구만."

하지만 말이 씨가 된다고 했던가. 정말로 세철 일행에겐 숨 돌림 틈이 없었다. 그 이유는 달려나가려던 동굴의 앞쪽에서 터진 폭발 때문이었다.

쿠아아앙!

"허엇!"

정범이 내려오던 돌무더기에 주저앉았다. 정곽은 하남을 안고 쓰러져 버렸다. 세철은 벽에 부딪치며 정범의 옆으로 밀려 쓰러졌다. 폭풍 같은 기운은 그렇게 모두를 쓰러뜨리고 동굴 뒤로 밀려 나갔다.

"쿨럭, 쿨럭!"

"이런 제기랄타불 같으니라구!"

더욱 짙어진 먼지 속에서 부춘호가 기침을 하고 정범은 욕설을 뱉었다. 그리고 언두수가 신음 소리를 냈다.

"으으……."

"어, 이봐! 괜찮아?"

정범이 바로 소리 질렀다. 하지만 주위가 너무 어두웠다. 무너진 동굴이 빛을 차단시킨 것이다.

"불! 불 좀 켜봐!"

다급한 정범의 목소리가 있은 직후 누군가 화석과 석도를 바로 그어 댔다.

팟, 파악.

번쩍번쩍 하는 빛 속에 보이는 얼굴은 하남이었다. 정곽의 옆에 주저앉은 그는 굳은 표정이었다. 하지만 연속해서 부시를 쳐댄 하남은 화악, 하고 화섭자를 피워 올렸다. 그제야 동굴 속의 정경이 자세히 보였다.

"이보게, 정신 좀 차리라구!"

언두수를 들어 올린 정범은 돌무더기를 내려와 바닥에 눕혔다. 불빛에 비친 언두수의 얼굴은 창백했다. 입에서는 가는 소리가 새어 나왔다.

"으으… 아이… 고오… 나… 죽… 느은… 다아……."

내려다보던 정범의 얼굴이 뜨악해졌다.

"뭐야, 이거? 무슨 신음 소리가 이래?"

굳었던 하남의 표정도 이상해지긴 마찬가지였다. 부춘호 역시 불안했던 표정을 지우며 희한한 걸 보는 눈으로 말을 꺼냈다.

"쯔쯔, 헛소릴 하는 걸 보니 많이 아프긴 아픈 모양인데, 꼴을 보아하니 죽지는 않것구먼. 그건 그렇고, 누구 다른 사람은 다치지 않은 거요?"

돌무더기에 아직도 앉아 있던 부춘호가 한쪽 발로 지탱하며 천천히 내려왔다. 그걸 본 정범이 어, 하며 달려들었다.

"이런 내 정신 좀 보게나."

"괜찮습니다, 스님."

"아니, 그래도 다리가 많이 아플 텐데."

"개의치 마십시오. 동료들에게 폐가 되니 그게 송구스러울 뿐입니다."

"원, 별소리를 다 하시는구려."

"그런데… 완전히 무너졌군요."

동굴의 앞과 뒤를 둘러보는 부춘호의 행동에 정범도 똑같이 시선을 주었다. 그리고 무거워진 입을 열었다.

"진짜 제기랄이네. 앞뒤로 꽉 막혀 버렸구만. 꼼짝없이 갇혔어."

먼지는 점차 가라앉았다. 하지만 정범의 말처럼 동굴의 앞과 뒤를 보는 일행의 눈과 마음은 더욱더 무겁게 가라앉았다. 폭발은 세철 일행의 발목을 완전히 붙잡았다. 뒤쪽은 옆 동굴에서 넘어오기 직전 바로 무너졌고, 앞은 직전에 겪은 그대로였다. 그나마 다행이라면 전방의 폭발이 거리를 두고 일어났다는 점이었다. 만일 달려나가는 도중에 터졌더라면 모두의 안전은 보장할 수 없는 일이 되었을 것이다.

"상처를 돌봅시다."

사태를 직시하는 행동은 역시 정곽이 제일 빨랐다. 말을 한 후 주저앉은 그는 곧바로 하남의 허벅지를 살피기 시작했다. 그 행동은 무언

의 지시였다. 이미 길이 막힌 상황에 더 이상 시간과 체력을 낭비할 필
요가 없는 것이다. 엎어진 김에 쉬어 간다고, 우선은 부상자를 돌보고
그 후에 출구를 찾는 노력을 해도 늦지 않다는 행언(行言)이었다.

"그래, 다친 사람부터 돌보자. 어이, 이봐."

정범이 언두수의 머리를 좌우로 흔들었다.

"엇! 저저……!"

좌우로 벌컥벌컥 돌아가는 언두수와 얼굴과 그 얼굴을 흔들어대는
정범의 손을 보며 부춘호가 놀란 음성을 냈다. 하지만 정범은 히죽 웃
으며 대수롭잖게 말했다.

"괜찮소. 이 친구 이거 엄살이라구. 이봐, 그렇지?"

철썩. 철썩.

뺨까지 때리는 정범의 행동에 부춘호는 벌린 입을 다물지 못했다.
하지만 당하는 당사자인 언두수는 식은 죽 퍼먹는 소리를 냈다.

"아이구… 아퍼… 죽겠는데… 언 놈이야… 가만 안 둘겨……."

"얼라리? 이 친구 이거 협박까지 하는걸?"

재미있는 꼴을 보는 모양처럼 해죽해죽 웃어대는 정범의 눈은 왠지
안도하는 빛이었다. 그 눈빛을 옆에 앉은 부춘호도 보았다. 언두수의
상태는 좋지 않았지만, 그렇다고 죽을 만큼의 부상도 아닌 것이다. 그
건 정말로 다행이 아닐 수 없었다.

웃는 얼굴로 내려다보던 정범은 허리춤의 요대에 손을 넣었다. 그
손에 작은 약병이 꺼내졌다. 곧바로 마개를 연 손은 작은 환약을 꺼내
언두수의 입으로 가져갔다.

"뭐, 뭐야……."

“먹어. 좋은 거야.”

입을 벌려 환약을 넘기게 한 정범은 부춘호에게도 한 알을 내밀었다. 그리고 정곽에게 다리를 내맡긴 하남에게도 한 알을 던졌다.

“받아.”

“어?”

환약을 받아 든 하남은 묻는 눈으로 정범을 보았다. 정범은 짐짓 성난 얼굴인 체하며 벌컥댔다.

“아니, 이 사람들이! 좋은 거라니까 왜들 그런 얼굴이야? 먹기 싫어? 먹기 싫음 내놔!”

정범은 부춘호와 하남에게 번갈아 손을 내밀어 보였다. 하남과 부춘호는 찔끔한 표정이 되어 바로 알약을 삼켰다.

“어, 이건……?”

“소환단이로군.”

부춘호가 답을 내놨다. 바로 알아차린 까닭은 언젠가 소림에서 법진으로부터 얻어먹은 적이 있기 때문이다. 하지만 그 순간 정곽은 하남에게 비수를 내밀었다.

“헛! 뭐, 뭡니까?”

“가만있어.”

아낙을 협박하는 도적처럼 시퍼런 비수를 손에 쥔 정곽은 하남의 허벅지로 그걸 갖다 댔다. 비수가 닿은 허벅지엔 찢어진 바지 사이로 피구멍이 보였다. 붉은 속살이 보이는 그 구멍에 정곽은 비수를 슬며시 후벼 넣었다.

“으윽!”

"좀 아플 거야, 참아."

칼을 후벼 넣은 후에 아프니 참으라는 정곽의 말에 하남은 인상을 더욱 구겨 버렸다. 그러나 정곽의 행동이 무얼 하려는지를 알기에 하남은 이를 악물었다.

"여기 있군."

비수로 후비적대던 허벅지 안쪽에서 정곽은 까만 쇠 구슬을 꺼냈다. 이를 악물고 식은땀을 흘리던 하남은 제 허벅지를 내려다보았다. 생각 외로 상처는 크지 않았다. 하지만 깊숙이 보이는 속살은 통증만큼 붉디붉었다.

"정교하군, 아주 정교해."

탄환을 눈앞에 들고 보는 정곽은 감탄스런 음성을 냈다. 이지러짐없이 완전한 원형을 이룬 쇠 구슬의 정교함은 그런 감탄을 부를 만했다. 하지만 아직까지 본 적 없는 탄환(彈丸)의 출처는 또 다른 궁금증을 불러일으켰다.

"총통도 그렇고… 이 물건은 중원의 것이 아니군."

팅.

정곽의 손에서 팅겨진 탄환이 동굴 바닥에서 또 튀었다. 그 모양을 바라보던 부춘호는 가물가물한 기억을 떠올리는 얼굴로 말을 꺼냈다.

"언젠가 들은 얘기로는 양이(洋夷)들이 그런 모양의 총통을 쓴다고 들었소. 절강 땅에 들어오는 양이들의 배에서는 가끔 저런 물건이 밀매된다고 하더이다."

"양이라고?"

정범이 바로 되물었다. 대답은 정곽이 했다.

"그렇소. 그리고 그런 총통을 쓰는 또 다른 무리는 왜놈들이지."

"왜놈들?"

정범은 또 되물었다. 부춘호의 눈도 그렇긴 마찬가지였다. 그러나 궁금해하는 그들의 얼굴을 외면한 정곽은 언두수에게로 몸을 돌렸다. 손에는 하남의 허벅지를 쑤셨던 비수가 들려 시퍼렇게 번들거렸다.

"어… 제기… 내… 차례요……?"

칼빛을 보고 찡그리는 언두수는 아직도 죽어가는 목소리를 냈다. 정곽은 그 얼굴에 비수를 들이대며 차갑게 말했다.

"저 친구처럼 잘 참아, 자넨 한두 군데가 아니니까."

언두수는 정곽의 눈을 보며 사정하듯 다시 입을 열었다. 흩어지는 그 목소리가 너무도 처량해 보였다.

"어흐… 지발… 안… 아프… 게…….."

하지만 정곽의 비수는 사정없이 언두수를 찔렀다.

"으헉! 아이고! 사람 살려!"

다 죽어가던 언두수가 돼지 멱따는 소릴 질렀다. 정곽은 그 소리를 들으며 여기저기를 후비적거렸다.

"으헉! 으헉! 으허허허, 호호호호! 에고, 사람 죽네!"

갖은 요상한 소리 내며 언두수는 발광을 했다. 정범은 훌떡 달려들어 팔다릴 붙잡고 엄한 목소리를 냈다. 하지만 얼굴은 비죽대는 모양이었다.

"어허, 이 친구야! 살고 싶으면 가만있어! 뭐, 안 그래도 엄살인 건 다 알지만, 이건 뭐, 웬간해야지!"

　고래고래 악을 쓰는 언두수와 그 몸에 비수를 후벼 넣고 있는 정곽,
옆에서 붙잡고 혀를 차는 정범의 모습은 차라리 한 편의 희극이었다.
하지만 그 모습을 지켜보며 고개를 좌우로 흔드는 하남과 부춘호는 안
도의 한숨을 쉬었다. 불행 중 다행이란 이런 일을 말하는 것이 분명하
기 때문이었다.
　팅.
　정곽의 손에서 쇠 구슬이 또 던져졌다. 그 손길을 마지막으로 정곽
은 뒤로 물러앉았다.
　"이봐, 그만 좀 부들거려. 다 뽑았다구. 사람 참."
　잡았던 손을 놓는 정범의 말에도 불구하고 언두수는 손발을 푸르럭
댔다.
　"아이고… 차라리 날 죽여……. 아이고오……."
　"얼씨구. 노네, 놀아. 혼자서 아주 잘 노는구만."
　가당치도 않은 꼴을 본다는 듯 정범은 연신 핀잔을 주었다.
　정곽은 언두수의 팔다리와 둔부, 어깨 뒷부분 등에 면포를 감는 정
범을 보다 세철에게로 시선을 돌렸다.
　"자네도 뽑아야지?"
　세철은 정곽의 손에 들린 비수를 보며 무덤덤하게 대답했다.
　"다 뽑았소."
　손바닥을 펼쳐 보이는 세철의 손 안엔 쇠 구슬 대여섯 개가 피 묻은
모양을 보였다. 세철은 그걸 주저없이 바닥에 버렸다.
　티디디딩.
　"어라, 언제 그걸?"

피가 배인 세철의 손가락 끝을 본 정범이 질린 얼굴을 만들며 다시
말했다.

"저런 개무식하고는! 제 살을 아예 후벼 팠구만, 후벼 팠어."

고개를 내두르는 정범과 달리 정곽은 차분한 음성으로 다시 물었다.

"괜찮은 건가?"

"깊숙이 박히지 않았었소."

총탄을 맞고 괜찮을 리가 없다. 하지만 다른 사람이 아닌 세철이기
에 가능한 일이기도 했다. 저 강철 근육을 파고들 물건이란 흔하지 않
을 테니까. 하지만 아무리 그렇다고 해도 제 몸에 박힌 탄환들을 손가
락을 빼낸 세철은 역시 상식으로 가늠이 안 되는 인물임에 틀림없었다.

고개를 끄덕여 보인 정곽은 바닥에 떨어진 탄환들을 보며 다시 입을
열었다.

"어쨌든 이젠 여길 나갈 방법을 찾아봐야겠군. 그리고… 만날 사람
들을 만나야겠지."

만나야 할 사람, 그게 누구인지는 모두가 알고 있다. 이 지옥 같은
동굴에 들어온 목적은 고연호가 첫째였고, 어차피 피할 수 없는 정곽의
원수들이 둘째였다. 정곽은 이제 더 이상 양보할 뜻을 보이지 않는 것
이다. 설사 그것이 세철과 관계된 일일지라도.

"다행히도 모두 상처가 깊지 않다. 저 친구야 원래 강골이니 그렇다
치고, 머리와 심장이 뚫어져 죽어간 다른 자들에 비하면 이건 천행이라
할 만하지. 그리고… 이미 격은 것처럼 많은 사람들이 죽었다. 나머지
도 살 수 있을 거란 장담은 하지 못할 거야. 물론 그중엔 우리 역시 포
함된다. 때문에 이후의 일들은 마음의 준비들을 해야 할 거다."

언뜻 비정하게까지 들리는 정곽의 말은 현실을 있는 그대로 반영한 것이었다. 하지만 그 말이 모질게 들리는 건 역시 인지상정이 아닐 수 없었다. 그리고 모두가 자신들이 처한 상황을 알기에 마음만 더 무거워질 뿐이었다.

"황보가 등은 지난번 개봉성 밖의 관묘에서 겪었을 때부터 추측했지만, 예상처럼 왜국의 신무기와 기술을 가져왔다. 오랫동안 준비했겠지. 아마도 이번 일에 그들은 사활을 걸었을 것이다. 하지만 배후를 알 수 없는 이 동굴의 일은 그들도 바보가 아닌 이상 예측하고 있을 거다."

"그 말은……?"

차분한 정곽의 말에 구춘호가 질문을 넣었다. 정곽은 잠시 멈췄던 말을 다시 이어갔다.

"기회를 노리겠지. 다들 봐서 알겠지만, 적의(赤衣) 무리 중엔 황보장청이나 팽진성, 이선경의 모습이 보이지 않았다. 그건 그들이 노리는 게 따로 있다는 얘기겠지. 추측이지만, 다른 무리 역시 마찬가지일 거다. 모두가 마지막의 반전, 그리고 상대 세력들이 상잔한 후의 어부지리를 생각하고 있을 거다. 그때를 위한 한 수가 숨겨져 있을 거야. 더불어 제일 중요한… 이 일의 배후가 나설 때를 기다리겠지."

"그렇다면 혈룡의 유산이 거짓 함정이란 걸 사람들이 알고 있다는 얘깁니까? 그걸 알고 있으면서도 이곳에 사람들이 들어왔다구요?"

질문하는 하남의 목소리는 사뭇 높았다. 하지만 정곽은 조용히 고개를 가로저었다.

"알면서도 모르는 거다. 전에도 얘기했지만 이곳은 알면서도 들어올 수밖에 없는 곳이지. 뭐가 기다리고 있을지는 알 수 없지만, 누구라도 이곳이 혈룡의 숨겨진 땅이라는 걸 의심하는 사람은 없다. 그건 이미 혈룡도가 나타났다 사라진 걸 모두가 알기 때문이지. 다만 누가 먼저 가졌든 간에 빼앗을 수 있다는 생각만은 이곳에 든 자들이 가진 공통적인 생각일 거다. 그리고 사람들의 그런 생각들은 이 일을 꾸민 자들 역시도 가지고 있겠지. 사람들은… 그걸 모르는 거다."

정곽의 말은 핵심이었다. 모두가 이 일에, 이곳에 대해 준비를 했다. 하지만 정곽의 말대로라면 음모를 꾸민 자는 생각에 생각을 넘는 덫을 준비했을 것이다. 자신을 잡으려는 덫인 줄 알면서도 거기 놓인 고깃덩이의 유혹을 뿌리치지 못해 발을 들이미는 여우처럼, 그렇게 사람들은 이곳에 모인 것이다. 그러나 목전의 이득과 피 냄새에 취한 사람들은 그걸 모르고 있는 것이다, 발목이 부러지기 전까지는.

"이제 나갑시다."

세철이 불쑥 일어섰다. 생각에 취했던 일행은 세철의 얼굴을 보았다. 그리고 생각했다, 언제나 '갑시다' 한마디를 던지고 움직이는 저 친구의 머리 속엔 과연 무슨 생각이 있을지. 더군다나 지금처럼 갇혀버린 상황에서 저렇게 태연히 집 나가는 사람처럼 얘기하는 모습이란 정말 고개를 내두를 만했다.

일행이 물끄럼한 시선으로 쳐다보거나 말거나 세철은 동굴의 앞쪽으로 걸어갔다. 폭발로 무너진 부분까지는 대략 십 장 정도였다. 그곳에서부터 뒤로 다시 걸으며 차분하게 좌우의 벽을 살폈다. 그리고 한 부분을 보며 걸음을 멈췄다.

"동굴과 동굴 사이의 동혈 두께는 대략 이 장 정도 되는 것 같았네."

뒤쪽에서 지켜보던 정곽이 아무렇지도 않은 목소리로 말했다. 동굴 벽을 보고 선 세철이나, 그런 세철에게 동굴의 벽 두께를 말해 주는 정곽이나 쳐다보는 일행에겐 이해가 안 되긴 마찬가지였다. 하지만 그런 그들의 의문을 무시하고 세철은 바로 움직였다. 그것이 답이 되었다.

벽을 보던 세철이 뒤로 물러서기 시작했다. 정확히 벽으로부터 다섯 걸음을 물러선 세철은 천천히 두 발을 어깨 넓이로 벌렸다. 그리곤 두 주먹을 가슴 앞에 십자로 들어 올렸다. 그 상태로 깊숙이 들이마신 숨이 뱃속에서 반발을 일으키는 그때, 팔꿈치로 후방을 치듯 허리로 들어온 두 주먹이 연속해서 앞으로 내뻗쳤다.

파팡!

놀라운 일은 그 순간에 벌어졌다. 세철의 주먹 끝에서 푸른 뇌전이 터져 나갔다. 그것의 순간적인 모양은 꼭 권신의 팔황추뢰 같았다. 하지만 그것과는 또 달랐다. 마치 번개가 번쩍이듯 순간적인 빛으로 벽을 때린 그것들은 벽 속으로 스며들어 갔다. 그리고 동굴 벽을 헤집어 터뜨리며 반대쪽으로 폭발해 나갔다.

푸어어어어!

"헛! 저, 저런!"

"세, 세상에!"

하남과 부춘호가 경련을 일으키듯 소리쳤다. 정범은 놀란 눈을 부릅뜨고 몸을 움직이지 않았다. 그 옆에서 정곽은 칼을 잡고 몸을 일으켰다. 그 행동은 꼭 결과를 미리 알고 있던 사람처럼 태연하기 그지없었다. 오직 일행 중 아무 변화도 보이지 않은 건 누워 있는 언두수뿐이었다.

"저건… 수강에 백보신권을… 아니, 그런 힘을 실었어. 저 친구는 정말 사람을 놀라게 하는군. 수강이라니……."

그제야 신음처럼 정범이 입을 열었다. 하지만 그 옆에 누워 있던 언두수는 아직도 죽어가는 사람인 체하는 목소리로 조그맣게 종알거렸다.

"난 짐작했지. 저 친구는 불가능이 없다니까……. 그건 그렇고 우린 왜 맨날 이런 모양인 거냐. 깨지고 다치고… 약이나 얻어먹고… 에휴……."

식은 죽에 떨어지는 흙덩이처럼 된서리는 바로 날아왔다.

"시끄러워! 살 만하면 얼른 일어나!"

한소리를 내뱉고는 부축도 해주지 않은 채 정범은 부춘호를 등에 업고 성큼성큼 걸어갔다. 절뚝이는 하남도 히죽거리는 얼굴로 힐끔 한 번 돌아보고는 바로 뒤따라갔다. 버려진 언두수는 다급하게 소리 질렀다.

"어, 뭐, 뭐야! 난 환자라구! 환자를 이렇게 버려두고 가면 어떻게 해!"

하지만 일행은 세철이 뚫어버린 벽 속으로 모두 사라졌다.

"이런 제기랄! 야박한 인간들 같으니!"

벌떡 일어선 언두수는 출구를 향해 저벅저벅 걸어갔다. 그 모습은 다친 사람이었던 걸 의심스럽게 만들 만큼 멀쩡해 보였다. 하지만 불끈불끈 쑤셔오는 엉덩이의 탄환 구멍은 사타구니까지 욱신욱신 저려왔다.

"염병, 이러다 장가도 못 가보고 고자되는 거 아냐?"

허리를 숙여 출구를 빠져나가는 언두수의 걸음은 밑 안 닦은 사람처럼 늘어진 갈지자였다.

*　　　*　　　*

"이제 그만 들어갑시다!"

소리치는 악중산의 얼굴은 불만으로 가득했다. 종루가 있던 자리의 바닥 통로를 내려다보는 그의 눈은 금방이라도 뛰쳐 내려갈 것만 같았다.

"저 자식은 꼭 지랄을 떨어요. 야, 이 자식아! 뜸도 안 들인 밥에 숟가락 처넣고 침 묻힐 거냐? 자식이 나이를 처먹었으면 진중한 맛이 있어야지. 에잉!"

핀잔을 주는 독고지명의 이죽거림에 악중산의 얼굴은 더욱 붉게 달아올랐다. 하지만 움직이고 싶어 좀이 쑤시던 그는 더욱더 참지 못했다.

"뭔 소리요? 이게 나이하고 뭔 상관이야! 아까 우르릉꽝꽝, 댈 적에 몇 놈 들어가는 거 봤잖아! 안에 지금 뭔 일이 벌어지고 있다고! 근데 이러고들 있을 거야!"

흥분을 참지 못하는 붉으락한 악중산의 눈이 모인 자들의 면면을 주욱 노려보았다. 여전히 혀를 차며 눈을 흘기는 독고지명은 그렇다 치고, 자신의 형제인 도신과 궁신을 포함해 곤제와 권신까지도 아무 반응이 없었다.

악중산이 생각할 때 그 이유는 하나였다. 그 옛날부터 잘난 체하던 저 인간, 자신의 얼굴에 흉터를 남긴 저 인간, 하는 짓이라곤 하나부터 열까지 밉기만 한 저 늙은 호랑이, 투신 이한동 때문이었다.

"왜 날 노려보냐?"

이한동은 악중산을 보며 빈정대는 건달처럼 어깨를 으쓱거렸다. 풍채와 인상에 전혀 걸맞지 않는 모습이었다. 그 모양을 보며 악중산은 더욱 인상을 구겼다.

"에유, 꼬라지가 아깝지."

모로 고개를 돌리며 투덜대는 악중산의 말처럼 이한동의 외모는 출중했다. 체구는 칠 척에 가까워 보였고, 커다랗고 부리부리한 눈에 호염(虎髥)이 얼굴을 덮었다. 입고 있는 검은 무복은 묵호련의 상징인 호랑이가 새겨졌고, 도저히 늙은이라고 여겨지지 않는 몸은 당당한 기세로 주변을 압도했다. 그 모습은 누가 봐도 호감을, 승복을 가질 만한 사내대장부의 전형 같은, 그리고 전설을 누리는 대무인의 모습이었다.

하지만 간간이 엿보이는 눈빛 속의 장난기는 어딘지 모르게 독고지명과 닮아 있었다.

"얘가 어렸을 때 다투다 한번 얻어맞은 걸 아직도 마음에 두고 있나 본데? 야, 그렇지? 너, 그거 맞지?"

어느새 다가왔는지 악중산의 옆구리를 슬쩍슬쩍 찌르며 묻는 이한동은 꼭 때리고 약 올리는 형의 모습이었다.

"우잇! 누가 그런 걸!"

벌컥 고개를 돌린 악중산은 이한동의 희미하게 휘어지는 눈매를 보고 입을 다물었다. 하지만 얼굴은 벌겋다 못해 푸르딩딩하게 변해갔다.

이한동은 은근한 목소리로 또 말했다.

"맞지? 맞잖아. 그치? 사내자식이 좀스럽긴."

드디어 악중산은 참지 못했다.

"우허억! 도대체 뭔 소리여! 내가 뭘 어쨌다고 이러는 거야!"

"아니면 아닌 거지 얘가 외 이렇게 흥분하고 이래? 너, 잘하면 치겠다?"

"우익! 치라면 못 칠까 봐!"

"그래? 그럼 어디 한번 쳐봐라. 자, 쳐봐, 쳐. 치라니까?"

"에잇! 정말 친다? 후회하지 마?"

"후회? 그건 나중에 생각하고. 자, 마음껏 쳐."

"정말 이 참에 맘먹고 사고친다! 근데… 치고 나면 나 따릴 거지?"

"너… 그럼 내가 맞고 가만있겠냐?"

"뭐야? 지금 일부러 이러는 거지? 에이 쌩!"

얼굴을 닿을 듯이 서로 맞대고 으르렁, 아옹대는 두 사람의 수작을 보던 주위 사람들은 아예 얼굴을 돌려 버렸다. 독고지명만이 오랜만에 재밌는 구경을 하는 사람처럼 흥미진진한 얼굴이었다. 하지만 그런 그도 조금은 지겨웠는지 낼름 끼어들었다.

"야, 누가 저 자식들 약 좀 멕여라. 약 멕여서 둘 다 재워 버려. 어쩌면 옛날이나 지금이나 저렇게 똑같냐, 일생에 도움이 안 되는 자식들 같으니라구."

혀 차는 독고지명은 은근슬쩍 다른 사람들을 보았다. 하지만 나머지의 눈들은 독고지명조차 다르게 보는 눈이 아니었다. 그 눈치를 못 챌 독고지명이 아니었다.

"이것들이… 가만 보아하니……."

눈꼬리가 올라가는 독고지명을 막아서고 나선 자는 역시 도신이었다.

"됐소. 됐고, 이제 그만 일 얘기나 합시다."

그는 이한동에게도 제지를 넣었다.

"야, 너도 그만둬라."

그때까지 아웅대던 이한동이 슬쩍 돌아보았다.

"어? 뭐라고? 그만 하라고? 에이, 이제 한참 재미있어지는 판인데."

뒷머리를 긁적이며 도신을 보던 이한동은 다시 악중산에게 말했다.

"야, 느 형이 그만두랜다. 알지, 저 드러운 성질?"

히죽 웃으며 돌아서는 이한동을 보고 악중산은 미친 사람처럼 고함 쳤다.

"우와악! 쌍! 이게 뭐야!"

결론적으로 또 악중산만 놀림감이 된 셈이었다. 하지만 도신은 그 입을 바로 다물게 했다.

"시끄러워, 이 자식아! 들어가고 싶으면 잠자코 있어!"

"제기랄!"

큰 소리로 또 욕설을 내뱉은 후 악중산은 도신의 눈을 외면해 버렸 다. 토라지는 아이 같은 그 모습을 보던 최홍결은 이한동에게 눈길을 맞추며 다시 얘기했다.

"언제쯤 생각하냐?"

뜬금없는 말은 어느 시기를 택해 들어갈 것이냐는 물음이었다.

가만히 호염을 쓸던 이한동은 느긋한 얼굴로 대답했다.

"어느 때는 뭐… 아까 보아하니 황보장청하고 팽진성, 이선경 놈이 들어가는 것 같던데, 다른 놈들은 더 없는 것 같으니까 이제 들어가도 되겠지."

"믿어도 되는 거냐?"

"믿기 싫음 말려무나."

퉁명스런 이한동의 대답에 도신의 눈이 하얗게 변해갔다.

"어, 자식 성질머리하곤. 야, 우리 애들이 이 산을 쫙 둘러쌌는데 개미새끼 한 마리 없다더라. 됐냐?"

하얗던 눈을 가라앉힌 최홍결은 천천히 시선을 돌렸다. 바라보는 그의 눈에는 산의 음혈처럼 뚫린 구멍이 종루가 있던 자리의 아래로 시커멓게 보였다. 그 시선을 따라갔던 이한동이 무심하게 물었다.

"저 아래 그놈도 있다던서?"

최홍결이 힐끔 돌아보았다.

"아, 그놈 말이다, 철비철각호라는 젊은 놈."

무슨 말인지를 알아들은 최홍결은 다시 눈길을 돌리며 냉정하게 대답했다.

"그래."

최홍결의 차가운 응대에도 불구하고 이한동은 느긋한 얼굴로 다시 물었다. 그 태도는 도신의 반응을 전혀 개의치 않는 익숙한 얼굴이었다.

"그놈이 정말 그렇게 대단하냐? 저놈도 피똥을 쌌다면서?"

부신을 손가락으로 가리키며 묻는 이한동의 얼굴은 사뭇 궁금함이 가득했다. 그 손가락질에 악중산의 표정이 개똥 먹은 사람처럼 된 것은 당연했다. 하지만 아무 상관 없다는 듯 이한동은 도신에게 거듭 물었다.

"정말이냐, 겸제 그놈도 당했다는 거?"

언제나 그렇듯 차가운 얼굴만을 보이고 있던 도신 최홍결은 다시 이한동을 보았다. 처음엔 귀찮음이 역력했던 그 눈빛이 이한동의 진지한 눈을 보고는 천천히 입을 열었다.

"그래, 다 사실이다. 저놈은 네 말대로 피똥을 쌌고, 겸제 놈은 어깨가 부서졌어. 됐냐?"

이한동의 눈빛이 묘하게 비틀리며 달아올랐다.

"정말이란 말이지……."

뭔가 생각하는 눈빛이던 이한동은 즉각 또 물었다.

"그럼 너는? 너는 어때? 그놈하고 붙으면 이길 수 있겠어?"

잠시 어이없는 얼굴을 하던 최홍결은 분명한 어조로 대답했다.

"자신없어."

이한동의 눈이 좀 전의 도신처럼 하얗게 가라앉았다. 하지만 그 속에서 뭔가가 이글거리며 조금씩 꿈틀거렸다. 그렇게 변화하는 이한동의 눈을 보던 도신은 다시 물었다.

"재덜이 얘기 안 하더냐?"

권신 혁창해와 곤제 이태를 가리키는 말이었다. 자신들을 지칭하는 그 말에 곤제 이태는 딴전을 피웠고, 권신 혁창해는 작게 고개를 저으며 입을 열었다.

"저 친군 원래 우리 말을 잘 안 믿어. 콧방귀나 뀌지. 소문이란 원래 다 그런 거라고 말이야. 한데 자네 말은 다르지. 도신 최홍결이 한 말은 믿는단 말씀이야. 곁에 있는 사람 말도 안 들으니… 참, 버릇도 더럽게 들었어."

"야, 뭐가 더러운 버릇이냐? 니덜이 언제 쓸 만한 얘기해 준 적 있
냐?"

이한동이 즉각 반발했다. 하지만 곤제의 반응도 그에 못지않았다.

"쓸 만한 얘기랄 게 뭐 있겠어요. 그래 봐야 맨날 런 내에서 낮잠만
주무시는 양반한테 그런 게 다 무슨 소용입니까? 이번 일만 해도 도신
선배들이 나선다 하니까 자리를 터신 거 아닙니까? 안 그랬다면 지금
도……."

"저 자식이!"

눈을 부라리며 주먹을 쳐드는 이한동의 행동에 곤제 이태는 찔끔 입
을 닫았다. 하지만 그런 이태의 행동은 모두가 처음 보는 모습이었다.
그러나 추측은 가능했다, 얌전한 이태가 저럴 정도라면 쌓인 게 많았을
거라고.

"에, 어쨌든 이젠 들어가 봐야지? 안에선 지금 한참 재미있을 텐데
말야."

얼른 분위기를 돌리는 이한동의 수작에 반기를 든 것은 악중산이었
다.

"쯔쯔, 저 자식 저거 맞고 살았구먼. 더런 인간, 애를 얼마나 팼길래
저렇게 주눅이 들었누?"

"야, 이 자식아! 패긴 누가 팼다고 그래? 니가 봤냐? 봤어?"

억울한 일을 당한 사람처럼 이한동은 고래고래 소리쳤다. 그 모습은
꼭 흥분했을 때의 악중산과 차이가 없었다. 때문에 모두가 혀를 찬 건
당연했다.

좌중의 흐트러지는 분위기를 바로잡고 나선 건 궁신 김영주였다.

“이제 마무리합시다. 말마따나 안에선 무슨 일이 벌어지고 있을지 알 수 없는 상황이오. 게다가 세철 그 친구는 자신의 일만 한다곤 하지만, 공교롭게도 이번 일에 또 휩쓸렸소. 더군다나 우린 그 상황을 이용하고 있는 입장이오. 도움이 필요한 처지인지도 알 수 없소.”

“암마, 우리가 이용하긴 뭘 이용하냐? 그놈이 안에 들어간 이유는 연혼가 하는 젊은 놈 때문 아니냐? 그놈 찾으러 간 거지, 우리가 뭘 이용해?”

악중산의 볼멘소리에 김영주는 시선 한 번 주지 않고 다시 말을 꺼냈다.

“진짜로 그렇게 생각하는 사람은 이 중에 없을 줄로 압니다. 또한 우리가 이곳에 모인 이유를 상기해야 합니다. 단순하게는 벽력문의 창궐로 인한 혼란과 그로 인한 그 밖의 피해를 막아보자는 의도도 있지만, 우리 형제에게는 개인적인 구원을 씻어낸다는 속뜻이 있습니다. 더불어 묵호련은…….”

말을 하던 김영주는 투신 이한동을 보았다. 때마침 벌쭉 이를 드러내 보이는 그의 얼굴은 아무래도 심각성이 없어 보였다. 김영주는 미간을 찌푸리며 다시 말했다.

“뭐, 아무래도 좋고… 어쨌든, 지금 이곳의 상황은 전혀 뜻밖의 인물, 또는 세력에 의한 계획된 몰살지계임에 의심이 없습니다. 그 배후가 누구인지 현재로선 아무도 모릅니다. 또 노리는 것이 무엇인지도 알 수 없구요. 그러나 한 가지, 배후가 누구이든 간에 명확한 살의를 가지고 있는 것은 분명합니다. 우리가 밟고 있는 이 땅 아래는 용맥이 흐릅니다.”

이야기를 듣고 있던 모두의 얼굴엔 차츰 긴장이 어리기 시작했다. 그렇다. 다른 모든 걸 떠나서, 상대가 누구이든 무슨 의도를 가졌든 간에 삼제오신의 여섯이 뭉친 이 세력이면 세상조차 뒤집을 수가 있다. 때문에 벽력문을 비롯한 떨거지들을 이 기회에 쓸어버리자고 동의를 했던 것이다.

소림은 표면에 나서지 않지만, 암묵적으로 동의했고 독제는 흑상련을 핑계로 뒷수습만을 감당하기로 했다. 거기에다 염차수란 악마 같은 놈은 역시 그에 못지않은 세철이 맡아줄 것이다. 생각대로라면 걱정될 것은 없었다. 벽력문의 화기와 당문의 독이 염려스럽긴 했지만, 지나온 세월을 생각하면 이제와 목숨이 두려울 까닭은 하나도 없었다.

그런데 혈룡의 땅이 드러난 것이다. 그 땅 밑엔 지옥의 불을 뭉뚱그린 용맥이 흐르는 것이다.

"미리부터 크게 걱정할 필요는 없다."

이제까지 잠자코 있던 독그지명의 말이었다.

"용맥이 흐르지만, 이제까지 겁화를 드러낸 적은 단 한 번도 없었다. 그저 잠자는 용일 뿐이야. 다만… 누군가가 건드리지 않는다면 말이지."

"그건 하나마나한 소리 아뇨?"

악중산의 물음이었다. 그 말이 맞았다. 잠자는 용이란 누군가 건드리면 깨게 마련이란 말과 같았다. 그리고 그 누군가는 잠자는 용의 땅으로 사람들을 불러 모은 것이다. 이건 너무도 명백한 의도가 엿보이는 일이었다.

김영주는 또 입을 벌리려는 악중산을 제지하며 다시 말을 꺼냈다.

"독고 선배의 말씀은 지나친 걱정으로 일을 그르치지 말자는 뜻이겠지요. 모두의 짐작처럼 이곳엔 분명 최후의 안배가 있을 겁니다. 하지만 우리에겐 달리 대비할 다른 방법이 없습니다. 단지 들어가느냐 마느냐의 선택이 있을 뿐이지요. 때문에… 모두 각오를 다시 해야 할 겁니다."

김영주의 말에선 왠지 서늘한 기운이 풍겨 나왔다. 하지만 지금껏 살아오며 먹었던 밥그릇 수보다도 칼밥의 숫자가 더 많은 노강호들은 그저 담담했다. 그들에게 위험은 차라리 유희에 불과한 것이었다.

때문에 그들의 눈에선 전의를 태우는 불꽃이 조금씩 살아 올라왔다. 그중에 악중산은 거대한 도끼, 단월부를 치켜 올리며 사천왕처럼 외쳐 댔다.

"까짓! 누구든지 걸리면 반 토막을 내버릴 테여! 다 오라고 해!"

절간 뒤의 산허리가 쩌렁쩌렁하게 울렸다. 그 소리에 호응하는 것처럼 이한동이 흥에 겨워 또 소리 질렀다.

"그래! 우리 한번 놀아보자구! 얘, 악가야! 너부터 얼른 들어가렴!"

도끼를 쳐들고 부르짖던 여운이 가시지 않은 악중산의 얼굴이 확 돌아왔다.

"엑, 뭐요?"

반들거리는 얼굴로 이한동은 얼른 대답했다.

"너부터 들어가라고, 자식아!"

"왜 나요?"

"아까부터 그러고 싶어했잖아. 아니야?"

"아, 그거야……."

"원래 전방은 너처럼 듬직한 친구가 맡아줘야지. 아, 그래야 뒤따르는 우리가 안심을 하지. 안 그러냐, 얘들아?"

좌우로 동의를 구하는 이한동의 말에 악중산은 얼굴을 있는 대로 못마땅한 듯 일그러뜨렸다. 하지만 달리 대꾸할 말이 없는 그는 뒤쪽의 구멍을 보며 가시수염을 씰룩거렸다. 이한동은 희멀겋게 웃으며 다시 말했다.

"왜, 이젠 싫으냐? 싫은가 본데? 오호라, 그 말이 맞는가 보구나?"

퍼렇다가 붉었다가 하는 악중산은 급히 되물었다.

"누가 싫다고……! 뭐, 무슨 말?"

"아니, 뭐 특별한 말은 아니고, 누가 그러던데… 세철인가 하는 그놈을 네가 무서워한다고."

"이런 개쌍! 누가 그래? 언 놈이 그 따우 소릴 해?"

소리치며 광분하는 악중산은 도끼를 소리나게 부웅, 휘둘렀다. 그리곤 바로 뒤돌아 섰다.

"전부 따라와!"

성큼성큼 입구로 걸어간 악중산은 맹세처럼 말했다.

"나, 악중산이 어떤 사람인지 오늘 똑똑히 보여주겠어!"

그리곤 쳐들었던 도끼를 입구의 가장자리에 내리찍었다.

쿠우우아아앙!

도끼로 내리찍는 소리가 아니었다. 몸을 흔드는 진동은 더욱 아니었다. 멀뚱한 눈으로 제 도끼를 내려다보는 악중산은 그때까지도 무슨 일인지 알지 못했다. 하지만 바라보던 노강호들의 유희와 논쟁은 그 순간 바로 사라졌다. 대신 앞 다투어 뛰는 그림자들만이 땅속으로 이어졌다. 그 입구는 이미 많은 사람들을 삼켜 버린 지옥의 구멍이었다.

파국(破局) 2

부아아아아아아앙!

커다란 검이 바람을 가르는 소리는 끔찍하도록 우렁찼다. 바람이 찢겨 나가는 그 사이에서 인간들의 몸도 찢어져 나갔다. 자욱한 피안개는 진저리쳐지는 비릿함으로 허공에 퍼져 올랐다. 하지만 정천휘의 검은 멈추지 않았다.

쉬에에에엑!

올려 긋고, 내리찍고, 좌로 비틀어 휘두르고, 한 바퀴를 돌아 횡으로 가르고… 정천휘의 커다란 검이 움직일 때마다 여지없이 산 생명들은 죽은 시신으로 쪼개졌다. 비명도 지르지 못하는 그들의 몸이 흩어져 떨어질 때, 커다란 기합성과 함께 걸음을 멈추게 한 자는 화산의 경악자였다.

“타아앗!”

정천휘의 앞을 가로막았던 한 무림맹 무사의 등 뒤에서 느닷없이 솟구친 경악자는 떠오른 기세만큼이나 맹렬한 속도로 떨어져 내렸다. 두 손으로 잡아 오른 어깨 앞으로 모았던 검은 살인의 의지를 담아 정천휘의 미간으로 낙뢰처럼 꽂혔다.

피이이!

같은 순간 정천휘의 거검이 돌아 미간 앞에 일자로 세워졌다.

키앙!

검날이 서로를 비끼며 튕겨내는 소리가 날카롭게 울렸다. 하지만 그 순간 정천휘의 거검이 경악자의 검날을 타고 앞으로 뻗어 나갔다. 그 끝은 아직도 허공에 뜬 경악자의 하복부를 향한 채였다. 목표를 비끼고 흘러가던 경악자의 검은 몸 쪽으로 당겨졌다. 당연히 비끼고 나가던 정천휘의 검날을 타고 거스를 수밖에 없었고, 그렇게 거꾸로 당겨진 검은 정천휘의 검날을 밀어내며 몸을 옆으로 회전시켰다.

키이이이잉!

피피피피핑!

회전하는 제 몸 바깥으로 정천휘의 검날을 흘려 버린 후에도 경악자의 검은 쉬지 않았다. 돌아가는 와중에 상하로 그어져 나온 검날들은 정천휘의 검이 접근하는 걸 허용하지 않았다. 그렇게 일진광풍처럼 돌던 경악자의 검이 멈춰진 순간, 검날은 직선이 되어 다시 터져 나왔다.

피잇!

재차 목줄기를 노리고 들어오는 경악자의 검날을 보며 정천휘는 희게 미소 지었다. 그 미소는 꼭 현재의 상황을 즐기는 것만 같았다. 미소를 입가에 담은 그 얼굴 그대로 정천휘는 검을 세차게 그어 올렸다.

키아앙!

경악자의 검이 거센 충격을 못 이긴 채 위로 솟구쳤다. 찡그려진 얼굴 아래로 가슴이 드러났다. 올려쳐졌던 정천휘의 검은 그 가슴을 찍어 내렸다.

쉬이잇!

가슴이 쪼개질 순간, 경악자는 발끝을 밀어 차며 검을 들었던 오른 팔꿈치를 가슴 앞에 후려 돌렸다. 팔꿈치는 떨어지는 정천휘의 넓은 검면에 작렬했다.

팡!

하지만 짧은 순간의 임기응변에도 불구하고 검날은 왼 가슴을 긋고 몸 밖으로 튕겨 나갔다.

"크윽!"

뒤로 물러나던 경악자는 가슴을 움켜쥐고 비틀거렸다. 일그러진 얼굴에는 고통이 가득했고, 움켜쥔 손 사이에서는 붉은 피가 흘러내렸다. 하지만 고개 들어 정천휘를 바라보는 두 눈에는 지독한 살기가 넘쳐 나왔다.

정천휘는 검을 다시 고쳐 잡으며 나직하게 말했다. 얼굴엔 아직도 미소가 그대로였다.

"좋은 반응이군. 조금만 늦었다면 심장이 반쪽이 났을 텐데 말이야. 나도 이제 늙은 건가? 검이 많이 무뎌졌군."

미소를 버리지 않는 정천휘의 얼굴을 보며 경악자는 소리나게 이를 갈았다.

“으드득! 건방진 놈! 요행히 내 거죽을 갈랐다만, 그걸로 자만하기엔 아직 이르다!”

“그래? 그럼 한번 보여주려무나. 나는 무료해서 죽을 지경인데 말이다.”

거듭된 정천휘의 충둥질에 경악자는 불끈 이를 악물었다. 쳐다보는 눈에서 나오는 열기는 그 시선의 끝에 있는 정천휘를 태워 죽일 것만 같았다. 그러나 그 열기가 차츰차츰 안으로 갈무리되어 들어갔다. 긴 세월의 수양과 고련은 거저 얻어지는 것이 아니듯, 경악자는 스스로의 실태를 깨달으며 조용히, 그리고 천천히 비칠대던 몸을 세웠다.

두 사람이 대치한 주켠에서는 칼부림이 난무했다. 이곳저곳에서 죽어 넘어지는 자들의 그림자가 땅으로 쓰러졌고, 그 주검을 밟으며 다른 죽음을 만드는 인영들은 지옥의 악귀들처럼 날뛰었다. 귀로 들리는 그런 모든 소리들을 새기며 경악자는 검을 치켜세웠다. 그리고 조용히 말했다.

“이제까지 살아오며 검을 잡았던 매 순간마다 목숨을 걸었다고 생각했었다. 하지만 이제 돌이켜 보니 아닌 듯하구나.”

처음과 달라진 경악자의 모습에 정천휘는 입가에 걸었던 미소를 조금씩 지워냈다. 경악자는 그런 정천휘를 향해서 뒤로 미뤘던 말을 꺼냈다.

“너, 정천휘… 확실히 검을 맞댈 가치가 있는 인물이다. 그런 너에게 나 화산 매화오군자의 맏이는 목숨을 건다. 이젠 정말로 어울려 보자꾸나.”

말을 끝맺음한 경악자는 가슴 앞에 세운 검을 천천히 머리 위로 들어 올렸다. 두 손으로 맞잡은 그 검에서 조금씩 아지랑이처럼 푸른 청광이 피어올랐다. 그 청광이 검신을 타고 오르며 푸른 불길처럼 일렁거렸다.

마주 선 경악자의 변화를 지켜보던 정천휘는 보일 듯 말 듯 고개를 끄덕였다. 웃음을 담았던 입은 굳게 다물렸고, 눈가에 머물던 옅은 조소는 굳은 진중함으로 바뀌었다. 땅을 향했던 검은 느리게 몸을 세워 올렸다.

"좋군. 이제 정말로 해볼 만하겠어."

경악자를 보며 검을 세워 올린 정천휘는 중단세로 검을 고정시켰다. 널따란 날에 기다란 검의 몸통은 장대를 앞으로 내뻗은 것만 같았다. 그 검에 밝은 촛불 빛처럼 투명하고 화사한 빛이 일어나 검신을 휘어 감았다.

눈마저도 일렁이는 불꽃 같은 정천휘는 경악자를 향해 거침없이 외쳤다.

"오라!"

경악자의 검이 한순간 꿈틀댔다. 인지하기도 힘든 그 움직임이 있은 후 푸른 청광을 둘러 감고 일렁이는 경악자의 검이 정천휘를 향해 내리그어졌다.

"이여어어어!"

공기를 터뜨리는 거센 기합 소리와 함께 경악자의 검끝에서 푸른 불의 뱀 세 마리가 튀어나왔다. 푸르디푸른 빛으로 몸통을 이룬 그것들은 정천휘의 몸으로 날아가며 제 몸통들을 꼬았다. 스스로 얽힌 세 가닥의 푸른 청사는 그렇게 새끼처럼 꼬이며 더욱 강렬한 푸른 빛으로 대기를 돌려 뚫고 날아갔다.

푸아아아앙!

회전하는 송곳처럼 대기를 뚫고 날아오는 검의 강기를 보며 정천휘는 한 가지를 생각했다. 잃어버렸던 화산의 비기, 경운자가 혈리표에 맞서 펼쳐 보였다던 세 가닥 강기의 결정 매화삼수지강이 분명했다.

정천휘는 앞으로 몸을 밀어내며 검을 거세게 들이밀었다.

"하아아아!"

돌진하는 병사처럼 나아가는 정천휘의 검이 노란 빛을 주욱 내밀었다. 기다란 검신보다 더욱 길게 튀어나온 그것이 세 가닥 강기의 결정과 정면으로 부딪쳤다. 빛의 폭풍은 바로 그 순간 일어났다.

쿠아아아앙!

푸르고 노란 빛이 사방으로 터져 나갔다. 그것은 꼭 해와 달의 충돌 같았다. 그 빛의 폭발에 휩쓸린 주변의 모든 것들이 폭풍 속에 밀려 나갔다. 서로를 죽이기에 열중이던 무사들은 낙엽이 되어 사방으로 날아가 처박혔다.

빛은 나타날 때보다 빠르게 사라졌다. 모든 게 순간이었다. 주변을 날려 버린 폭풍의 빛이 사라진 자리에 두 개의 그림자가 남았다. 하나는 검을 들었고 또 하나는 검을 내려뜨렸다. 들려진 검은 아주 크고 길었다. 그 검이 검을 내린 자의 가슴에 박혀 있었다.

"쿨럭."

경악자의 입에서 피거품이 뿜어져 나왔다. 피 묻은 그 입술이 파르르 경련하며 벌어졌다.

"대단… 하구나… 삼수지강의… 틈을… 파헤치고……. 쿠엑!"

피거품이 또 쏟아져 나왔다. 그것들은 아직도 검을 붙잡고 선 정천휘의 얼굴에도 튀어 자국을 남겼다.

얼굴에 흐르는 경악자의 핏방울을 닦을 생각도 않은 채 정천휘는 나직하게 말했다.

"훌륭했다… 정말 대단했어……."

눈꺼풀마저 경련하는 경악자의 얼굴에 희미한 미소가 생겨났다.

"그랬… 나……."

그 말을 끝으로 경악자의 몸이 뒤로 넘어갔다.

푸아악!

경악자의 몸이 쓰러지는 순간, 정천휘의 검이 막고 있던 가슴에서 피가 뿜어져 나왔다. 그 피가 또 정천휘의 얼굴을 적셔 내렸다. 하지만 뒤로 넘어가는 경악자의 몸만을 바라보는 정천휘는 전혀 개의치 않았다. 다만 한마디만을 더 했을 뿐이었다.

"진정으로 훌륭했다……."

쓰러진 경악자의 얼굴엔 아직도 미소가 남아 있었다. 그 미소를 내려다보던 정천휘는 몸을 돌렸다.

철혈수 조강은 공진자의 검을 성명절기인 철혈수로 막아 쳤다.

캉!

손과 검이 맞부딪쳤다곤 믿기지 않게 불꽃이 튀었다. 하지만 망가진 얼굴에 반미치광이의 눈을 한 공진자는 쉬지 않고 검을 휘둘렀다.

피, 피피, 피, 피잇!

캉, 카캉, 캉캉캉!

그때마다 불꽃은 끊임없이 튀어 올랐다.

"개자식들! 모두 도륙을 낼 테다!"

미친 듯이 지껄이며 검을 휘둘러 대는 공진자는 이미 정상이 아니었다. 그러나 그에 맞서는 조강은 냉정한 눈으로 공진자를 바라보며 공격을 하나하나 맞받아냈다.

이미 이성을 상실한 듯 보이는 공진자는 더 이상 조강의 적수가 아니었다. 때문에 조강은 공격을 받아내는 때때로 주변의 정황을 살폈다.

삼파가 어우러진 장내는 말 그대로 아비규환이었다. 자신과 떨어진 우측에는 용악검 이백이 벽력문의 귀신검 왕중과 검을 나누는 중이었다. 흉험한 그 기세는 두 사람의 주변을 비울 만큼 거칠고 격렬했다.

반대로 좌측에는 화산의 둘째 경수자가 벽력문 총순찰인 화령검 유성과 검을 섞었다. 화염을 더금은 것처럼 뜨겁게 불꽃을 쏟아내며 휘둘리는 유성의 검은 차가운 물을 두른 듯한 퍼런 빛의 경수자의 검과 사생의 기세로 부딪쳤다.

화산의 셋째 경금자는 푸른 빛 머금은 검으로 닥치는 대로 도륙을 하는 중이었다. 그가 휘두르는 검에 벽력문의 무사들은 물론 사자철기맹의 무사들까지도 속절없이 쓰러져 갔다. 그러나 아비지옥 같은 장내의 상황에도 불구하고 움직이지 않는 자들이 있었다.

사자철기맹의 군사인 무증신안 심학수는 심유한 눈으로 장내를 바라볼 뿐 움직이지 않았다. 무림연맹에서는 무당의 고운자와 고학자가 무거운 낯빛으로 진영을 지켰고, 화산의 넷째 경목자는 검을 잡은 채 한곳만 노려보았다. 그곳은 혈룡도와 혈룡도해가 놓인 바위섬으로 통하는 세 군데의 철교였다.

마지막으로 몸을 사리는 자들이 있었으니, 벽력문도들의 등 뒤에서 얼굴을 보이지 않는 세 명의 인물이었다. 벽력문도들과 똑같은 녹의의 복장에 녹색 두건마저 뒤집어쓴 그들은 정체가 의심스러웠다. 하지만 지금의 상황은 그런 걸 따지고 들 겨를이 없었다. 다만 한 가지 생각은 움직이지 않는 자들이 노리는 건 격돌의 틈을 타고 이득을 취하려는 자들에 대한 서로의 견제인 것이 확실했다. 또 그 역의 경우도 가능할 것이고.

공진자의 검을 받아내며 주위를 살피던 조강은 정천휘를 보았다. 경악자와 마주하고 있는 그의 모습은, 역시 대종사의 기풍이 물씬 풍겨 나왔다. 그러나 신화를 이룩하고 젊은이들의 숭앙을 받던 저 몸도 오늘이면…….

피이잇!

생각에 잠겼던 조강의 팔뚝을 공진자의 검이 그어 내렸다. 화끈한 느낌이 피어오름과 동시에 조강은 잡념을 버렸다. 경솔했다. 어쨌든 지금은 싸우는 도중인 것이다. 그 와중에 딴생각을 품은 자신의 행동은 목이 달아나도 변명의 여지가 없는 일이었다. 아무리 상대가 이성을 상실한 무인이라 해도 한 문파의 장로인 공진자와 같은 이를 상대로는 정말 실수가 아닐 수 없었다.

마음을 다잡은 조강은 신중하게 공진자의 검날을 받아쳤다. 자신의 손끝에서는 연신 쇠 부딪는 소리와 함께 불똥이 튀었다. 하지마 조강은 결정적인 공격을 하지 않았다. 그저 공진자의 검을 받아내며 주변만 맴도는 것이다. 그 모습은 꼭 시간을 벌려는 행동 같았다. 하지만 각자 싸우기에 바쁜 다른 이들은 그런 걸 눈여겨볼 틈이 없었다.

"죽어라, 이 개자식아!"

피이이잇!

카앙!

공격이 먹히지 않자 공진자는 더욱더 날뛰었다. 하지만 조강은 처음처럼 냉정한 눈으로 검날을 받아냈다. 그러나 그런 그의 눈에 공진자의 뒤쪽 모습이 언뜻 보였다.

움직이지 않고 자신들 무리의 진영을 지키고 있던 고운자와 고학자가 화산의 넷째 경목자와 눈빛을 교환했다. 곧바로 고개를 끄덕여 보인 경목자는 무사들의 머리를 타넘으며 몸을 띄웠다. 그런 그가 목표로 움직이는 곳은 조강 자신의 뒤였다. 그리고 그곳엔 심학수가 있는 것이다.

휘이익!

징검다리처럼 무사들의 머리를 밟고 자신을 지나치는 경목자를 올려다보며 조강은 마음이 다급해졌다. 군사가 위험해져선 안 되는 것이다. 그건 있어선 안 되는 일이고, 그 일이 벌어지면 만사휴의가 돼버리는 것이다.

눈을 부릅뜬 조강은 쉬지 않고 검을 받아치던 두 손에 힘을 모았다. 순식간에 조강의 검은 든 손은 더욱 시커멓게 변해 버렸다. 꼭 먹물에 담근 것처럼. 아니, 먹물을 검은 기운으로 만들어 손에 뒤집어 두른 것처럼 손은 흉측하도록 검고 검었다. 그리고 그 손을 공진자의 검에 휘둘렀다.

키아앙!

공진자의 검이 휘청 하며 옆으로 튕겨 버렸다. 소리와 진동은 좀 전과 비교할 수도 없었고, 불꽃 또한 유별나게 밝고 화려했다. 그러나 공진자는 아직도 사태를 알아차리지 못했다. 자신의 가슴으로 쑤셔 들어오는 검은 안개의 뭉치를 보면서도 그는 욕설을 또 퍼부었다.

"이 죽일 놈아!"

그러나 그 순간 조강의 검은 손이 공진자의 가슴을 파고들어 갔다.

퍼억!

"크윽!"

반쪽밖에 안 남은 공진자의 얼굴이 잔뜩 일그러졌다.

"이, 이… 찢어 죽일……."

조강은 손을 뽑았다. 그리고 미련없이 돌아섰다. 돌아선 조강의 뒤로 공진자의 신형이 무너졌다. 마지막 그의 말은 허공에 맴돌았다. 하지만 그 순간 조강은 신형을 뽑아 올렸다.

"멈춰라!"

포효하는 검은 표범처럼 날아간 조강은 경목자의 등을 향해서 검은 두 손을 내리찍었다.

푸아아앙!

심학수의 앞을 가로막은 사자철기맹의 무사들을 갈라내던 경목자는 등 뒤의 흉험한 기세를 느끼고 곧장 몸을 돌렸다. 몸을 돌림과 동시에 왼 손바닥으로 검병을 받치며 뒤를 향해 검끝을 밀어 돌렸다.

피이이잇!

두 손의 기세를 담은 검이 돌려지는 몸의 힘을 받아 거세게 솟구쳤다. 그 끝에 조강의 시커먼 두 손이 충돌을 했다.

파아앙!

후끈한 기운이 검과 손 사이에서 터져 나갔다. 허공에서 떨어지던 조강의 몸은 거꾸로 맴을 돌며 뒤로 떨어졌고, 검을 올려 찌르던 경목자의 몸은 정신없이 뒷걸음질을 쳤다. 그러나 맴돌던 몸을 착지한 조강은 땅을 밟음과 동시에 다시 튀어나왔다. 뒷걸음질하던 경목자의 몸이 박차고 나온 것도 동시였다. 하지만 두 사람의 몸은 동시에 옆으로 밀려 버렸다.

엄청난 기운이 두 사람의 신형을 옆으로 밀어버린 것이다. 비단 밀린 것은 두 사람뿐만이 아니었다. 힘을 이기지 못한 몇몇 무사는 가랑잎처럼 떨어져 나갔다. 바닥에 떨어진 주인없는 병장기들은 그 속을 위험하게 비행해 갔다. 그리고 그 모든 것을 날리는 눈부신 빛의 폭발이 있었다.

진정되는 장내를 돌아보며 조강은 식은 숨을 내쉬었다. 그렇기는 경목자 역시 마찬가지였다. 격돌을 잊은 두 사람은 곧바로 폭풍의 원인을 알아차렸다. 원인은 다름 아닌 사자신군 정천휘와 화산의 경악자였다.

경악자의 가슴에 박힌 거검이 조강에 눈에 보였다. 또한 뭐라고 나직하게 주고받는 말소리도 들리는 듯했다. 하지만 경악자의 몸이 뒤로 넘어갔다. 그 가슴에서 뿜어진 피가 정천휘의 얼굴을 피로 물들였다.

장내가 조용해졌다. 칼과 검을 주고받던 모든 자들이 싸움을 멈춘 것이다. 멈춰진 그들의 시선은 모두 정천휘와 경악자에게로 몰려 있었다. 너무도 엄청난 힘과 광경에 모두가 현실을 잊은 것이다. 하지만 뒤로 돌아서는 정천휘의 모습을 보며 그들은 깨달았다. 그것은 산 자와 죽은 자의 차이이며, 그들 모두가 산 자가 되려는 현실의 결과였다.

정적을 다시 일깨운 자는 경목자였다. 조강과 마주하던 그는 거친 고함 소리를 내지르며 정천휘를 향해 달려나갔다.

"으아아아아아!"

하지만 그 순간 귀청을 찢는 요란한 소리가 석동 전체에 울려 퍼졌다.

투타타타타타타탕!

"커억!"

달려나가던 경목자의 몸이 풀쩍 뛰어오르며 뒤로 떨어졌다. 동시에 서 있던 모든 자들의 신형이 비명과 함께 넘어갔다.

"커헉!"

"으헉!"

"으윽!"

그 속을 터지는 소리는 쉬지 않고 사람들 사이를 누비고 다녔다.

투타타타타타타탕!

*　　　*　　　*

동굴 속을 쉬지 않고 달리는 세철은 빛을 좇아 신형을 움직였다. 폭발은 자신들이 갇히던 그 순간부터 멈춰졌다. 하지만 그사이에 무너져 내린 지하의 광경은 끔찍스러웠다.

여기저기 무너진 돌무더기 사이로 보이는 인간들의 손과 발들은 급박했던 순간들을 여실하게 보여주었다. 무너진 이후에도 숨이 붙어 있

던 자들이 애쓰던 흔적들은 그들의 손이 놓였던 바닥에 피 끓힘으로
자국을 남겼다. 그 생의 마지막 순간이 너무도 처절하게 눈에 들어왔
다.

시체와 돌무더기 사이로 이리저리 몸을 움직이며 나아가던 세철은
한 가지 의문이 들었다. 동굴은 이곳저곳이 무너지며 통로의 맥을 끊
어놓은 상태였다. 하지만 동굴과 동굴의 사이로 뚫린 작은 동혈들은
앞으로 전진하는 발길을 틔위주었다. 그러나 그것이 작위적인 의도가
숨었다는 걸 세철은 직감했다.

"공기가 점점 뜨거워진다. 앞에 뭔가가 있어."

바로 뒤로 달리는 정곽의 목소리였다. 그의 말처럼 세철 역시도 느
끼던 참이었다. 왠지는 알 수 없지만, 앞으로 나아갈수록 피부에 닿는
공기의 온도가 점점 높아져 갔다. 그렇다면 자신들이 나가는 앞쪽에
뜨거운 무엇인가가 있다는 얘기였다. 또한 이 동굴 속에서 그럴 만한
것이라곤, 용암밖에는 다른 것이 없었다.

"공기가 덥다고? 난 아무것도 모르겠는데?"

세철의 등에 업힌 언두수가 한 말이었다. 하지만 그 말에 대꾸하는
자는 아무도 없었다. 정곽의 등에 업힌 하남은 미안한 표정일 뿐이었
고, 정범의 등에 업힌 부춘호조차도 계면쩍은 표정일 뿐이었다. 다시
일어섰다곤 하지만, 부상 입은 셋은 세철과 정곽, 정범이 달리는 속도
를 따르지 못해 다시 등에 업힌 것이다. 때문에 부담을 느끼는 그들의
표정은 일행에 대한 편치 않은 미안함으로 가득했다. 그러나 동료들의
등에 업혀 가는 이 상황에서도, 입이 자유로운 자는 언두수 하나뿐이었
다.

“내가 이상한 건가?”

또다시 주절대는 언두수 쪽을 부춘호가 얄밉게 노려보았다. 하지만 귀밑에 바람이 일 정도로 달리는 지금의 상황은 언두수를 타박할 계제가 아니었다.

부춘호를 업고 세철의 옆으로 나란히 달리던 정범은 문득 입을 벌렸다.

“이상해. 꼭 이렇게 가라고 누가 뚫어 놓은 길 같아. 그렇지 않나?”

달리는 와중에 세철은 고개를 끄덕여 보였다. 그런데 바로 그 순간, 아스라한 빛이 이쪽저쪽으로 굴절되어 들어오는 앞에서 후끈한 기운이 밀려왔다. 그리고 사람들의 소리도 들렸다.

“어, 사람 소리다! 싸우나 본데? 빨리 가야겠어!”

또다시 지껄이는 언두수를 이번엔 정범이 가만두지 않았다.

“아까부터 알고 있었어! 안 그러면 왜 이렇게 뛰겠나? 엉!”

쏘아붙이는 정범의 말에 언두수는 찔끔 목을 움츠렸다. 하지만 세철의 등에 업혀 가는 형편에도 그는 한마디를 잊지 않았다.

“어따, 그 양반 그거, 남들이 보면 누가 승려라 하겠나.”

열심히 달리던 정범의 눈이 또 홱 돌아갔다. 하지만 이번엔 그도 말을 꺼내지 못했다. 빛이 오는 앞쪽에서 들리는 총통 소리 때문이었다.

투타타타타타탕……!

들어본 소리였다. 그것도 얼마 전에 몸통에 박히던 소리였다. 적의 무리, 황보가 등의 무리가 사람들을 몰살하던 총통 소리가 분명했다.

“빨리!”

정범의 외침에 맞춰 세철과 정곽은 더욱 힘차게 달려나갔다. 소리는 점점 더 가까워졌다. 달릴수록 빛은 밝아졌고 더운 공기가 피부를 자극했다. 그렇게 달리던 동굴의 통로가 왼편으로 돌아 휘어진 길을 벗어났을 때, 드디어 눈앞으로 환한 빛이 보였다. 그러나 그 속에서 위험한 것들이 벽에 튀었다.

핑! 피핑! 핑핑!

팅! 티팅! 팅!

동굴 벽의 돌 가루와 함께 튀는 것은 탄환이 분명했다. 황급히 벽 쪽으로 몸을 피한 세철 일행은 장내를 바라보았다. 탄환이 난무하는 통로 바깥은 둥그렇고 거대한 석동이었다. 작은 광장 같은 그곳에 사람들이 보였다. 하지만 모두가 쓰러지는 모습이었다. 몸통에서 튀는 피는 왜 그런지를 알게 해주었다. 반대편에서 비처럼 쏟아지는 총탄의 세례가 원인이었다.

"저 자식들이……!"

세철의 등에서 내린 언두수가 이를 갈았다. 하지만 그는 곧바로 다른 말도 꺼냈다.

"어? 저, 저건?!"

언두수가 보는 방향은 석동의 중앙이었다. 그곳에 더위의 원인이었던 용암의 연못이 있고, 그 중앙의 바위 위에 붉은 칼이 보였다. 더불어 한 권의 책까지.

"혈룡도로군……!"

엎드린 채 고개를 내밀고 보던 부춘호가 신음처럼 말했다.

모두가 그것을 보았다. 한 자루의 붉은 칼, 혈룡도를.

"저 책이 혈룡도법을 담은 것이겠군."

정곽의 말이었다. 그의 말처럼 덩그마니 칼 옆에 놓인 책은 누런 재질의 표지를 얌전히 덮은 모습이었다. 하지만 그 책의 속살을 보기 위해서 사람들은 이곳에 모여든 것이다. 또한 남이 엿보는 것을 막기 위해서 저렇게 서로를 죽이고 있는 것이다. 그러나 책은… 말없이 구경만 하는 상황이었다.

일행이 몸을 숨기고 바라보는 장내의 상황은 급박했다. 수없이 죽어 넘어지는 사람들 사이로 살기 위해 애쓰는 자들이 정신없이 뒤로 도망쳤다. 하지만 뒤로 도망치는 그들이 몸을 숨길 만한 곳은 이미 죽은 다른 자들의 시신밖에는 아무 데도 없었다.

타타타타타탕!

길쭉한 총통을 쏘아대는 적의 무리, 적혈단은 세철 등이 있는 통로의 반대편에서 무차별로 쏘아댔다. 일렬로 벌려 나온 그들은 삼십여 명이 네 줄로 뒤를 이은 채 석동을 제압해 나갔다. 보이는 숫자가 백이십여, 이곳으로 오는 도중 나머지 인원은 희생을 당한 것이 틀림없었다. 하지만 그 숫자에도 불구하고 그들의 화력에 대항하는 자는 아무도 없었다.

세철의 눈에 노란 검막을 형성한 채 뒤로 물러서는 정천휘의 모습이 보였다. 같은 모습으로 검을 휘두르며 정신없이 후퇴하는 고운자와 고학자, 그리고 화산의 늙은이들도 보였다. 벽력문의 무리는 화령검 유성을 중심으로 인의 장막을 형성했다. 하지만 인원은 계속 줄어들었다.

속절없이 죽어 넘어가는 건 이제까지 목숨을 부지했던 강호의 무인들이었다. 그들은 벽에 몰린 채로 벌레들처럼 쓰러져 갔다. 그러나 총탄세례는 멈추지 않았다.

타타타타타탕!

바라보던 세철이 불끈 한 발을 내밀었다. 하지만 정곽이 바로 팔을
잡았다.

"기다려!"

세철이 이글대는 눈으로 돌아보았다. 그럴 수밖에 없는 것이, 저 가
운데의 어딘가 연호가 있을지도 모를 일이었다. 하지만 정곽은 냉정했
다.

"연호의 모습은 없다. 아직 나갈 때가 아니야."

차갑게 잘라 말하고 정곽은 붙잡은 세철의 팔을 놓았다. 그리곤 다
시 장내를 주시하였다. 냉정한 그 눈을 보던 세철은 한 가지를 생각했
다. 지금 정곽의 심정은 결코 자신보다 더했으면 더했지 덜하지 않을
것이라는 걸.

세철은 다시 고개를 장내로 돌렸다. 그사이 죽음은 거의 끝나가고
있었다. 몇몇은 세철 등이 몸을 숨긴 통로로 달려왔지만, 등으로부터
가슴에 이르는 피구멍을 보인 그들은 모두 쓰러졌다. 그리고 나머지
인물들, 사자철기맹과 두림연맹, 벽력문의 무리는 석동의 한쪽까지 밀
려 나갔다. 그런 그들의 숫자도 몇십 명에 불과할 정도로 줄어 있었다.

탕! 타탕! 탕!

몇 발의 총통 소리를 끝으로 소음이 사라졌다. 또다시 찾아든 정적
은 몹시 무겁고 피 냄새가 진동했다. 그 상태로 무리가 뒤섞여 싸우던
석동 안은 양편으로 인원이 나뉜 채 대치 상황이 이루어졌다. 한쪽은
적혈단의 무리가 총통을 겨누고 있었고 반대쪽엔 살아남은 자들이 뒤

섞인 모습이었다.

지금까지 싸우던 세 무리는 무자비한 공격을 퍼부은 새로운 적을 향해 눈들을 밝혔다. 처다보는 그들의 앞에서 사열 종대로 석동의 한쪽을 장악한 적혈단의 무리 가운데가 벌어졌다. 그곳에서 세 명의 인원이 앞으로 나왔다. 그들은 팽수와 팽조, 그리고 파산검 두평이었다.

얼굴 가득 미소를 머금은 팽수가 공수의 예를 보이며 입을 열었다.

"여러 강호의 선배님들, 그리고 동료제현들! 뜻하지 않은 곳에서 뜻밖의 인사를 드리게 되어 송구스럽기 그지없습니다!"

팽수의 인사에 살아남은 자들의 방향에서 작은 술렁거림이 일었다. 그리고 무림연맹의 고운자가 소리쳤다.

"그대는 팽가의 장자, 팽수가 아니던가?"

팽수는 빙긋이 이를 드러내 보였다. 그 모습에 삼십여 명밖에 살아남지 못한 무림연맹의 인물들은 분노를 드러냈다.

"저런, 개자식! 감히 우리에게 이런 짓을 하다니!"

"팽가가 미친 게로구나! 너희가 그러고도 무사할 줄 아느냐!"

팽수는 거친 욕설에도 미소를 잃지 않았다. 다만 천천히 고개를 가로저으며 한마디를 할 뿐이었다.

"나중에 보자 하는 사람은 그대들뿐 아니라 천하의 그 누구도 두렵지 않소이다. 그리고… 무사하지 못할 것은 우리가 아니라 여러분이지."

무림연맹 측은 더욱 분노를 참지 못했다.

"저, 저런, 쳐 죽일 놈이!"

하지만 달려드는 사람은 아무도 없었다. 그것은 아직도 자신들을 겨누고 있는 총통의 위력을 몸으로 체험한 때문이었다. 그러나 그때 한 사람이 앞으로 나섰다. 여기저기 총탄의 자국을 몸에 실은 정천휘였다.

앞으로 나선 정천휘는 문득, 오십여 명밖에 살아남지 못한 자신의 새끼들을 돌아보았다. 그마저도 전투와 탄환세례에 성한 자는 몇 되지 않아 보였다. 처음 보는 저 무기와 처음 당하는 오늘의 이런 일은 그에게 당황을 주었다. 그렇기로는 사자철기대도 마찬가지였다. 가볍지 않은 한숨을 속으로 삼킨 정천휘는 다시 팽수를 보며 말을 꺼냈다.

"그대들은 누구인가?"

정체를 밝히라는 소리였다. 겉으로 보기엔 팽가의 아들이 이끄는 무리 같지만, 생소하고 파괴적인 저 총통과 일사불란함이 여실하게 보이는 적의무사들은 결코 일가 가문만의 힘으로는 될 수 없는 일이었다. 그 배경과 의도를 포함한 모든 것을 정천휘는 꼬집은 것이다.

팽수의 웃음이 더욱 짙어지며 대답이 나왔다.

"역시 명불허전! 사자신군의 안목은 높고도 예리하군요! 말씀한 그것이 궁금하셨던 게지요?"

정천휘를 높여 스스로의 얼굴에 금칠을 한 팽수는 당당하게 입을 열었다. 그 모습은 마치 모든 승리를 눈앞에 둔 자처럼 거침이 없었다.

"우린 적혈단이라 스스로를 부릅니다. 본인의 가문인 팽씨 세가와 형제들의 가문인 황보세가와 무극도문, 이렇게 세 가문이 모여 피의 맹세를 이룬 형제들의 모임이지요. 그런데 이곳엔 왜 왔냐는 말씀이지요?"

묻지도 않은 말을 하는 팽수의 언행에 사자신군 정천휘를 비롯해서 보는 자들은 모두 얼굴은 찌푸렸다. 하지만 개의치 않는 팽수는 계속 지껄였다.

"이유랄 게 뭐 있겠습니까? 있다면 그대들이 품었던 생각과 똑같은 것이겠지요. 한데 왜 이제야 모습을 보였냐구요? 그것이 또 궁금하시겠군요?"

팽수는 이제 흥에 겨운 듯 보였다. 혼자서 질문하고 바로 또 대답을 내놓는 그의 행동은 총통 앞에 움츠러든 자들을 바라보는 자만이 깔려 있었다.

"뭐, 늦은 이유는… 저들의 화기 때문이었지요."

팽수의 시선은 육십여 명이 꼭꼭 모여 화령검 유성을 둘러싼 벽력문을 가리켰다. 조소 가득한 팽수의 눈은 바라보는 그들의 눈을 무시하고 다시 말했다.

"저들의 화기가 터지는 걸 알고 모두가 무너지거나 화기가 바닥날 때를 기다렸지요. 뭐, 지금도 있는지는 모르겠지만, 이 안에서 그걸 터뜨리는 건 자살 행위이니까 그럴 리야 없겠지요. 그렇지 않습니까?"

"죽자 하고 터뜨리면 어찌할 텐가?"

보다 못한 정천휘가 다시 말을 꺼냈다. 그의 말은 벽력문을 도발하는 의도도 숨겨져 있었다. 하지만 만일 팽수의 말처럼 그런 일이 벌어진다면, 어찌 대처해야 할지는 자신조차도 방법이 없는 상황이었다.

여전히 웃는 낯을 버리지 않은 팽수는 정천휘를 직시하며 대답했다. 하지만 그 음성은 유별스레 차갑고 살기가 물씬 풍겨 나왔다.

"그래요? 그렇다면 할 수 없지요, 그런 일이 벌어지기 전에 일을 끝낼 수밖에."

팽수의 말이 무얼 뜻하는지 정천휘는 직감했다. 모두 몰살을 하려는 것이다. 가소로운 것들이었다. 자신은 죽지 않을 자신이 있었다. 때문에 검을 고쳐 잡으며 몸에 힘을 넣었다. 그러나 마음에 걸리는 것은 심학수를 비롯한 생존자들이었다. 자신은 죽지 않겠지만, 적혈단이란 저 총통 든 무리를 다 죽일 수 있을지는 자신이 서지 않았다.

조강과 이백이 손을 합친다 해도 그건 마찬가지였다. 더군다나 벽력문이나 무림연맹의 손을 빌리는 것은 꿈도 꾸지 못할 일이었다. 전투의 와중에 분명 혈룡도를 노리는 무리가 있을 것이다. 때문에 서로에게 칼을 들이밀지언정 협력은 꿈에서조차 가능한 일이 아니었다.

정천휘는 처음으로 작은 한숨을 내쉬었다. 싸우기에도 그렇고 물러나기에도 도리가 없는 상황이었다. 하지만 이제까지 강호의 칼산을 넘으며 살아왔던 그에게는 가치없는 생각이었다. 사자신군 정천휘는 뒤를 염두에 두었던 인물이 아닌 것이다. 그것이 그가 살아온 검의 인생이었다. 결과야 어찌 나든, 이제는 싸울 도리밖에는 없는 것이다.

"후우, 그래……."

가볍게 한숨을 내쉰 정천휘는 팽수를 정면으로 바라보았다. 사자의 분노를 담은 그 눈으로 팽수를 보며 천천히, 그러나 힘이 배어든 목소리로 말했다.

"그러면 지금부터 내가 왜 사자신군이라 불리는지를 가르쳐 주지!"

정천휘의 검에 노란 빛이 다시 어리기 시작했다. 그 모습을 쳐다보는 팽수의 눈에도 강한 결의가 뭉쳐 나왔다. 그런데 그때 두 사람의 사이, 양쪽으로 벌어진 사람들의 중앙, 텅 빈 석동의 중앙 한쪽에 뚫린 동혈에서 검은 그림자가 튀어나왔다. 그건 누구도 생각지 못한 움직임이었다.

"엇!"

팽수의 뒤에 섰던 팽조가 놀란 외침을 터뜨렸다. 뜻밖의 상황에 놀라기는 팽수를 비롯한 정천휘와 모든 사람들이 똑같았다. 하지만 맹렬히 질주하는 그림자는 그 놀람을 틈타 혈룡도를 향해 달려갔다. 그 결사적인 모습을 동굴 통로에 몸을 숨긴 세철 일행도 분명하게 보았다.

"엇! 저건 연호다!"

언두수가 고함쳤다. 그리고 그 순간 세철이 미친 범처럼 달려나갔다. 하지만 천둥 같은 총통 소리는 세철의 걸음보다 한 박자가 빨랐다.

타타타타타탕!

콩 볶는 소리가 세철의 귀를 울렸다. 눈에 보이는 연호는 철교를 건너는 모습이었다. 하지만 그 몸이 춤을 추었다. 마치 누가 흔들어대는 것처럼 흔들리는 그 몸은 피를 뿜어냈다. 그렇게 피바람에 휩쓸리는 것처럼 비틀대는 연호의 몸은 철교를 건넜다. 그러나 건넘과 동시에 쓰러진 연호는 일어나지 못했다. 다만 피 묻은 손을 뻗어 혈룡도를 쥐려고 경련할 뿐이었다.

"안 돼!"

석동을 때려 치는 것 같은 고함 소리가 세철의 입에서 터졌다. 모두가 놀란 눈으로 바라볼 때 세철은 땅을 박차고 용암 연못을 건너뛰었다.

쓰러진 연호의 몸을 붙잡은 세철은 다급하게 불렀다.

"정신 차려, 연호야! 정신 차려!"

경련으로 부들대던 고연호의 눈이 파르르 힘겹게 떠졌다. 그리고 눈꺼풀보다 더 힘겨운 목소리가 핏물을 타고 입에서 새어 나왔다.

"누, 누구……."

세철은 핏물을 닦아내며 다급하게 말했다.

"나다! 세철이다!"

올려다보는 고연호의 흐린 눈동자가 조금씩 모아졌다.

"형… 님… 세철… 형… 닉……."

하지만 모아졌던 눈동자는 급격하게 다시 흐려졌다. 손은 혈룡도를 향한 채로 부르르 손끝을 떨었다.

그것이 마지막이었다. 더 이상 고연호의 몸은 움직이지 않았다. 흐린 눈동자도 움직임을 멈췄고, 경련하던 손끝도 점점 차갑게 식어갔다.

하지만 이번엔 세철의 손이 떨렸다. 고연호의 상체를 받쳐 들었던 세철의 두 손이 학질 걸린 환자처럼 부들부들 떨렸다. 그 손을 들어 세철은 고연호의 열린 두 눈을 감겨 내렸다.

세철은 치가 떨리는 걸 참을 수 없었다. 또다시 지키지 못한 것이다. 죽고만 싶었다. 형이라 부르던 고연호의 음성이 아직도 귓가에 맴돌았다. 하지만 자신은 고연호를 지키지 못했다. 소림에 있던 내내 따뜻한 말 한마디 건네지 못했었다. 그 심정이 어떠하리라는 걸 누구보다 잘 아는 자신이, 끝내 이렇게 비참한 죽음을 만들고야 만 것이다.

바랐을 것이다. 누구보다도 원했을 것이다. 자신이 복수를 도와주기를 간절히 염원했을 것이다. 하지만 자존심이, 숙부를 잃던 그 순간의 기억들이 세철 자신에게 돌아서는 도움의 마음을 가차없이 밀어냈을 것이다. 그렇게 이곳에 혼자 온 것이다. 그리고 차가운 주검이 된 것이다.

세철은 고연호의 몸을 천천히 바위 위에 바로 눕혔다. 어느새 떨리던 두 팔의 흔들림은 보이지 않았다. 하지만 두 눈이 이글댔다. 밟고 있는 바위섬의 아래로 끓고 있는 용암처럼 두 줄기 불길이 그 눈에서 쏟아져 나왔다.

"그래… 네놈이 무너지는 바위 따위에 묻혀 죽을 놈이 아니지!"

일어서는 세철을 향해 말을 던진 자는 팽수였다.

세철의 이글대는 눈이 팽수에게 돌아왔다. 그 강렬한 기운에 팽수의 몸이 움찔 반 걸음을 물러났다.

세철은 팽수를 보며 천천히 말을 꺼냈다.

"이 아이는 내 동생이다… 각오는 했겠지……?"

바라보던 팽수가 미간을 좁혔다

"뭐라고?"、.

하지만 팽수는 이내 피식 웃었다.

"그 따위는 내가 알 바 아니다. 어차피 너와는 세불양립! 우린 네놈 옆에 놓인 그 물건들만 가지면 그만이지!"

팽수를 보던 세철의 범눈이 혈룡도로 돌아갔다. 그리곤 즉각 칼을 잡아 뽑았다.

"어!"

"엇! 저, 저!"

여기저기서 소리가 들렸다. 팽수의 눈도 부릅떠지긴 마찬가지였다. 그 순간 세철이 말했다.

"이게 가지고 싶단 말이지?"

손에 든 혈룡도를 어깨 위로 들어 올린 세철은 그걸 집어 던졌다.

피아아앙!

회전하며 돌아가는 혈룡도는 곧장 팽수의 몸통으로 날아들었다.

"허엇!"

너무도 갑작스런 일에 헛바람을 삼킨 팽수는 황급히 몸을 피했다. 하지만 가까스로 반 보를 피한 그의 뒤에는 팽조가 서 있었다. 팽조 역시도 다급하게 몸을 움직였지만, 마차바퀴처럼 회전하며 날아든 혈룡도는 팽수의 어깨를 가르고 뒤로 날아갔다. 그리고 그곳은 네 줄로 선 적혈단이 포진한 곳이었다.

푸거거거걱!

네 명의 가슴을 동시에 꿰뚫은 칼이 내는 소리는 너무도 섬뜩했다. 하지만 그 섬뜩함이 가시기도 전에 두평은 몸을 움직였다. 체구에 안 맞는 비호처럼 몸을 움직여 간 곳은 쓰러지는 적혈단원들의 뒤였다. 그곳에 바위벽을 뚫고 들어간 혈룡도가 몸을 떨며 울고 있었다.

위이이잉.

칼을 붙잡은 두평은 황급하게 뽑아냈다. 두 눈은 갑자기 찾아든 희열로 번들거렸다. 그 눈으로 뒤를 돌아선 두평은 팽수에게 소리쳤다.

"됐다! 이제 우리 거다!"

팽수는 어깨를 움켜쥐고 고통스러워하는 제 동생 팽조를 보다 두평에게 시선을 돌렸다. 아니, 정확히는 칼에게였다. 그렇게 바라보는 팽수의 눈 역시도 가는 떨림이 찾아들었다. 하지만 불현듯 이상한 생각이 들었다. 세철이 저렇게 칼을 던질 이유는 하나도 없기 때문이었다.

흔들리는 팽수의 눈이 세철에게로 다시 돌아갔다. 세철은 때마침 혈룡도해를 집어 드는 중이었다.

“이따위 것 때문이란 말이지.”

손에 든 누런 책자를 내려다보는 세철의 눈은 더 한층 이글거렸다. 그 눈과 세철의 행동을 주시하는 장내는 일순 뜨거운 기운이 감돌았다. 하지만 세철은 내려다보던 혈룡도해를 두 손으로 붙잡고 바로 두 쪽을 냈다.

찌이익!

“헉!”

“저, 저놈이!”

숨넘어가는 소리들이 들릴 때 세철은 두 쪽 난 혈룡도해를 집어 던졌다.

투툭.

허공을 날아 바닥에 떨어진 책의 잔해 소리가 유난히 크게 들렸다. 그 순간 한쪽에 몰려 있던 생존자들의 움직임이 빨라졌다. 재빠르게 튀어나온 삼파의 사람들은 찢어진 책을 향해 뛰었다. 하지만 정천휘는 더욱 빨랐다.

“멈춰라!”

세철이 던진 혈룡도해의 반쪽을 집어 든 정천휘는 무섭게 외쳤다. 그 외침 소리에 사람들은 주춤 멈춰 섰다. 멈춰 선 사람들을 보던 정천 휘는 반쪽의 책을 머리 높이 들어 올렸다. 그리고 커다랗게 외쳤다.

“이건 백지다! 혈룡도해가 아니야!”

쳐든 정천휘의 손에서 반쪽의 책이 펼쳐졌다. 그리고 그건 그의 말 처럼 하얀 백지였다.

“뭐라구? 백지라구?”

"설마……."

의심하는 사람들을 향해서 정천휘는 책을 던졌다. 엉겁결에 받아 든 무림연맹의 무사는 놀란 눈으로 다시 외쳤다.

"정말이다! 이건 가짜야!"

생존자들의 소요는 적혈단에게도 바로 전이됐다. 놀란 눈의 팽수는 세철과 정천휘의 손에 들린 책을 번갈아 보며 흥분을 감추지 못했다. 그리곤 무얼 생각했는지 두평에게 바로 소리쳤다.

"칼을 줘!"

영문을 알지 못하는 눈의 두평은 팽수에게 칼을 건넸다. 두평의 손에서 거칠게 칼을 받아 든 팽수는 얼굴을 일그러뜨렸다. 붉은 도신의 곳곳에 생긴 상처와 이빨 빠진 날이 너무도 선명하게 보였기 때문이다.

"이런… 개 같은……!"

이 갈리는 소리가 팽수의 입에서 들리는 듯했다. 일그러질 대로 일그러진 얼굴은 분노로 가득했다. 그런 그의 얼굴에 대고 세철은 나직하고 선명한 목소리로 최후통첩을 했다.

"팽수, 넌 살아서 여길 나갈 수 없다."

분노한 눈과 달리 너무도 담담한 그 목소리에 팽수의 시선이 퍼뜩 들렸다. 그 순간 세철의 신형이 바위섬을 박차고 올랐다. 놀란 눈의 팽수는 다급하게 소리 질렀다.

"쏴라!"

그 외침이 들린 순간, 거총하고 있던 적혈단은 세철의 몸을 향해 총통을 발사했다. 하지만 부시가 타는 그 짧은 시간의 간격에 세철의 뒤쪽에서 떠오른 또 하나의 그림자는 은빛 비도를 섬광처럼 날려왔다.

피피피피피피잇!

타타타타타타탕!

정곽의 비도와 총탄이 동시에 교차했다. 그러나 중앙에 선 여섯 명의 적혈단원은 이마에 비도를 꽂은 채 뒤로 넘어갔다. 그들이 손에 들린 총통이 허공을 난사한 건 당연했다. 그리고 그사이를 파고드는 세철의 몸은 너무 잔인했다.

퍼퍽!

착지와 함께 왼 팔꿈치를 돌려 친 세철은 머리가 터지는 자의 옆으로 돌며 오른 팔꿈치를 뒤로부터 돌려 찍었다. 팽이처럼 돈 그 몸의 옆에서 두 놈의 신형이 쓰러질 때, 거듭 돌아가며 다시 나온 왼 주먹이 옆에 선 놈의 복부를 꿰뚫었다.

퍼억!

두건 안으로 눈만 부릅뜬 그자의 몸을 세철은 괴성과 함께 앞으로 밀어 나갔다.

“으워어어어어!”

몸이 들린 채로 밀리는 자가 제 동료들의 몸을 치며 계속 나아갔다. 그 몸을 세철이 밀어 던지자 피와 함께 주먹이 뽑혀 나왔다. 솟구치는 피를 뒤집어쓴 세철은 한 마리 피에 굶주린 검은 호랑이였다.

휘아아아앙!

피 묻은 세철의 주먹에서 녹청의 뇌전이 터져 나왔다. 짙푸르디푸른 그 뇌전은 세철의 철비구를 타고 뭉쳐 오르다 순식간에 폭발해 나갔다. 그 연둣빛 머금은 푸른 뇌전의 기운에 부딪친 자들의 몸통이 산산조각 났다.

머리가 달아난 자, 상반신의 반이 없어진 자, 골반이 흩어진 자, 복부에 커다란 구멍이 뚫린 자, 하반신 전체가 부서진 자……. 모두가 푸른 뇌전 속에 유리처럼 부서졌다. 근접한 거리는 총통을 발사할 여유를 주지 않았고, 등에 먼 왜도는 손에 잡을 틈이 없었다. 그렇게 죽어 나가는 적혈단의 가운데서 세철이 움직였다. 손은 천지사방으로 주먹질했다.

파파파파파파팡!

세철의 전후좌우 모든 곳에서 사람들의 육편이 터졌다. 피와 살이 난무하는 그 광경은 너두나 끔찍했다. 진형이 무너져 흩어지는 적혈단은 푸른 뇌전 속에 호박 깨지듯 깨져 나갔다. 요행히 좌우로 벌어진 자들은 몸을 피하기에 급급했다. 하지만 그들의 앞엔 정곽의 유엽도가 날을 그었다.

시엑!

흩어지는 한 놈의 목을 가른 정곽은 왼발을 축으로 내딛고 한 바퀴를 돌았다. 돌면서 횡을 긋는 칼날은 좌우로 스치는 두 놈의 허벅지를 동시에 잘라 버렸다.

슷, 스걱!

축을 삼았던 왼발을 띄우자 정곽의 몸이 떠올랐다. 멈추지 않는 회전은 여전했고 앞쪽으로 이동하는 회전 속에서 정곽은 연검을 뽑아 그었다.

피피피피피피잇!

한 개의 검과 또 한 개의 칼날이 동시에 사방으로 난자했다. 회전하며 그어지는 그 날들은 쪼개진 대나무의 살들이 휘둘리는 것처럼 수없이 많고 조밀했다. 그 반경에 걸린 자들의 몸이 가차없이 잘려 나갔다.

쉬피피피피핏!

너무도 참혹하고 어이없는 그 광경은 차라리 도살이었다. 눈 깜짝할 사이에 벌어진 그 상황에, 바라보는 이들은 입만 벌리고 있었다. 피가 튀고 인간의 육신들이 잘려 부서지지만, 꿈만 같은 눈앞의 현실은 그런 사실을 잊게 만들었다. 그리고 그런 자들 중엔 팽수도 예외가 아니었다.

너무도 충격적인 현실에 커진 눈을 수습하지 못하던 팽수는 불현듯 정신을 깨워냈다. 그리고 치떨리는 음성으로 커다랗게 고함쳤다.

"흩어져! 좌우로 흩어져! 칼을 뽑아!"

두서없는 음성은 팽수의 심정을 그대로 대변했다. 그러나 스스로의 심정을 못 이기는 듯, 팽수는 등 뒤의 왜도를 소리나게 뽑아 들었다.

치잉!

그리고 세철에게 달려들었다.

"이노옴!"

천중세로 솟구쳐 세철의 머리 위로 떨어지는 팽수는 일도양단세로 칼을 그어 내렸다. 그 순간 팽수의 눈은 팽창하는 살기를 견디지 못해 붉게 부풀어 올랐다. 그러나 그 지극히 짧은 찰나에 팽수는 보았다, 세철의 이글대는 눈이 자신을 돌아보는 걸.

세철의 오른발이 땅을 떠났다. 왼 다리의 오금을 스친 발은 허리를 비틀게 하며 어깨 위로 솟구쳤다. 수직으로 일자가 된 발은 머리가 비낀 자리를 천둥처럼 올려 찼다. 그 발끝에 푸른 빛이 어린 건 팽수만이 보았다.

퍼엉!

옆으로 다릴 세워 하늘을 찌른 세철의 발끝이 폭발했다. 부서져 나가는 그 자리엔 팽수의 칼과 아래턱이 있었다. 찬란한 은빛 도편들이 허공으로 터져 나갔다. 그리고 그 속엔 사람의 피와 뇌수도 함께였다.

"저럴 수가!"

바라보던 벽력문 무리에서 귀신검 왕중이 소리 냈다. 경악을 감추지 못하는 그의 시선에는 팽수의 몸뚱이가 떨어져 내리는 게 보였다. 머리 없는 몸뚱이였다. 그 처참한 광경을 보고 놀라기는 정천휘도 마찬가지였다.

"저건……! 내 생각이… 잘못됐었군."

무슨 생각이 잘못됐다는 것인지, 정천휘는 유령을 본 것 같은 표정을 감추지 못했다.

그럴 수밖에 없다고 생각했다. 저건 애초부터 상대가 되지 않는 싸움이었다. 양 떼 무리 속에 호랑이를 풀어놓은 것과 매한가지였다. 설령 양들이 떼로 덤빈다 하여도 분노한 호랑이를 어쩔 수는 없는 것이다. 하지만 저들은 그걸 망각했다. 가지고 있는 무기의 장점은 살릴 틈도 없었고, 형제들의 죽음에 이성을 상실한 채 호랑이에게 덤벼드는 중인 것이다. 바로 눈앞에 보이는 팽조라는 젊은 놈처럼.

"죽인다아!"

갈라져 피 흘리는 한쪽 어깨도 무시한 채 팽조는 두 손으로 왜도를 부여잡고 세철에게 달려들었다. 일그러진 그 얼굴로 달려드는 그 모습은 죽음을 도외시한 몸짓이었다. 하지만 그에겐 기회가 없었다. 언제 다가든 것인지, 세철 앞으로 나타난 정곽은 유엽도를 그어 올렸다.

카앙!

팽조의 왜도와 정곽의 유엽도가 십자로 부딪쳤다. 불꽃이 함께 어우러진 그 순간, 팽조의 눈이 정곽을 볼 때 정곽의 몸은 부딪친 칼을 흘리며 빙그르르 돌았다. 그러나 그 허리춤에서 돌아 나오는 연검을 팽조는 보지 못했다.

피이잇!

"허억!"

팽조의 눈이 부릅떠졌다. 살기만이 충만했던 그 눈동자가 급격하게 흔들거렸다. 주춤주춤 두 걸음을 물러난 팽조는 제 배를 내려다보았다.

"흐어어……."

갈라진 제 복부를 보는 팽조의 몸이 비틀비틀 흔들렸다. 그리고 풀썩 주저앉았다.

장내엔 싸늘한 침묵이 서리처럼 내려앉았다. 감산도를 움켜쥔 두평도 얼어붙었고, 반밖에 남지 않은 적혈단원들은 움직이지 못했다. 그저 저 건너에서 쳐다보는 다른 사람들처럼 침몰하는 팽조만을 바라볼 뿐이었다.

"쿠허헉!"

주저앉은 팽조가 피를 토해냈다. 칼을 쥐었던 손은 배를 움켜잡았고 흔들리는 상반신은 쓰러지지 않기 위해 안간힘을 써댔다. 그런 팽조에게 정곽이 말을 걸었다.

"아프냐?"

팽조의 흐린 눈동자가 정곽을 보았다.

표정없는 정곽은 또 말했다.

"그게 고통이란 거다. 네 육신의 고통과 형제를 잃은 고통… 네놈들이 나에게 주었던 고통이지."

가늘게 말을 맺는 정곽의 눈이 하얗게 변해갔다. 그런 정곽의 눈을 보는 팽조의 눈은 점점 더 흔들렸다. 초점이 흐려지는 그 눈을 뚫어지게 보며 정곽은 팽조에게 다가섰다. 그리고 손에 잡힌 유엽도를 높이 들었다. 그렇게 들려진 칼은 바로 내려쳐졌다.

시에엣!

"안 돼!"

얼어붙었던 두평이 몸을 움직인 순간이었다. 칼날의 잔영이 사선의 빛을 보이는 그 찰나, 팽조의 목을 내려치던 정곽에게 세차고 흉포한 기운이 날아왔다. 그 기운은 정곽의 유엽도를 정확히 때려냈다.

카앙!

정곽의 몸이 칼과 함께 옆으로 돌았다. 정신없이 도는 그 몸은 팽조의 자리에서 열 걸음을 벗어나서야 겨우 멈춰 섰다. 하지만 손에 잡힌 유엽도는 아직도 울음을 울었다.

지이이이잉―

자신의 유엽도를 보는 정곽은 미간을 찌푸렸다. 하마터면 칼을 놓칠 뻔한 것이다. 그만큼 자신을 노렸던 기운은 강했고, 마지막 순간에 흘려 버렸음에도 불구하고 손과 몸에 견디기 힘든 여운을 남긴 것이다.

정곽은 바닥으로 시선을 던졌다. 힘의 정체는 주먹만한 돌멩이였다. 돌멩이가 있으니 던진 자도 있을 것이다. 날아온 곳으로 시선을 돌렸다. 그리고 보았다, 적혈단이 나왔던 동굴 통로를 걸어나오는 세 사람의 인물을.

장소에 어울리지 않는 금박의 비단옷, 주자관을 머리에 얹은 혈색 좋은 늙은이, 후덕한 미소를 입가에 머금은 자는 황보장청이었다. 그 옆으로 걷는 자는 흰색의 장삼을 입었다. 흰 빛깔 수염의 군데군데 검은빛이 보이는 초로의 늙은이, 위로 치솟긴 검날 백미 아래 기다란 협도를 든 그는 무극도문주 이선경이 분명했다. 그리고 마지막 한 사람, 날씬한 안령도를 손에 잡고 무시무시한 기세를 뿜으며 정곽을 노려보는 초로의 인물, 팽가의 가주 백일천승도 팽진성이었다.

"감이 내 아들을 해치려 하다니! 간이 배 밖으로 나온 놈이로구나!"

느닷없이 나타난 팽진성의 한마디는 살기로 뭉클거렸다. 하지만 그는 아직까지도 사태를 파악하지 못한 얼굴이었다. 반면에 정곽만을 노려보는 팽진성과 달리 황보장청과 이선경은 주변의 사태를 바로 인지했다.

"이, 이게……!"

쓰러진 적혈단원들의 시체를 본 황보장청은 놀람을 감추지 못했다. 눈을 치켜뜬 이선경은 팽수의 몸뚱이를 바로 알아보았다. 그는 두평에게 소리쳤다.

"어찌 된 거냐!"

두평은 커다란 몸을 부들대며 대답하지 못했다. 그저 떨리는 시선으로 세철을 보았다. 그리고 그때서야 동료들의 큰 소리를 들은 팽진성은 팽조의 갈라진 배를 보았다.

"조야!"

단걸음에 팽조에게 달려온 팽진성은 둘째 아들의 몸을 움켜잡았다.

그러나 이미 흐려지기 시작한 팽조의 눈은 제 아비를 알아보지 못했다.

팽진성은 울부짖듯이 아들을 흔들었다.

"조야, 정신 차려라! 아비다!"

안타까운 팽진성의 부름을 팽조는 듣지 못했다. 그 광경은 세철이 고연호를 안았던 잠시 전의 상황과 다름이 없어 보였다. 하지만 팽진성에겐 아들이 또 하나 있었다. 그 아들의 존재에 생각이 미친 팽진성은 고개를 들고 사방을 보았다.

"수야! 수야!"

이미 죽은 자가 대답이 있을 리 없었다. 하지만 팽진성의 안타까운 눈은 계속해서 사방을 뒤졌다. 그러나 불안한 예감을 담은 눈은 끝내 황보장청과 이선경의 뒤로 모인 적혈단원들에게로 묻는 시선을 던졌다.

대답은 곧 나왔다. 그건 이선경이 내려다보고 있는 머리 없는 시신이었다.

팽진성의 몸이 움직임을 멈췄다. 눈은 팽수의 시신에 박혀 굳어버렸고, 얼음처럼 동결된 몸은 깨지지 않을까 의심스러웠다. 그렇게 얼마가 지났을까. 움직이지 않던 팽진성의 손이 팽조의 머리를 쓰다듬었다.

"조야… 네 형이 죽었구나……."

고저없이 나오는 그 목소리를 팽조는 이미 듣지 못했다. 하지만 자신의 품에 안긴 동안 차가운 시신으로 변한 둘째 아들을 팽진성은 산 사람 대하듯 안아 올렸다. 역시 입에선 나직한 말소리가 흘러나왔다.

"형 옆에 있어라… 아비가 곧 집에 데려가 주마."

팽조를 안아 든 팽진성은 천천히 걸음을 옮겨갔다. 그 걸음걸이를 석동 안의 모든 사람들이 지켜보았다. 그리고 큰아들의 시신 옆에 둘째 아들을 내려놓은 팽진성이 돌아서며 하는 말을 모두가 똑똑히 들었다.

"우리 가문을 건드린 대가가 어떤 것인지… 너희 모두에게 뼈저리도록 느끼게 해주마!"

스르렁.

팽진성은 안령도를 뽑아 들었다. 도갑은 땅바닥에 던져 버렸다. 그리고 달려나왔다. 그 방향은 정곽이 서 있는 곳이었다.

파국(破局) 3

"죽일 놈들……!"

미로 같은 동굴 속을 걸어가던 악중산은 이를 뿌득거렸다. 어둑어둑하게 주위가 구별되는 동굴 속은 무너진 개미굴 같았다. 그 사이사이의 통로마다 깔린 인간들의 시체는 한숨조차 나오지 않았다.

"서로 죽이고 죽다가 다 깔려 죽었군."

무감동한 얼굴인 이한동의 목소리는 심드렁했다. 하지만 그 곁을 걷는 독고지명은 무거운 눈빛이었다.

"이건… 벽력문 놈들보다 더했으면 더했지 덜하질 않구나."

평소답지 않은 그 얼굴과 말에서 짙은 분노가 스며 나왔다. 일행은 잠겨드는 그 목소리를 들으며 문득, 독고지명의 지나온 행보를 떠올렸다.

기나긴 세월 동안 독고지명은 벽력문의 뒤를 쫓았다. 오래전에 유명을 달리한 북천 상무달 어른의 유지, 벽력문을 삭초제근하라시던 그 유언을 따라 평생을 떠돌았다. 젊음도 청춘도 그 일에 바쳤고, 간난과 신고를 유희 삼아 세상을 방랑한 것이다. 그리고 마침내 벽력문의 꼬리를 잡아냈다. 또한 뿌리까지 뽑을 수 있는 쟁기를 가진 동료들도 구했다. 하지만 눈에 보이는 광경들은 벽력문을 뒤로 미룰 만큼 그를 분노하게 했다.

"어떤 놈들인지 모르겠으나, 오늘 이놈들을 결코 가만둬선 안 되겠구나. 이토록 극악한 짓을 서슴없이 저지르다니… 천인공노할 놈들!"

침통한 표정으로 독고지명은 고개를 설레설레 저었다. 나이를 잊은 소년처럼 웃고 까불고 개구지던 그가 아니었다. 그건 얼마나 분노했는지를 단적으로 보여주는 증거였다. 그러하기는 곁에 걷는 다른 일행도 마찬가지였다. 도신과 궁신, 이태와 혁창해도 무섭게 굳은 얼굴이었다.

하지만 노강호들의 분노를 부채질하는 광경은 바로 또 드러났다.

"어? 넓어지는데?"

걸어오던 동굴이 작은 정원 크기의 공간으로 이어졌다. 그곳으로 걸어나온 일행은 바로 눈살을 찌푸렸다. 여기저기 수없이 죽어 넘어진 시신들. 이전의 시체들처럼 서로를 죽고 죽이다 자신마저 죽어간 생명들. 그런데… 뭔가가 달랐다.

시체들의 사이를 걷던 궁신 김영주는 걸음을 멈췄다. 비상한 눈빛으로 시체를 내려다보던 그는 바로 몸을 숙였다. 엎어진 시체를 뒤집어 본 그의 눈은 더욱 빛을 냈다. 그리고 동료들을 향해서 무겁게 말했다.

"두 번 죽였군."

김영주처럼 시체들을 보던 일행의 시선이 모여들었다.

이한동은 바로 물었다.

"무슨 소리냐?"

고개를 든 김영주는 시체를 가리키며 말했다.

"어차피 죽을 자였소. 상처 입은 몸으로 죽어가던 자였지. 그런데…
누군가 마지막 칼질을 했소."

"그럼 누군가가… 아니, 어떤 놈들이 마당 정리를 했다?"

이한동의 되물음에 김영주는 고개를 끄덕였다.

"맞습니다. 이곳에 들어온 세력들 간의 격돌이 있은 후, 그 뒤를 따
르는 다른 무리가 뒤처리를 했소. 숨이 붙어 있던 자들을 남김없이 죽
인 거지요."

바라보던 이한동의 눈에서도 처음으로 감정의 빛이 새어 나왔다. 그
것이 분노라는 걸 모를 사람은 일행 중 아무도 없었다.

무거운 침묵이 있은 후 일행은 반대편에 보이는 동굴 통로를 향해서
걸음을 옮겨갔다. 중간쯤 걸어갔을까, 이번엔 곤제 이태가 다른 발견
을 했다.

"총통에 죽은 자들이 있습니다."

"뭐라고?"

바로 되물은 자는 역시 이한동이었다.

"총통이라고?"

거듭된 질문에 이태는 고개를 끄덕여 보이며 시체 하나를 가리켰다.
곧바로 일행 모두가 시신 앞으로 모였다. 그리고 머리 뚫린 시체를 내
려다보았다.

이태의 발 밑에 있는 시신은 머리가 뚫어진 상태였다. 이마 한가운데의 콩알만한 피구멍이 사인임은 분명했다. 그건 이태의 말처럼 탄환의 흔적이었다.

"정말이군……!"

권신 혁창해가 신음을 내뱉었다. 옆으로 붙은 악중산은 희한한 걸 보는 표정으로 입을 열었다.

"총통이라고? 그러니까 저 구멍이… 뭐야, 근데 구멍이 한두 군데가 아니잖아?!"

악중산의 말처럼 시신을 뚫고 들어간 탄환 구멍은 한두 군데가 아니었다. 그러나 더 충격적인 건, 주위에 널린 모든 시신들의 상태가 그렇다는 것이었다.

"이거 어떻게 된 거야?"

이한동이 기분 나쁜 걸 보는 표정으로 말했다. 하지만 답을 내놓을 사람은 아무도 없었다. 궁금하기는 모두가 마찬가지였고, 주변엔 전부가 죽은 자뿐이었다.

예리한 눈으로 주변을 훑어보던 궁신 김영주는 다시 말을 꺼냈다.

"총통으로 무장한 자들이 있어. 그것도 수십, 아니, 확실히 그 이상의 숫자야."

"이 일을 꾸민 자들일까요?"

고개 돌려 묻는 이태에게 김영주는 머리를 가로저어 보였다.

"아니, 그들은 뒤처리를 한 자들이야. 총통을 가진 자들은 그 이전에 이들과 격돌했어. 이대로 몰살시키고 지나간 거야."

수궁의 빛을 보이는 이태는 다시 시신들을 보았다. 물경 백여 명에 달하는 시신이 바닥을 가득 메운 모습은 보기에도 처참한 지경이 아닐 수 없었다. 하지만 그 광경을 보던 일행 중 도신은 다음 행보를 말했다. 싸늘한 그의 눈은 죽은 시체들을 넘어 그 누군가를 보는 듯했다.

"가자."

반대편의 통로로 걸어가는 도신을 보며 이한동은 피식 웃었다.

"저 자식 저거, 도대체 안 변한다니까."

피식피식 대면서도 이한동은 도신의 뒤를 따라갔다. 다른 일행도 그 걸음을 따랐다. 그런데 동굴 통로 앞에 닿은 최홍결이 멈칫 섰다.

"왜? 이번엔 또 뭐냐?"

이한동이 어깨 뒤에서 물었다. 하지만 도신은 좌우의 다른 통로들을 둘러보았다. 모두가 그 시선을 좇아간 건 당연했다. 그리고 한 가지 사실을 깨달았다.

"길을 내줬군."

독고지명이 시린 눈매로 말했다. 그 말의 뜻이 무엇인지 일행은 모두 알아차렸다. 통로는 다섯 군데가 있었다. 그런데 지금 이 순간 막히지 않은 곳은 자신들 앞의 한 군데뿐이었다. 의도적인 개입이 없었다면 폭발이 있을 당시 모두가 무너졌지 성한 통로가 남을 까닭이 없는 것이다.

통로를 바라보던 일행 중 이번엔 이한동이 말을 꺼냈다.

"가자!"

호탕하게 외친 그는 거침없이 동굴 속으로 걸음을 옮겼다. 그 뒷모습을 보는 도신은 평소처럼 차가운 눈매였다. 그러나 곧 뒤를 따랐다.

일행이 지나는 동굴 속의 통로는 구절양장처럼 이리저리 방향을 틀어야 했다. 나가다 보면 무너져 막혔고, 또 그 옆으로 개구멍처럼 통로가 나왔다. 손님 맞이하는 길라잡이가 나선 것처럼 통로는 교묘하게 이어지며 일행을 이끌었다. 그렇게 방향을 틀고 나아가기를 반복한 얼마 후, 일행의 앞으로 부연 빛의 무더기가 보이기 시작했다.

"거의 다 왔나 본데?"

어느새 이한동과 최홍결을 제치고 맨 앞에 가던 악중산이 뒤돌아보며 말했다. 하지만 뒤따라오는 일행이 뭔가를 바라보고 있다는 걸 알아차렸다. 다시 앞을 돌아본 악중산의 눈에도 그 무언가가 보였다.

사람의 그림자였다. 동굴 통로의 끝이 분명한 곳에 앉고 선 그림자는 모두 넷이었다. 그런데 그중 하나가 뛰어나왔다. 민대머리가 분명한 그 그림자는 어딘지 눈에 익어 보였다. 독고지명은 바로 알아보았다.

"정범 놈이군."

그 말이 있자마자 일행은 통로의 끝으로 달려갔다. 그리고 윤곽이 드러난 그림자들을 향해서 악중산이 소리쳤다.

"야, 이놈들아!"

화들짝 놀란 언두수가 뒤를 돌아보았다. 옆에 주저앉은 부춘호와 벽에 기대고 앉은 하남이 놀라 돌아본 것도 동시였다. 하지만 그들은 커다란 덩치와 그 뒤의 인물들이 누구인지는 그때까지 알아보지 못했다.

"뭐 하는 거냐?"

달려온 몸을 멈춘 인물이 누구인지 언두수는 그제야 알아보았다.

"어, 어르신!"

반색하는 언두수를 보며 악중산은 씨익 웃었다. 하지만 그는 곧 언두수에게로 얼굴을 바짝 디밀었다.

"너, 얼굴 꼬라지가 왜 그 모양이냐? 누구한테 피라도 빨린 게냐? 허옇다 못해 푸리디리한 게 아즈 보기 좋구나? 어라? 이놈들도 그렇네?"

부춘호와 하남의 얼굴을 본 악중산은 셋을 번갈아 보며 고개를 갸웃거렸다. 그때 뒤에서 도신이 나섰다.

"다쳤구나."

최홍결의 눈길을 받은 세 사나이는 황송한 얼굴로 몸 둘 바를 몰라 했다. 하지만 그 뒤를 이은 목소리는 잠시 잊었던 일을 다시 상기시켰다.

"철비철각호란 놈은 어디 있나?"

웅장한 무게감을 주는 노인 같지 않은 노인을 언두수가 올려다보았다.

"누구……."

"묵호련주다."

바로 나온 독고지명의 말에 언두수는 입을 벌렸다.

"아……!"

하지만 이한동은 엄하게 다시 물었다.

"어디 있냐니까!"

찔끔한 언두수의 옆에서 하남이 답을 내놨다.

"저 앞입니다."

이한동은 하남의 손가락 끝을 따라 시선을 돌렸다. 그리고 보았다, 시체 더미 가운데 우뚝 서 있는 검은 옷의 청년을. 그만이 이제 보았을 뿐, 다른 일행은 이미 장내의 상황을, 그리고 세철을 바라브고 있는 중이었다.

일행의 시선 끝에 철비철각호 장세철의 모습이 보였다. 그 옆쪽으로 열 걸음 정도 떨어져 서 있는 정곽의 얼굴도 보였다. 정범은 일행이 있는 통로와 세철이 있는 중간쯤의 위치에 서 있었다. 그리고 커다란 석동 광장의 한쪽에는 벽력문과 무림연맹, 사자철기맹이 있었고, 반대쪽엔 붉은 옷의 무리가 보였다. 또한 그들의 앞엔 낯설지 않은 자들도 보였다.

"저놈들이었군."

권신 혁창해가 적혈단과 황보장청, 이선경과 팽진성을 보며 한 말이었다. 적혈단의 손에 들린 기다란 총통은 지나온 길의 궁금증을 풀어주었다.

"저놈들이!"

악중산이 도끼를 들어 올리며 성큼 앞으로 나섰다. 하지만 최홍결이 바로 제지했다.

"나서지 마라!"

엄한 목소리에 악중산은 걸음을 멈췄다. 그런데 그 순간, 시체 앞에 주저앉았던 팽진성이 일어서는 게 보였다. 또한 시답잖은 꼴로 협박의 말을 내놓은 후 달려나오는 광경도 보였다. 그 방향은 정곽이었다.

타타타타타탁!

팽진성이 달려오는 발자국 소리가 급박하게 정곽의 귀를 찔렀다. 튀어나오는 모습을 본 순간, 이미 그 몸은 눈앞이었다. 정곽의 눈이 퍼릇하게 빛을 뿜었다. 그 순간 팽진성의 몸이 뛰어올랐다. 낮게 도약한 신

형은 쭉 뻗어 나왔다. 그 끝에 튀어나온 안령도가 맹렬하게 몸을 떨었
다.

　피리리리리링!

　몸을 떠는 안령도의 믐체가 하나에서 둘, 둘에서 넷, 넷에서 여덟,
급기야는 세기 힘들 만큼 많아졌다. 그걸 보는 정곽의 퍼런 눈이 급격
하게 좁아졌다. 그 순간 수없는 칼날의 그림자들이 정곽의 몸을 덮어
내렸다.

　카카카카카카카캉!

　정곽의 몸은 자신이 휘두르는 칼날과 팽진성의 칼빛이 더해져 희뿌
연 막을 씌운 것 같았다. 그 속에서 터지는 위험한 불꽃과 소리는 소름
이 끼칠 정도였다. 하지만 막아내는 정곽의 몸이 정신없이 뒤로 밀려
났다. 그리고 그 안에서 핏줄기도 튀어 흩어졌다.

　카카카카카캉! 피피피핏!

　칼빛이 사라지며 두 사람의 신형이 드러났다. 다섯 걸음 정도의 거
리를 두고 멈춰 선 둘은 서로를 무섭게 노려보았다. 오른손의 안령도
를 정곽에게 겨냥한 채로 서 있는 팽진성은 처음의 표정 그대로였다.
그러나 맞은편에 선 정곽은 사정이 달랐다. 왼쪽 어깨 어림과 팔뚝, 옆
구리와 뺨에서 피를 흘렸다.

　"너 따위 놈이 감히 우리 가문의 피를 보였으니 온전히 죽을 생각은
버려야 할 거다."

　고저없고 기복없는 목소리가 팽진성의 입에서 또 흘러나왔다. 하지
만 그 말속에 묻어 나오는 분노와 살기에 듣는 이들은 소름이 돋는 것
을 느낄 수 있었다.

흘러내리는 뺨의 피를 무심하게 닦아낸 정곽은 천천히 고개를 끄덕였다. 그 행동이 무얼 뜻하는 것인지 사람들은 알지 못했다. 온전히 죽이지 않겠다는 팽진성의 말을 알았다는 것인지, 그도 아니면 팽진성의 칼날을 받아낸 느낌의 표현인지. 하지만 한 가지, 정곽의 퍼런 눈이 아직도 빛나고 있는 걸 사람들은 똑똑히 보았다.

겨냥한 칼끝 뒤로 보이는 정곽의 얼굴을 본 팽진성은 미간을 꿈틀댔다. 자신의 공격을 받아낸 후 보이는 정곽의 고갯짓이 그의 분노를 더욱 부채질한 것이다. 하지만 가슴속의 분노가 더욱 끓어오르는 그때, 정곽의 몸이 튀어나왔다. 이번엔 정곽이 선수를 치고 나온 것이다.

몸을 움직임과 동시에 정곽의 손이 뿌려졌다. 은빛 살기들이 그 소매 속에서 튀어나왔다. 다섯 걸음에 불과한 거리를 날아간 비도들은 부릅떠진 팽진성의 목과 눈, 그리고 심장과 가슴을 향해서 날을 디밀었다.

피피피피피잉!

지극히 짧고 위험한 순간, 앞으로 내밀렸던 팽진성의 칼이 다시 요동쳤다.

카카카카카카캉!

팽진성의 몸 밖으로 비도들이 튀어 나갔다. 그런데 그 속을 뚫고 더 큰 칼날이 쑤셔 들어왔다. 그 칼날 뒤쪽에서 번득이는 눈의 주인이 정곽이란 것은 보지 않아도 알 수 있었다. 팽진성은 안령도를 비틀며 정곽의 칼날을 받아 쳤다.

키앙!

칼날과 칼날이 스칠 때, 팽진성은 정곽의 유엽도에 자신의 안령도를 밀착했다. 그 상태 그대로 밀려오는 힘을 받아 바깥쪽으로 끌어 돌렸다. 정곽의 몸이 칼을 따라 끌려왔다. 그 머리에 왼손을 후려쳐 내렸다. 하지만 손이 나가는 그때, 정곽의 하얀 눈보다도 더 하얀 섬광이 허리춤에 피어 올라왔다.

피이웃!

뱀 머리처럼 솟구치는 연검을 본 순간 팽진성은 몸을 뒤로 밀었다. 접붙이듯 붙였던 칼날은 떨쳐 버렸다. 하지만 정곽의 칼날이 떨어지지 않았다. 팽진성은 당황했다. 그 순간 솟구치는 연검이 가슴팍을 그었다.

시잇!

뜨끔한 느낌이 지나갔다. 그리고 그때 칼날이 떨어졌다. 정곽이 칼을 버린 것이다. 이해할 수 없는 행동이었다. 하지만 칼을 버린 그 손이 앞으로 뻗어왔다. 그 속에서 튀어나오는 은빛은 너무 빠르고 귀신처럼 은밀했다.

스피웃!

팽진성은 사력을 다해 칼을 그어 올렸다.

크앙!

하지만 칼날 끝에 스친 은빛 줄기는 방향만 바뀌었을 뿐 머리를 계속 디밀었다. 그 끝이 물러나는 팽진성의 왼쪽 어깨를 뚫고 들어갔다.

퍼억!

"큭!"

뒤로 밀리는 팽진성의 어깨에서 은빛 줄기가 뽑혀 나갔다. 핏물을 뽑아 나온 그것은 정곽의 손으로 되돌아갔다. 그리고 빙글빙글 돌아갔다.

휘잉. 휘잉.

팽진성은 이를 악문 채로 정곽의 손에서 돌아가는 걸 보았다. 자신의 어깨를 뚫어버린 그것은 은빛의 쇠사슬이었다. 그 끝에 달린 날카로운 추가 소리를 내며 계속 돌았다. 그리고 그걸 보는 팽진성의 눈도 돌았다.

"이, 이런 개 같은……!"

너무도 어이없는 현실에 팽진성은 분노를 터뜨렸다. 이건 되로 주고 말로 받은 격이었다. 단 한칼에 갈라 죽일 것 같았던 상대에게서 반격을 당한 것이다. 더군다나 큰 상처를 입은 건 자기 자신이었다.

분노를 참지 못하는 팽진성의 몸이 부들부들 떨렸다. 그 모습은 처음의 냉정한 분노와는 사뭇 다른 모습이었다. 그런 모양을 한 채로 팽진성은 입을 벌렸다.

"오늘 너를 죽이지 못한다면 내 스스로 죽고 말 테다, 이노옴!"

분노로 몸을 떨어대던 팽진성이 두 손으로 칼을 부여잡았다. 그러자 그 칼날 끝에서 시퍼런 기운이 뭉클 피어올랐다. 도신을 타고 올라 두 자가 넘게 튀어나온 그것은 도강이었다. 그걸 정곽에게 뿌려 던졌다.

후아아앙!

시퍼런 도강이 푸른 버드나무 줄기처럼 뻗어 나왔다. 정곽은 그걸 보며 이를 악물었다. 손에 잡은 은장마삭을 풍차처럼 휘돌렸다. 하지만 그것이 다였다. 도강을 상대할 다른 능력이나 방법은 정곽에게 없는 것이다.

정곽은 은장마삭을 휘돌리며 도강을 향해 뛰쳐나갔다. 죽음을 맞이

하는 몸짓이었다. 그러나 그렇게라도 하지 않으면 저 도강을 맞고 죽는 순간에 팽진성의 팔이라도 자를 수만 있다면, 저승에서 기다리는 장인을 볼 면목이 생기는 것이다. 그게 정곽의 마지막 마음이었다.

푸른 도강이 눈앞에 닥치는 순간 정곽은 은장마삭을 앞으로 내던졌다. 하지만 그 마지막 순간에, 옆에서 덮쳐 온 시커먼 그림자는 정곽의 몸을 튕겨냈다.

팡!

정곽의 몸이 옆으로 튕겨 나갔다. 그리고 그 자리를 세철이 차지했다. 같은 순간 도강은 세철의 몸을 때렸다. 하지만 연둣빛을 머금은 세철의 주먹은 그것을 올려쳤다.

스파앙!

세철의 가슴 앞에서 주먹에 맞고 꺾어진 도강이 위로 솟구쳤다. 살인의 기세를 잃지 않은 그것은 석동의 천장에 부딪치며 사납게 화를 냈다.

콰앙!

커다란 돌덩이들과 흙먼지들이 바닥에 흩어져 떨어졌다.

투퉁. 투두두둑…….

팽진성은 세철을 노려보며 고함쳤다.

"네놈이 끼어들 참이냐? 숙정이의 얼굴을 본다 해도 이번만은 참지 못한다!"

세철은 이글대는 눈으로 팽진성의 눈을 직시했다. 입에선 나직하고 분명한 목소리가 흘러나왔다.

"네 큰아들은 내 손에 죽었다."

팽진성의 몸이 또다시 얼어붙었다. 그러나 그것도 잠시, 미친 듯한 광소가 그 입에서 터져 나왔다.

"으하하하하하하! 그래! 으흐흐흐… 그렇단 말이지? 결국은… 결국은 너란 말이지?"

웃음을 입에 문 채 일그러지는 팽진성의 얼굴은 고통과 분노가 혼재한 모습이었다. 흔들리는 그 얼굴을 들고 팽진성은 세철을 향해 말했다.

"오늘이… 우리 가문의… 피가 넘치는 날이구나……."

그 말을 끝으로 팽진성의 칼이 다시 고개를 들었다. 시퍼런 도강은 줄기줄기 뻗치며 석 자나 솟아올랐다. 퍼런 불기둥 같은 그 칼을 들어 팽진성은 다시 달려나왔다. 하지만 사람들은 세철을 향해 달려나가는 팽진성의 모습보다, 그가 남긴 마지막 말을 생각했다. 그 말은… 정말 마지막이 되었다.

휘아아아아아앙!

미친 듯이 달리던 팽진성은 느닷없이 옆을 덮치는 흉측한 기운에 황급히 몸을 틀었다. 세철을 향했던 푸른 불기둥의 칼은 주인과 함께 옆으로 돌았고, 자신을 공격하는 자색의 기운에 맞서 몸통을 내리그었다.

파아앙!

흉측한 자색 기운을 향해 칼을 내리긋는 순간, 팽진성은 그 기운 너머에서 솟구치는 녹의인영을 보았다. 머리마저 녹색 두건으로 가린 인영은 벽력문도들 사이에 있던 얼굴 가린 셋 중의 하나가 분명했다.

하지만 지금 이 순간 그런 건 중요하지 않았다. 녹의인영이 손으로 뿜어낸 자색 기운이 자신의 도강을 부수고 들어왔다. 아니, 더 정확히는 부딪치자마자 눈처럼 녹이며, 불 앞에 놓인 고드름처럼 자신의 칼을 먹어 들어왔다. 그리고 그것은 손과 팔을 타고 전신을 태워 올렸다.

"크아아아악!"

팽진성의 신형이 날아갔다. 그 몸을 둘러싼 자색 기운이 무엇인지 아무도 알아보지 못했다. 하지만 짙은 먹장의 기둥 같은 그 기운을 쏘아낸 인물은 모두가 보았다. 옆으로 날아간 팽진성이 있던 자리로 내려선 녹의인영은 벽력문도였다. 또한 얼굴을 가린 셋 중 하나였다.

"크어억! 크아아아!"

바닥에 떨어진 팽진성은 몸부림을 쳤다. 고통에 찬 비명은 귀를 찢을 듯했고, 경련하는 몸뚱이는 너무도 처절했다. 하지만 그 움직임이 점점 잦아들었다. 손과 팔뚝은 촛농처럼 녹아내렸고 가슴과 얼굴에선 기포가 터져 나왔다. 그러나 그마저도 끝내는 녹아버리고 말았다.

퍽. 퍽.

팽진성의 몸이 있던 자리에 누런 액체만이 남았다. 고인 오물 같은 그곳에서 마지막 기포가 작게 터졌다. 영혼의 이탈처럼 흰 연기는 그 위로 흩어져 올랐다. 너무도 순식간에, 눈 돌릴 틈도 없는 순간에 일어난 일이었다.

"저럴 수가……!"

화산의 둘째 경수자가 얼빠진 소리를 냈다. 경악자가 죽은 사실도 잊은 듯한 그 얼굴은 팽진성이 남긴 한 줌의 액체만 바라보았다. 황보장청과 이선경의 얼굴이 그렇기 또한 마찬가지였다. 아니, 그 충격은 오히려 더했다. 손쓸 틈도 없이, 말려볼 사이도 없이 눈앞에서 벌어진 촌음 간의 상황은 두 사람의 넋을 빼놓았다. 다만 뒤늦은 한마디를 내놓았을 뿐이다.

"너, 너는 누구냐?"

자신의 말이 더듬거리는지도 모르는 채 이선경은 녹의인영에게 물었다. 그 옆에 서 있던 황보장청은 새는 바람 같은 소리로 입을 벌렸다.

"독강(毒罡)이다……. 독인(毒人)… 당문이로구나……!"

스스로 해답을 찾아낸 황보장청의 후덕했던 얼굴은 푸들푸들 떨렸다. 그런 황보장청과 이선경의 넋 빠진 얼굴을 보던 녹의인영은 처음으로 말을 내뱉었다.

"너저분한 것들이……."

그 말을 내뱉고 시선을 돌린 녹의인영은 세철에게로 시선을 돌리고는 다시 말했다.

"저놈은 건드리면 안 되지. 왜냐하면 저놈은 내 것… 아니, 우리 가문의 것이니까."

음산한 목소리의 여운을 남긴 녹의인영은 천천히 두건을 벗었다. 그러자 숨겨졌던 얼굴이 드러났다. 세철에게 죽은 당가주 당대영의 첫째 아들, 당현무였다.

"철비철각호… 이날이 오기를 손꼽아 기다렸다. 얼마나 애타게 기다렸는지 너는 아마 모를 거다. 그렇지 않으냐, 둘째야?"

눈은 세철에게 고정한 채 당현무는 누구에겐가 말했다. 그 누군가가 둘째라면 당현우가 틀림없었다. 그리고 대답처럼 또 다른 녹의인영이 당현무 곁으로 날아 내렸다.

"피가 마르도록 기다렸지요!"

착지하며 대답하는 목소리는 말처럼 피가 마르는 듯한 분노가 배어 있었다. 바로 두건을 벗어 던진 당현우는 제 형처럼 세철을 잡아먹을 듯이 노려보며 말을 꺼냈다.

"이런 걸 천우신조라 해야 하나? 네놈이 이곳에 올 줄은 몰랐다. 그런데 이렇게 마주친 걸 보면 분명 하늘이 돌보신 게야. 그렇지요, 형님?"

당현우도 제 형처럼 물었다. 하얀 미소를 입가에 문 당현무는 고개를 끄덕였다.

"그래, 저놈을 본 순간 얼마나 기뻤는지는 하늘과 돌아가신 어른들만이 아실 게다. 정말… 숨 막히도록 기쁜 날이구나."

제 형의 말에 당현우도 하얗게 웃음을 물었다. 그렇게 나란히 서서 웃는 두 형제의 모습은 이상한 서슬에 싸여 끔찍함을 불러일으켰다. 하지만 마주 선 세철은 들을 쳐다보는 자처럼 무감동하게 말했다.

"죽으러 찾아왔구나."

웃던 당현무와 당현우의 얼굴이 정녕 돌처럼 굳어버렸다. 그리고 무시무시한 기운이 두 사람의 몸에서 피어오르기 시작했다. 얼굴과 손, 드러난 피부의 색깔을 지색으로 변화시키는 그 힘의 정체는 팽진성을 녹여 버린 독인의 힘이 분명했다. 그 힘이 두 사람의 몸 밖으로 안개처럼 뭉실거렸다.

"네놈을… 세상에서 제일 고통스럽게 죽여주마!"

저주 같은 말을 내뱉으며 당현무가 몸을 움직였다. 하지만 그 순간, 결정적인 두 형제의 행보를 방해하는 목소리가 석동의 한쪽에서 들려왔다.

"이런이런! 반가운 해후들을 하나 보군 그래!"

의도적인 웃음이 배어나는 목소리의 방향은 석동의 중앙, 고연호가 뛰쳐나왔던 방향의 바로 반대쪽, 그곳에 아가리를 벌린 또 다른 동굴 통로였다.

"엇! 저, 저자는!"

"제갈세가의 가주다!"

의연하게 걸어나오는 장년의 사내를 누군가가 알아보았다. 그리고 그 뒤에 따르는 또 한 사내 역시 바로 알아보았다.

"제갈승만… 제갈승종……."

신음 같은 목소리로 이름을 거론한 자는 고학자였다. 그 목소리를 알아들은 제갈승만은 빙긋이 웃어 보였다. 뒤이어 나오는 인사말은 너무도 천연스러웠다.

"안녕하시었소, 도장. 무당의 샘물은 아직도 시원하겠지요? 하하하 하하!"

웃음과 함께 장내를 여유있게 주욱 둘러본 제갈승만은 만면에 미소를 띠며 또다시 말했다.

"많은 분들이 오시었군. 대접이 섭섭지 않았는지 모르겠는걸?"

말하며 군웅들의 면면을 살피던 제갈승만의 눈이 정천휘에게 잠시 머물렀다. 하지만 그 시선은 이내 돌아가 군웅들이 몰려선 방향의 옆쪽, 언두수와 하남 등이 앉은 동굴 속을 의미있게 바라보았다.

"네놈이 이 일을 꾸민 배후인가?"

느닷없이 들린 거친 목소리에 제갈승만의 시선이 돌아갔다. 살짝 미간을 찌푸린 채 바라본 그의 눈에 보인 것은 당현무와 당현우였다. 금

방이라도 폭발해 나올 것 같은 그들의 기세는 아직도 자색의 안개를
그대로 뒤집어쓴 처음의 그대로였다.

제갈승만은 찌푸렸던 미간을 펴며 다시 미소를 물었다. 그리고 반갑
게 말했다. 하지만 전하는 이야기는 비틀려 나왔다.

"당가의 자제들이로군. 어른들은 안녕하시겠지? 아아, 내 정신 좀
보게. 박살이 나서 뒈진 자들이 안녕할 까닭이 있나? 그렇지? 하하하하
하!"

또다시 호탕한 웃음을 터뜨리는 제갈승만을 보며 당현무와 당현우
는 거친 살기를 터뜨렸다.

"이 죽일 놈이!"

"개자식!"

하지만 그 못지않은 살기는 제갈승만에게서도 터져 나왔다.

"닥쳐라!"

마주 선 세철도 잊은 채 튀어나오려는 그들을 향해 제갈승만은 커다
란 호통을 질렀다. 서슬 퍼런 그 모습은 좀 전까지 미소를 물던 그 모
습이 아니었다.

"새파란 놈들이 독인이 되었다고 천하라도 얻은 듯한 게로구나!"

뭉클하며 팽창하던 두 형제의 자색 살기가 움찔한 것도 그 순간이었
다. 그 틈을 비집고 제갈승단은 거듭 말했다.

"이곳엔 너희 말고도 세상을 비웃을 만한 능력을 가진 이들이 수두
룩하다! 그들이 나선다면 너희 형제의 독강도 어찌 될지 알 수 없는 노
릇이야! 하룻강아지 같은 것들!"

두 형제를 잡아먹을 듯이 노려보던 제갈승만의 시선이 돌아갔다. 그

리고 누군가를 향해 또 말했다.

"그렇지 않소이까, 여러분?"

참을 수 없는 살기로 뭉클거리는 두 형제의 거친 시선을 이끌어간 제갈승만은 언두수 등이 있는 동굴을 보았다. 그러자 그곳에서 답이 나왔다.

"저 자식을 당장 찍어 죽일까?"

옆으로 묻는 말이 분명하지만, 그 목소리가 너무 컸기에 사람들은 바로 알아보았다. 불만스런 얼굴을 하고 앞으로 나오는 커다란 덩치는 부신 악중산이었다.

바라보는 사람들은 놀라는 것도 지친 듯 악중산의 옆과 뒤로 나오는 자들의 면목을 바라보았다. 도신 최홍결과 궁신 김영주, 곤제 이태와 권신 혁창해, 그 뒤를 따라나온 독고지명, 그리고 투신 이한동.

"이럴 수가… 이번엔 묵호련주야……."

놀람 속의 또 다른 놀람인 듯, 누군가의 목소리는 기력조차 없이 들렸다. 그러나 얼마 남지 않은 생존자들의 시선을 받으며 나오는 이한동은 커다랗게 소리쳤다.

"제갈 가주! 네놈이 한몫 단단히 잡은 모양이로구나!"

제갈승만은 풀썩 웃었다. 그리고 선선히 대답했다.

"그렇소. 한몫 단단히 잡았지. 그렇지 않고서야 이런 잔치를 베풀 까닭이 없지 않소이까?"

이한동은 바로 응수했다

"그래? 그렇겠지. 한데 손님들 돌아갈 거마비는 준비해 놓은 게냐?"

제갈승만 또한 여유있는 대답을 내놓았다.

"물론이지요. 아주 흡족하실 겁니다. 하지만 굳이 돌아갈 이유가 있겠습니까? 추위 걱정 없는 이곳에서 세세년년 사는 것도 괜찮지 않을까요? 아아, 바깥 걱정은 하지 마십시오. 우리 제갈가가 잘 챙겨 드릴 테니까요. 하하하하하!"

또다시 웃음을 터뜨리는 제갈승만을 보며 이한동은 눈매를 찌푸렸다. 그 옆에 섰던 악중산은 도끼를 세워 들고 바로 나섰다.

"저런 버르장머리없는 새끼가!"

그 걸음을 도신의 목소리가 멈춰 세웠다.

"겨우 그런 이유였나, 세상을 도모하려는?"

악중산이 멈춘 사이 제갈승만은 웃던 얼굴을 지워냈다. 서서히 굳어져 가며 도신의 눈을 똑바로 쳐다보고는 다시 말했다.

"겨우 그런 이유라구요……?"

울컥한 심정을 참아내는 표정이 역력하던 제갈승만은 곧 얼굴을 다시 풀었다. 그리곤 작은 한숨을 내쉰 후 다시 말을 이었다.

"하아… 그렇군요. 당신들에겐 그렇게 생각될 수도 있겠군요. 하지만 아무려면 어떻겠습니까. 오늘 이 자리 이후론 그런 생각을 갖는 사람들이 하나도 남아 있지 않을 텐데요. 내 말이 맞지 않느냐, 막내야?"

제갈승만이 누군가에게 둘음을 던진 그 순간이었다. 물음을 받은 사람은 뒤쪽에 선 제갈승종이 아니었다. 대답을 한 자는 정천휘였다. 한데 그 대답이 고통스런 신음이었다.

"으윽!"

정천휘가 비틀대며 앞으로 밀려 나왔다. 그런데 숙여진 그의 등으로 불룩 솟은 단검의 손잡이가 보였다. 날이 보이지 않을 만큼 박힌 그것은 정천휘의 가슴까지 날 끝을 보였다.

"아니! 저, 저런!"

"무, 무슨 일이!"

적이었던 정천휘의 모습을 본 고운자와 고학자가 동시에 외쳤다.

상황은 곧 파악됐다. 정천휘의 바로 뒤에 서 있던 무중신안 심학수가 하얗게 웃고 있는 것이다, 더불어 철혈수 조강과 용악검 이백까지도.

비틀대는 몸을 거검으로 지탱하며 뒷걸음질친 정천휘는 제 가슴 앞에 튀어나온 단검의 날을 내려다보았다. 믿을 수 없는 현실을 보는 그 떨리는 눈동자를 들어 심학수를 쳐다보았다. 목소리는 더욱 떨렸다.

"군사… 네, 네가… 왜……?"

사이한 미소를 짓고 정천휘를 바라보던 심학수의 입가가 더욱 크게 휘어졌다. 물음에 대한 대답은 너무도 수월하게 나왔다.

"사자신군, 난 더 이상 네 군사가 아니다. 오늘로써 난 내 신분을 찾는 거지. 오랫동안 숨기고 기다려 왔던 제갈세가의 형제로 돌아가는 일 말이야."

정천휘의 떨리던 눈동자가 더욱 커졌다. 하지만 아직도 믿기 힘든 눈앞의 상황은 그로 하여금 조강과 이백을 보게 했다.

"그, 그대들은… 왜……?"

조강과 이백은 미소 짓던 얼굴을 지우고 굳은 표정으로 정천휘를 보았다. 대답은 이백이 했다.

"난 신군을 존경했소. 당신을 보며 꿈을 키웠지요. 하지만 당신은…

적수를 찾는 것 외엔 관심이 없었소. 더 이상 적수가 될 만한 사람도 없는데 말이오. 그런데 군사는 꿈을 이룰 수 있는 방법을 제시했소."

올려다보던 정천휘의 눈이 허탈한 빛으로 물들어갔다. 그 눈빛보다 더 허무한 음성이 입에서 새어 나왔다.

"그랬었나… 그런… 거였나……."

수그러들던 정천휘의 고개가 다시 들렸다. 흔들리던 눈동자는 떨림을 멈췄다. 대신 분노가 그 안에서 쏟아져 나왔다. 배신을 당한 자의 치떨리는 분노였다.

"맹에 남아 있는… 겸제 우충도 마찬가지겠지……?"

심학수는 대답 대신 고개를 끄덕였다. 목적한 것을 이룬 자의 미소가 배인 그 얼굴을 보며 정천휘는 이를 악물었다. 하지만 심학수는 또 한 번의 비수를 정천휘의 가슴에 꽂았다. 그건 그의 생을 무너뜨리는 말이었다.

"이제 사자철기맹은 너의 유언을 따라 제갈세가와 합쳐질 것이다. 물론 그 유언의 내용은 내가 전할 것이지만, 의심을 가질 자는 아무도 없겠지. 너만 여기서 말없이 죽어준다면 말이야."

육체의 고통과 마음의 통증을 참아내던 정천휘의 눈에 불이 붙었다.

"그 오랜 시간을… 속여왔다니… 개 같은 놈……!"

꿈틀대는 정천휘의 눈처럼 검이 들려졌다. 하지만 상처 입은 사자를 보는 사냥꾼들의 눈에는 조소가, 끼어들 수 없는 방관자들의 눈에는 안타까움이 있을 뿐이었다. 그중엔 혼란스런 눈으로 바라보는 젊은 사자들도 함께였다.

마지막 발악 같은 정천휘의 몸짓을 보는 심학수는 차가운 미소를 물고 다시 말했다.

"날 죽이고 싶나? 그럴 힘이 남아 있지 않을 텐데? 그냥 죽지 그러나? 혹시라도 가는 길이 섭섭할까 봐 저렇게 많은 길동무들을 남겨뒀는데 말이야."

오십여 명밖에 남지 않은 사자철기대를 지목하는 심학수의 말에 놀람과 경악으로 쳐다보기만 하던 사자철기대의 생존자들은 눈을 치켜떴다. 꿈틀대며 불타던 정천휘의 눈이 화악 일어선 것도 그때였다.

"그래, 검을 들 힘조차 없구나……. 하지만… 널 죽일 힘은 남아 있다!"

들어 올리던 검을 중단세로 치켜 내민 정천휘의 검에서 노란 불길이 피어올랐다. 눈가에 이글대는 그것처럼 일어난 노란 불길은 검신을 타고 넘어 정천휘의 상반신을 감쌌다. 종내에는 전신을 타고 돌며 뜨겁게 일렁거렸다.

"저, 저것이!"

심학수가 아닌 제갈승만이 놀라 소리쳤다. 그 순간에 놀란 얼굴의 심학수는 뒷걸음질쳤다. 조강과 이백이 놀라는 건 역시 당연했다. 제갈승만은 심학수에게 소리쳤다.

"승천아! 이리로! 어서!"

제 형의 다급한 손짓을 본 심학수, 아니, 숨겨왔던 이름의 제갈승천은 달리기 시작했다. 자신을 향해 검끝을 돌리는 정천휘를 피해, 용암 연못을 돌아 달리는 다급한 그의 신형을 이백과 조강이 뒤쫓았다. 그 몸들이 제갈승만의 앞쪽으로 달려갈 때였다. 정천휘의 검에서 노란 빛이 이탈해 나왔다.

푸아아앙!

노란 빛에 감싸였던 듬의 길쭉한 일부분이 떨어져 나오는 것처럼, 정천휘의 몸에서 분리해 나온 빛은 심학수에게로 날아갔다. 석동의 중앙을 찬란하게 가르고 날아간 그 빛은 심학수의 등판 한가운데로 정확하게 꽂혀들었다. 하지만 그 순간 제갈승만이 소리치며 달려들었다.

"안 돼!"

제갈승만의 몸이 달려오는 심학수의 몸을 측면으로 밀어냈다. 그리고 빛은 심학수의 등을, 아니, 오른쪽 어깨를 훑어내며 뒤로 날아가 버렸다.

쿠아앙!

석동의 벽에 굉음을 내며 부딪친 것은 정천휘의 거검이었다. 아직도 몸을 흔들며 울부짖는 검을 놀란 눈으로 보며 이한동이 낮게 부르짖었다.

"어검술(御劍術)이다……!"

"뭐라고?"

악중산이 놀라 돌아보았다. 나머지 모두가 눈을 부릅뜬 것도 동시였다. 그리고 뒤늦은 비명이 석동 안을 울렸다.

"크아아악!"

오른쪽 어깨가 깨끗하게 없어진 심학수가 제 형의 품에 안겨서 몸부림쳤다. 떨어진 팔은 바닥에서 펄떡거렸고, 분수처럼 솟구치는 피는 움켜잡은 제갈승만의 손 사이에서 뿜어져 나왔다. 그런 동생의 모습을 보는 제갈승만의 분노는 천둥처럼 터져 나왔다.

"승종아! 이것들을 모두 죽여라! 멸살계를 발동시켜!"

등 뒤에서 당황한 눈으로 쳐다보던 제갈세가의 둘째, 제갈승종의 눈에서 단호한 의지가 서려 나왔다. 곧바로 동굴 통로로 돌아선 그의 입에서 길고도 높은 휘파람 소리가 터져 나왔다.

휘이이이이이익!

군웅들이 알 수 없는 예감으로 몸을 굳힌 그 순간, 상처 입은 심학수를 제갈승만이 안고 뒤로 뛰던 그 순간, 용암 연못의 한가운데가 폭발하며 터져 올랐다.

쿠아아아아아앙!

삼협의 물길처럼 용암과 바위들이 허공으로 솟구쳤다. 석동의 천장에까지 부딪쳐 오른 그것들은 놀란 눈으로 바라보는 사람들의 머리 위로 쏟아져 내렸다.

"피해!"

도신이 소리쳤다. 그 소리에 악중산 일행은 황급하게 나왔던 동굴로 후퇴했다. 하지만 그렇지 못한 다른 사람들은 삽시간에 죽어갔다.

"크아악!"

용암을 머리부터 뒤집어쓴 무림연맹의 한 사내가 처참하게 쓰러졌다. 고운자와 고학자는 정신없이 몸을 피하기에 급급했다. 셋만 남은 매화오군자는 용암의 비 사이로 달려나갔다. 하지만 폭발은 거듭됐다.

쾅! 쿠아앙!

석동의 바닥이 터져 올랐다. 바위가 폭산하는 그 속에서 용암은 물줄기처럼 뿜어져 올랐다. 벽력문의 무리는 그 속에 휩쓸리며 바닥과 함께 침몰했다. 그 외중에 화령검 유성을 감싼 귀신검 왕중은 석동의 구석을 돌며 뛰었다. 그 모양을 뒤로 물러서던 독고지명이 보았다.

“저놈! 유광희의 핏줄 놈!”

독고지명의 몸이 튀어 나갔다. 무너지는 바닥을 이리저리 차며 건너 뛴 그는 유성의 몸을 향해 손바닥을 내리찍었다. 허연 빛이 그 손에서 뭉실거렸다.

“이놈!”

뒤돌아본 유성과 왕중의 얼굴에 놀란 당혹이 어렸다. 절체절명의 순간, 유성의 옆쪽에서 녹색 그림자가 솟구쳐 올랐다. 순간적인 그 모습을 독고지명이 보았다. 자신처럼 육장을 내미는 녹의인영은 두건을 쓴 마지막 세 번째 인물이었다. 그자의 손이 독고지명의 손을 맞받아 쳤다.

파앙!

반탄력으로 뒤로 내려선 독고지명은 격하게 소리쳤다.

“웬 놈이냐!”

긴박한 장내의 상황을 비웃는 것처럼 녹의인영은 천천히 두건을 벗어 던졌다. 그 사이 유성과 왕중은 제갈승만들이 빠져나간 통로를 향해 뛰었다.

“저놈들이!”

하지만 독고지명은 쫓아갈 수 없었다. 앞을 가로막은 자가 누구인지 알았기 때문이다. 두건을 벗어 던진 마지막 세 번째 인물은, 삼목마군 추송이었다.

“네놈이……!”

“오랜만이외다, 독고 선배.”

독고지명은 독한 눈매를 만들며 추송에게 말했다.

"비켜라!"

"그렇겐 못하겠는데요?"

"이놈이!"

두 사람이 대치한 그 순간에도 용암과 바위들은 계속 터져 오르고 바닥은 무너져 내려갔다. 그 파편들이 비처럼 튀며 두 사람의 옷자락에 구멍을 만들었다. 참을 수 없을 만큼 차 오른 열기는 머리카락과 수염을 오그라뜨렸다. 그리고 여기저기서 참혹한 죽음들이 잇따랐다.

"뭐 하는 거요? 어서 이리 와요!"

이한동이 동굴 통로의 앞에서 소리쳤다. 그런데 그 옆에서 보던 악중산이 되려 뛰쳐나왔다.

"아니? 저 죽일 놈이!"

"안 돼!"

소치치며 급하게 붙잡은 것은 혁창해였다. 씩씩대는 악중산을 뒤로 잡아끈 그는 독고지명에게 다시 외쳤다.

"선배! 놔두고 어서 와요! 어서요!"

독고지명은 동료들의 외침을 들으며 이를 악물었다. 벌써 동굴 속으로 사라진 유성은 보이지 않았다. 또한 그 길목을 막았던 삼목마군 추송은 천천히 뒷걸음질치며 기회를 노리는 모습이었다. 놈의 그런 모습은 가슴속의 심화를 더욱 돋우었다. 하지만 유광희의 핏줄인 유성을 잡을 기회는 이미 놓쳐 버린 것이다.

"너, 이 자식! 여기서 살아 나간다면, 그때는 내 손에 죽을 줄 알아라!"

포기하는 게 분명한 독고지명의 말에 삼목마군 추송은 누런 이를 드러내 보이며 대답했다.

"여부가 있겠습니까? 살기만 한다면요. 선배도 말입니다."

그 말 한마디를 남겨놓고 추송은 뒤를 돌아 뛰어갔다. 용암 밑으로 꺼져 내리는 바닥을 차며 도약해 나가는 그의 모습은 물 찬 제비 같았다. 그의 몸이 유성이 사라진 동굴 통로로 들어선 순간, 통로는 바닥이 꺼지며 무너져 내렸다.

쿠르르르릉—

독고지명은 추송의 몸이 제발 무너진 바닥에 휩쓸렸길 바라면서 뒤돌아 뛰었다. 올 때처럼 이곳저곳의 바닥 조각을 밟으며 건너뛰는 그의 모습은 보기에도 위험천만했다. 그렇게 돌아가는 그의 눈에 고운자의 모습이 보였다.

자신들처럼 막히지 않은 통로를 찾아 뛰는 고운자의 모습은 다급해보였다. 하지만 무너지는 바닥을 박차고 도약한 그의 발이 용암 위에 떠 있는 바위 조각을 밟은 순간, 이미 통로를 찾아 그 앞에 도착해 있던 고학자와 화산의 매화오군자 삼 형제, 그들의 등 뒤가 폭발해 나왔다.

쿠아앙!

돌무더기와 함께 폭발해 나오는 형제와 동료들을 보며 고학자는 눈을 부릅떴다. 하지만 그 모든 폭발의 파편은, 다시 도약하는 그의 몸을 휩쓸고 지나갔다.

후아아앙!

순식간에 모든 걸 휩쓸고 터져 나오는 폭발을 보며 독고지명은 입술을 물었다. 발끝은 사력을 다해서 몸을 띄워 올렸고 동료들을 향해서 있는 힘껏 몸을 날렸다.

"됐다!"

자신들 앞으로 착지하는 독고지명의 옷깃을 붙잡으며 이한동이 소리쳤다. 일행 모두가 안도의 숨을 내뱉었다. 그러나 옆에 선 도신 최홍결은 무너지는 석동을 향해 다시 소리쳤다.

"갈 시간이다!"

모든 게 무너져 내리는 굉음 속을 뚫고 들리는 도신의 목소리에 세철은 고개를 끄덕여 보였다. 하지만 시선은 마주 서 있는 당문의 독인 형제에게 둔 채로 였다. 그렇기로는 움직이지 않는 두 형제 역시 마찬가지였다.

마주 보고 선 세 사람, 그리고 세철 뒤의 정곽. 그들이 서 있는 바닥을 빼놓고는 모두 용암의 물결 속으로 사라져 버렸다. 그들은 마치 물에 떠 있는 조각배에 올라탄 사람들 같았다. 하지만 어떤 동요도 없었다.

또한 그렇기로는 숨을 몰아쉬는 정천휘도 같았다. 세철이 떠 있는 옆쪽으로 기울어져 가는 바닥 위에 떠 있는 그는 몇 남지 않은 사자철기대에 둘러싸인 모습이었다. 하지만 그들은 모두가 죽음을 각오한 얼굴이었다.

정천휘는 대치한 채로 움직이지 않는 세철과 두 형제에게 말을 던졌다.

"나갈 수 있을 때 나가라……. 은원은… 목숨이 붙어 있을 때 해결하는 거다……."

사그라져 가는 그의 목소리는 힘이 다해 있었다. 하지만 얼굴에는 평온한 미소가 머물렀다. 그 모습을 잠시 돌아다 본 세철은 당문의 두 형제에게 말했다.

“나가자.”

반응을 보인 건 당현우였다.

“죽어도 여기서 같이……!”

하지만 당현무가 손을 들어 막았다.

제 동생의 말을 막은 당현무는 세철을 직시했다. 여전히 증오와 분노가 이글거리는 그 눈은 많은 감정의 편린들이 엿보였다. 하지만 당현무는 세철의 제안을 승낙했다.

“살아 나가라. 우린 꼭… 다시 보게 될 거다……!”

당현무의 이글대는 눈을 들여다보던 세철은 고개를 끄덕였다. 그리고 곧바로 정천휘를 돌아보았다.

“나갑시다.”

나가자는 말을 저토록 간단히 해대는 세철을 보며 정천휘는 피식 웃었다. 그리고 조용히 고개를 가로저었다.

“난 못 간다. 어서 늦기 전에 나가라.”

세철은 점점 사그라드는 정천휘의 눈을 보다 시선을 아래로 내렸다. 정천휘와 사자철기대원들이 밟고 선 바닥덩어리는 그사이 반나마 용암 속에 잠겨 내렸다. 또한 그런 형세는 세철이 닫고 선 곳도 마찬가지였다.

세철은 정천휘에게 다시 말을 걸었다.

“전하고자 하는 말은 없소.”

정천휘는 또 고개를 가로저었다.

“없다… 하지만 너에게 하고 싶은 말이 있구나…….”

세철의 시선이 물었다.

"후회없이 살아라."

그 말을 끝으로 정천휘는 손을 내저었다. 간신히 쳐든 그 손짓은 마지막을 알리는 축객의 손짓이었다.

힘없이 내려가는 정천휘의 손을 보던 세철은 정곽에게 바로 몸을 돌렸다. 그리고 두 손을 깍지 껴 정곽에게 내보였다. 기마세로 다리를 벌린 그 모습을 보고, 정곽은 또한 바로 달려왔다.

네댓 걸음을 뛰어와 세철 앞에서 도약한 정곽이 깍지 낀 세철의 두 손을 밟았다. 그 순간 세철은 정곽의 발을 힘껏 밀어 던졌다.

"하아!"

기합은 세철이 아닌 정곽이 내질렀다. 소리 지르며 날아가는 그 몸은 솟구치는 용암의 파편들을 뚫고 반대편 동굴 쪽으로 착지해 내렸다. 그 몸을 악중산이 낚아채 빨랫감처럼 동굴 안쪽으로 집어 던졌다.

무사히 동굴 속으로 들어간 정곽의 모습을 본 세철은 당가의 두 형제에게 시선을 돌렸다. 그리고 무심한 한마디를 내뱉고는 붕새처럼 날아올랐다.

"다시 보자."

세철이 남긴 말과 용암의 늪을 건너뛰는 모습을 보던 당현무와 당현우는 곧장 몸을 날렸다. 그들 역시 나갈 곳이라곤 세철이 향한 통로밖에는 없는 것이다.

통로에 착지한 그들 앞에 달려나가는 세철 일행의 모습이 보였다. 그중에서 정곽이 소리치는 소리도 들렸다.

"온천! 온천을 찾아!"

그 순간 석동이 있던 뒤쪽으로부터 연쇄적인 폭발과 붕괴가 이루어
졌다.

쿠콰콰콰콰쾅!

밀려드는 해일처럼 동굴로 몰아쳐 오는 용암은 사람들이 뛰는 그림
자들을 쫓으며 모든 것을 순식간에 삼켜 버렸다.

18장 귀로(歸路)

귀로(歸路)

왱왱거리는 벌들의 날갯짓 소리를 들으며 손을 젓던 촌부가 소의 엉덩이를 때렸다.

"이랴! 이놈의 소가 왜 이리 굼뜨나. 네 이놈! 그러다간 점심은 없다!"

그 말을 알아들었는지 소는 달구지를 끄는 발걸음을 더욱 재게 놀렸다.

"제민원엔 친척이라도 계신 게요?"

고개만 돌려 묻는 촌부의 물음에 염차수는 푸른 하늘을 보던 눈을 돌려 대답했다.

"신세를 갚으러 갑니다."

"신세라구요? 뭐, 밀린 약값이라도 있는 게구려?"

다시 하늘을 올려다보는 염차수는 시린 그 빛에 눈을 찡그렸다.

"그런 셈이지요. 아주 오래됐습니다……."

"허어, 은혜를 아는 양반이로구만. 암, 그래야지. 모름지기 사람이면 그래야 하고말고."

뭐가 그리도 옳다는 것인지, 연신 고개를 끄덕이던 촌부는 시절타령을 늘어놓았다.

"에그, 그나저나 이놈의 세상은 어찌 되려는 것인지 이토록 시끄럽누. 칼 찬 자들이 저토록 설쳐 대니 우리네 같은 촌무지렁이들에게까지 그 불똥이 튀지 않나. 쯔쯔쯔쯧."

촌부의 세상 타박은 근자의 일을 두고 하는 말이었다. 강호의 패권을 두고 다투는 무인들의 이야기, 그 때문에 소림을 접수하러 온다는 제갈세가와 사자철기맹, 또한 같은 이유로 몰려오는 벽력문과 당가의 세력, 그리고 그에 맞서기 위해 모여 있는 소림과 묵호련의 늙은이들…….

문득 생각이 염차수의 허리에 찬 칼에 미친 촌부는 헛기침을 터뜨렸다.

"허험. 염두에 두지 마시구랴. 다 그렇다는 건 아니고, 그저 우리네 같은 사람들이 보기에는 너무 애종종해서……."

"개의치 마시오."

염차수의 대답에 촌부는 다시 뭐라고 한참을 주절거렸다. 하지만 그 말소리가 염차수의 귀엔 들리지 않았다. 출렁대며 굴러가는 달구지의 앞 저쪽으로, 찾아가는 그곳이 눈에 보이고 있었기 때문이다.

"어허, 이랴이랴. 다 왔구려. 저기 저곳이 제민원이라오. 기억이 나시오?”

촌부의 물음에 염차수는 고개를 끄덕였다. 그리고 오래 묵은 가슴속의 기억을 꺼내는 것처럼 아스라하게 말했다.

“그럼요, 기억나다마고요……”

푸른 하늘 위를 스치는 바람처럼 염차수의 말은 뒤로 흩어져 나갔다. 버리는 것처럼 뒷풍경을 밀어내 버리고 나아가는 달구지는 점점 더 제민원에 가까워졌다. 마침내 그 바퀴가 제민원 정문 앞에 다다랐을 때, 높다란 기와 지붕 위에서 까마귀가 울어댔다.

까아악. 까아악.

“훠이! 훠이! 저놈의 시가!”

마차를 멈춘 촌부는 허공에 대고 손사래를 쳤다. 하지만 염차수는 아무것도 보지 못하는 사람처럼 달구지에서 내렸다. 정문만을 바라보고 선 그 모습은 꼭 넋이 나간 사람 같았다.

“이보시오. 그럼 좋은 인사 나누시구려. 난 이만 가보겠소.”

염차수의 등에 대고 말한 촌부는 달구지를 돌렸다. 제민원을 돌아가는 그는 여전히 까마귀들을 향해서 빈주먹을 던졌다.

“훠이훠이! 빌어먹을 새들아! 썩 꺼져라! 훠이!”

등 뒤로 멀어져 가는 촌부의 목소리를 들으며 염차수는 발을 떼었다. 많은 기억이 어린 곳, 태어나서 자라고 도망쳐 나온 곳이다. 그곳에 다시 온 것이다.

만감이 교차하는 눈으로 바라보던 염차수는 열린 제민원의 문 안으로 발을 디밀었다. 들어선 안쪽에는 바로 사람이 보였다. 약탕기를 정리하는 두 명의 사내였다. 늘어진 머리카락 사이로 보이는 얼굴은 망

가진 파면이었다.

　칼 찬 낯선 이방인의 모습을 본 두 사람이 약탕기를 내려놓고 염차수에게 다가왔다. 경계가 가득한 눈으로 그중 한 사내가 말을 걸었다. 한쪽 안구가 빠지고 왼손의 후삼지가 없는 사내였다.

　“누구신지요? 무슨 일이십니까?”

　사내의 물음에 염차수는 갑자기 이를 드러냈다. 마치 먹이를 앞에 둔 뱀처럼 번들거리며 웃는 그 눈을 보고 두 사내는 흠칫 뒤로 물러났다.

　뱀의 비린내가 풍기는 것 같은 미소를 물고 염차수는 물었다.

　“제민원주는 어디 있냐?”

　처음 말을 걸었던 사내가 더듬대며 다시 물었다.

　“무, 무슨 일로······.”

　그 순간 염차수의 손이 뱀머리처럼 튀어나왔다.

　“컥!”

　목을 잡힌 한쪽 눈의 사내가 숨 막힌 소릴 냈다. 염차수는 하얗게 치뜬 눈으로 다시 물었다.

　“어디 있냔 말이다. 원주실이냐?”

　그때 뒤로 물러났던 또 한 사내가 고함을 쳤다. 사내는 벙어리가 확실했다.

　“으어어어!”

　소리치며 사내는 달려들었다. 하지만 번들대는 눈을 돌린 염차수의 칼은 더욱 빨랐다.

　시잇!

　벙어리 사내의 머리가 둥실 떠올랐다. 머리 잃은 몸은 두 발이 엉킨 채 비틀대다 쓰러져 버렸다. 그 순간 목을 잡힌 사내가 발악을 했다.

"으아아아! 이, 개자식… 커헉!"

뿌드드득!

사내의 목에서 섬뜩한 소리가 새어 나왔다. 목을 잡은 염차수의 손엔 핏줄이 도드라졌다. 한없이 커진 사내의 한쪽 눈은 하얗게 뒤집어졌다. 그리고 옆쪽으로 꺾어졌다.

마지막 숨이 빠진 사내의 얼굴을 보던 염차수는 손을 놓았다. 스르르 주저앉는 사내의 시신을 내려다보며 차가운 혼잣말을 했다.

"굳이 물어볼 필요도 없지. 시간은 많으니까 말이야."

그때 정원의 한쪽에서 여자의 찢어지는 비명 소리가 들렸다.

"끼아아아악!"

침구를 던지고 뒤돌아 도망치는 여인을 보며 염차수의 웃음은 더욱 짙어졌다.

까아악. 까아악.

머리 위에선 까마귀들이 더욱 극성스럽게 울어댔다. 그 울음은 꼭 자신의 방문을 환영하는 소리 같았다. 아니, 다시 돌아온 자신을 위해 부르는 노래가 틀림없었다. 그러니 저렇게 반가운 얼굴로 나타나는 것이 아니겠는가.

엄하디엄하고 노기충천한 얼굴로, 몽둥이를 든 장정들을 이끌고 나타난 늙은이는 제민원주가 확실했다. 아무리 세월이 흘렀다 한들 저 얼굴을 잊을 수는 없는 것이다. 꿈에서조차 보이던 저 얼굴, 위선과 거짓된 선행으로 가득한 저 늙은 얼굴, 그 허리에서 흔들리는 작은 청옥 불상까지도 지난 시간 동안 단 한시도 잊어본 적이 없었다.

“네놈은 누구냐! 무슨 이유로 이런 만행을 저지르는 게냐?”

위엄 가득한 제민원주 홍사덕의 목소리에 염차수는 피식 웃었다. 저놈이, 꿈과 생시를 오가며 모습을 되새겼던 저놈이 자신을 못 알아보는 것이다. 아무리 세월이 흘렀다손 치더라도 저놈은 날 기억해야 할 놈이었다.

“날 기억하지 못하는구나.”

뜬금없는 소리에 홍사덕의 미간이 좁아졌다. 하지만 다음 이어진 불청객의 말과 행동은 그의 눈을 다시 키웠다.

“그럼 기억나게 해주지!”

염차수의 몸이 주욱 늘어났다. 떨어진 거리를 찰나간에 좁히고 들어오는 그 몸짓은 정말 잡아늘이는 것만 같았다. 그 귀신같은 모습에 홍사덕은 찬 숨을 들이켰다. 그러나 들이마신 숨을 채 내뱉기도 전에 염차수의 직배도는 이빨을 날렸다.

피이잇!

“크아악!”

홍사덕의 몸이 뒤로 넘어갔다. 격한 비명과 함께 쓰러지는 그 몸은 두 다리가 없었다. 아니, 있기는 있으되 주인 없이 땅에 버려졌다. 피는 버려진 다리와 버린 몸통에서 동시에 뿜어져 나왔다. 소름 끼치도록 붉은 피였다.

“크어억! 허어… 흐어어……!”

사타구니 아래 양 허벅지가 깨끗이 잘린 홍사덕은 눈을 까뒤집었다. 균형이 잡히지 않는 몸은 상체를 일으키려 해도 말을 듣지 않았다. 하지만 떨어진 곳에 보이는 두 다리와 그 다리가 있던 곳에서 솟구치는 피는 그를 공황 상태로 몰고 갔다.

뒤늦게 옆에서 보던 장정들이 비명을 질렀다.

"으허어! 저, 저, 저……!"

"워, 원주님!"

"헉! 우욱!"

구역질을 하는 자도 있었다. 그 표정 하나하나를 살펴보는 염차수의 얼굴엔 비린 뱀의 미소가 더욱 짙어졌다. 염차수는 공포에 질린 장정들을 향해서 말을 꺼냈다.

"또 원하는 놈은 이리 해주마. 어떠냐, 그리들 해주랴? 호오, 모두 원하는 얼굴인걸?"

점액질로 막을 씌운 것처럼 번들대는 염차수의 눈을 본 순간 장정들은 뒤돌아 도망치기 시작했다.

"으아아!"

"으어어!"

손에 들었던 몽둥이들은 모두 버렸고, 지켜야 할 제민원주 홍사덕도 버린 채로 그들은 도망쳤다. 죽음을 피해 달아나는 그들의 뒷모습을 보며 염차수는 더욱더 희게 소리없이 웃었다. 그리고 홍사덕에게 말했다.

"다 갔구나. 그 옛날엔 네놈의 한마디에 간 쓸개를 내놓던 놈들이 모두 가버렸구나. 하긴, 그 옛날의 그놈들은 아니겠지만 말이야."

생각을 되짚어내는 듯한 염차수의 옆얼굴을 보던 홍사덕은 고통의 식은땀을 흘리며 입을 열었다. 그 목소리가 고통스러운 것은 너무도 당연했다.

"네놈이… 네놈이 찾아왔구나……! 크으윽…….."

염차수의 얼굴이 퍼뜩 돌아왔다.

"호오, 이제 기억이 난 모양이구나."

홍사덕은 고통에 찡그려진 눈을 힘겹게 치켜뜨며 염차수를 바라보았다. 그리고 다시 말했다.

"더러운 철공장이의 핏줄 놈……!"

번질대는 염차수의 눈동자가 칼날처럼 일어섰다. 손에 들린 칼은 눈속의 칼을 대신해서 가차없이 휘둘렀다.

시엑!

"크헉!"

겨우 상체를 지탱하던 홍사덕의 오른팔이 날아갔다. 몸은 바닥을 다시 뒹굴었고, 피는 그 바닥을 적시며 뒹구는 몸을 물들였다. 하지만 홍사덕은 피보다 더 붉은 눈을 들어 염차수를 보았다. 그리고 저주처럼 얘기했다.

"으으… 이 죽일 놈……! 네놈도 어미, 아비처럼 진작에 죽었어야했는데… 하지만 네놈의 행보도 이제 다했다! 철비철각호가 너를 죽일 것이다! 반드시!"

파랗게 빛을 뿜던 염차수의 뱀눈알이 묘하게 뒤틀렸다.

"그래… 나도 소문을 들었지. 당문을 박살 냈다는 그 아이 이야기… 혈리표를 가졌다는 그놈……."

흔들리는 염차수의 눈을 고통에 찬 시선으로 쳐다보던 홍사덕은 다시 말을 꺼냈다.

"그놈도 네놈과 똑같지. 크으윽! 널 찾아 복수하겠다고 세상을 떠돈

놈이니까… 너희 두 놈이 부딪치면 둘 중 하나는 죽을 거다……. 그리고 그건… 네놈이 될 게야…….”

말을 하던 홍사덕의 목소리가 점점 작아지며 가라앉았다. 눈빛은 이미 흰창이 드러나며 돌아가기 시작했고, 쏟아지던 피는 그쳐 있었다.

염차수는 생각에 빠졌던 얼굴을 깨우며 급하게 홍사덕의 먹살을 잡았다.

“아직 죽으면 안 돼! 네놈이 해줘야 할 말이 있다!”

흰창으로 넘어가던 홍사덕의 눈이 슬며시 검은 동자로 돌아왔다. 죽음이 임박한 그 얼굴에 때아닌 미소가 떠올랐다. 그리고 입이 벌어졌다.

“묻고… 싶은… 게… 많겠… 지……. 하지… 만… 난… 말… 안 해… 그게… 네놈…의… 업보… 야…….”

그 말을 끝으로 미소를 그렸던 홍사덕의 얼굴이 푸르르 떨렸다. 검은 동자가 돌아왔던 눈도 급격하게 풀려져 갔다. 하나밖에 안 남은 왼손은 갑자기 허공에 쳐 들렸다. 뭔가를 갈구하는 것처럼 허공을 쥐던 그 손이 염차수의 팔을 붙잡았다. 그리고 경련하며 한마디를 내뱉었다.

“소… 림!”

그게 끝이었다. 붙잡았던 손은 떨어져 나갔고 먹이 잡힌 채 쳐 들렸던 고개는 뒤로 꺾어졌다. 그렇게 온몸이 늘어졌다.

늘어진 홍사덕의 시체를 내려다보던 염차수는 손을 놓았다. 툭, 하고 바닥에 부딪친 시체는 잠시 더 흔들렸다. 하지만 죽음을 건너간 모든 자들의 버린 몸이 그렇듯이 홍사덕의 시체도 차갑게 식어만 갔다.

그러나 그걸 보는 염차수의 눈은 더욱더 파란 빛을 줄기줄기 내뿜었다.

"소림이란 말이지……. 그래, 어차피 가야 할 곳이니까……."

허리의 도갑 속에 칼을 집어넣은 염차수는 뒤돌아섰다. 그런데 문득, 홍사덕의 허리춤에 매달린 작은 청옥불상이 보였다. 그 옛날 악귀처럼 기억 속에 각인되어 있던 청옥불상. 그것이 피 속에 뒹굴고 있는 것이다.

다시 뒤돌아선 염차수는 허리를 숙여 그것을 집어 들었다. 잠시 망연의 늪에 빠진 사람처럼 그것을 내려다보다가, 품속에 집어넣고는 다시 발길을 돌렸다.

나가는 염차수의 시선에 정문이 보였다. 그리고 그 위에 앉아 자신을 노려보는 것 같은 까마귀의 몸통도 보였다. 놈은 처음에 올 때처럼 울어주지 않았다. 그저 까맣게 빛나는 눈으로 자신을 바라볼 뿐이었다.

염차수는 까마귀를 향해 하얗게 웃어 보이며 정문을 나섰다.

*   *   *

시꺼멓게 절을 둘러싼 사람들을 내려다보는 언두수의 얼굴엔 시름이 가득했다. 하지만 그 겉모습은 시름보다 더한 상처가 전신에 그득했다.

"어. 많이도 몰려왔네."

제갈세가와 사자철기맹, 그리고 벽력문과 당문의 식솔들이 대치해 있는 절 밖의 상황을 보며 언두수는 한숨 쉬듯 말했다. 그 얼굴을 옆에서 물끄러미 바라보는 부춘호와 하남의 겉모습도 화려하긴 마찬가지였다. 흰 면포로 친친 감긴 그들의 팔과 다리와 몸통은 누워 있지 않은 게 이상할 정도였다.

화상 입은 사람처럼 벌겋게 익은 얼굴로 군웅들을 바라다보던 하남은 풀 죽은 얼굴의 언두수에게 말을 건넸다.

"뭐가 그리 걱정이야? 소림무승들하고 묵호련의 무사들이 저렇게 지키고 섰는데."

하남의 말처럼 절의 정문을 비롯한 요소요소를 묵호련과 소림의 무승들이 겹겹으로 지키고 섰다. 바야흐로 지금 소림은 일촉즉발, 터지기 직전의 화약고였다.

언두수는 더 짙은 한숨을 내쉬며 말했다.

"휴우… 이게 마지막 싸움인데, 이 꼴로는 구경밖에 할 게 없잖아."

하남과 부춘호의 얼굴에 어이없는 표정이 걸렸다. 부춘호는 대뜸 타박을 내놓았다.

"이 친구가 아직 정신을 덜 차렸군 그래. 이봐, 이 꼴로 살아남은 걸 다행으로 여겨야지. 그동안 숱한 일을 겪었지만, 이번엔 정말로 시체도 못 남길 뻔했다고, 이 친구야."

벌겋게 익은 부춘호의 얼굴은 더욱더 상기되어 올랐다. 지난 일을 떠올리니 몸서리가 쳐지는 듯, 고개를 설레설레 젓는 그의 모습은 기억조차 떠올리기 싫어하는 표정이 역력했다. 그리고 그건 하남도 같았다.

"정말 지옥 같았지요. 만일 그때 정곽 선배가 온천(溫泉)에서 강으로 통하는 물줄기를 찾지 못했더라면……. 후우… 다시 생각해 봐도 끔찍하군요."

부르르, 어깨까지 떨며 소름을 돋워내는 하남의 말에 부춘호는 깊게 고개를 끄덕였다.

"그래, 그 물은 정말 뜨거웠지. 하지만 그 물속으로 뛰어들지 않았다면 우린 용암 속에서 흔적도 없이 녹아버렸겠지. 어르신들하고 같이 말이야."

하남과 언두수가 동시에 고개를 끄덕거렸다. 부춘호의 말처럼 온천의 물은 감당하기 힘들 만큼 뜨거웠었다. 거기다 깊이는 왜 그리도 깊은지, 숨이 깔딱깔딱할 지경이 되도록 들어가야만 했었다. 하지만 모든 걸 포기하고 싶었던 그 순간에, 벌컥대는 심장이 터질 것만 같던 그때에 은천(銀川) 깊숙한 곳으로부터 밀려오는 차가운 물의 소용돌이를 만날 수가 있었다. 그 소용돌이는 다시 살게 해준 구원의 물줄기였다.

"그런데 정곽 선배는 그런 걸 다 어찌 꿰뚫고 있었을까요? 미리 들어가 본 것도 아닌데."

다시 생각해도 의문스럽다는 듯 고개를 갸웃대는 언두수는 몹시도 궁금한 표정이었다. 그 얼굴을 보고 슬며시 미소를 배어 문 부춘호는 담담하게 입을 열었다.

"정범 스님 말대로 달리 천리추겠나? 정녕 그만이 할 수 있는 일이지. 암, 그렇고말고. 그러니 제갈승만의 얼굴이 저렇게 똥 먹은 표정 아니겠나?"

진정 그랬다. 사하촌으로 이르는 아스라한 비탈길에, 벽력문과 당문의 연합 세력과 갈라서 대치 중인 제갈가의 진중에는 제갈승만의 얼굴이 보였다. 그런데 뭐가 그리도 못마땅한 것인지 잔뜩 찌푸려진 얼굴은 펴질 줄을 몰랐다. 그렇기로는 옆으로 보이는 제갈승종도 똑같았다.

"개자식들! 우리가 다 죽었을 줄 알았겠지. 천만에 말씀이다, 이 쳐
죽일 놈들아!"

언두수는 손까지 쳐들며 고소해했다. 그가 생각하기로 제갈승만의
저 못마땅한 표정은, 다 죽었는 줄 알았던 사람들의 건재한 모습을 보
는 이 상황이 분명했다. 그도 그럴 것이, 자신들이 온천으로 뛰어들던
그 급박했던 순간, 통로의 반대쪽에서 자신들처럼 달려오는 생존자들
이 있었던 것이다. 그중엔 화령검 유성과 삼목마군 추송을 비롯한 귀
신검 왕중도 있었고, 뛰어드는 자신들의 뒤로는 당문의 두 형제도 있었
던 것이다. 따지고 보면 죽어야 할 자들 대부분이 살아난 것이다.

생각이 생존자들에게 미친 언두수는 문득 떠오른 인물들에 대해 말
을 꺼냈다.

"그런데 대관절 황보장청하고 이선경은 언제 사라진 걸까요? 그 자
리에서 눈을 부릅뜨고 있었는데도 그들이 사라지는 걸 못 봤으니… 적
혈단까지 치면 한두 명도 아닌데, 거참."

좀 전처럼 또다시 의문에 싸여 고개를 갸웃대는 언두수의 꼴을 보던
부춘호도 동의의 말을 내놓았다.

"그래, 그들이 있었지. 그런데 나조차도 급박했던 석동 안의 상황을
보느라 그들이 사라지는 걸 눈치 채지 못했어. 그건 다른 사람들도 마
찬가지고. 하지만… 그들은 도망간 거지. 오랜 세월을 준비했을 텐데
말이야. 저기 보이는 제갈세가의 저놈들처럼 말이지."

부춘호의 시선을 따라 하남과 언두수의 시선도 제갈가의 진영으로
돌아갔다. 곧바로 하남이 의문을 내놓았다.

"그런데 정녕 그럴 수가 있을까요? 제갈 가주의 형제 중 막내가 태어난 지 얼마 되지 않아 죽었다는 건 사람들의 기억 속에서도 잊혀진 일이 아닙니까? 때문에 다른 사람들은 저들을 삼 형제로 알고 있었구요. 거기다 막내로 알고 있던 셋째는 어릴 때 집을 나가 객사해 돌아온 걸로 알고 있었는데……."

"정녕 지독한 인간들이지!"

탄식 같은 말이 부춘호의 입에서 나왔다. 잠시 제갈가의 진영을 보던 그의 눈은 흔들림을 진정시키며 다시 말을 이어냈다.

"죽었다던 막내는 철저하게 다른 신분으로 살며 사자철기맹을 집어삼켰고, 집 나갔다던 셋째는 귀영투라는 이름으로 도둑이 되어 혈룡도를 훔치고… 그 오랜 시간을 저렇게 몰두해 온 저들 가문의 집념과 노력이 무서울 뿐이지. 아니, 어찌 보면 안타깝다고 말해야 되겠지."

무서운 일이 분명했다. 가문을 위해서, 가문의 집념 어린 목표를 위해서 자신들의 인생을 버려가며 수십 년간 일을 진행시켜 온 저들 형제의 집착이 소름 돋도록 두려울 뿐이었다. 정녕 저들이 가치로 삼은 무림제패에 그만한 값어치가 있는 것인지, 아무리 생각해도 의문스럽기 짝이 없었다.

갖가지 생각과 의문이 교차하는 눈으로 제갈가를 바라보던 세 사람은 반대편 진중의 당문과 벽력문으로 눈을 돌렸다. 그 속에서 독인 형제를 발견한 하남이 언두수와 부춘호에게 조심스런 의견을 내놓았다.

"당가의 저 두 친구를 세철 그 친구가 당해낼 수 있을까요? 독강의 위력이 정말 끔찍스럽던데요. 더군다나 하나도 아닌 둘씩이니……."

"아, 뭘 걱정이여? 혈리표가 있잖아? 그거 한 방이면 저것들을 싸그리……."

급히 대답하던 언두수는 말을 끝맺지 않고 그쳤다. 자신할 수 없는 상황에 대한 예측에 어폐가 있음을 스스로 깨달았기 때문이다. 자신이 알듯, 저기 모여선 자들이라고 혈리표의 위력을 모를 리가 없다. 또한 저들에게도 역시 혈리표에 비견할 만한 무기들이 있는 것이다.

언두수의 표정 변화를 본 부춘호는 천천히 다시 입을 열었다.

"세철, 그 친구가 이 싸움 자체에 끼어들지도 알 수 없지. 그가 소림에 다시 돌아온 건 순전히 부상한 우리 때문이니까 말이야. 혹시라도 당문과 부딪친다 해도 혈리표를 쓸지 또한 알 수 없는 일이지. 결과가 너무도 끔찍하고, 꼭 써야 할 자에게 쓴다는 것이 그 친구의 의지이니까."

부춘호를 돌아본 언두수가 두 눈을 끔벅거렸다. 그리고 고개를 흔들었다.

"그래요… 그렇지요……."

혼잣말처럼 조용히 뇌까리고 돌아간 그의 시선에 다시 괘치한 자들의 모습이 보였다. 선선한 바람은 그들의 등 뒤로부터 불어와 산을 스치고 오르며 초목에 생기를 넣어주고 있건만, 그 바람을 막고 선 인간들은 서로의 생기를 뺏기 위해 저렇게 서 있는 것이다. 그리고 이제 그 시작을 알리려는 것처럼 대치 상태인 진중에 변화가 생겼다.

"소림과 묵호련, 삼신은 나서라!"

외치며 진중을 걸어나오는 자는 제갈승만이었다. 그 뒤로는 에워싸듯 제갈승종과 조강, 이백을 포함한 겸제우충, 그리고 한쪽 어깨가 사라진 심학수, 아니, 제갈승천이 뒤따라 나왔다. 그러나 시선을 끄는 그들의 움직임보다도 더욱 사람들의 눈길을 잡아끄는 것은, 앞으로 성큼 나선 제갈승만의 손에 들린 한 자루 칼이었다. 사람들은 그걸… 혈룡도라 했다.

현란하고 요사스런 붉은빛이 넘실대는 칼을 보던 벽력문에서도 변화가 생겼다. 진중의 가운데가 갈라지며 몇몇의 사람들이 앞으로 나섰다. 벽력문주 유광희와 곤륜사검이 맨 앞에 섰고, 그 뒤를 유성과 왕중, 삼목마군 추송과 당무호, 그리고 당현무, 당현우 두 형제가 받치고 나왔다.

"더 이상 시간 끌 이유가 없다! 소림은 문을 열라!"

유광희가 제갈승만처럼 소리쳤다. 동시에 두 사람의 시선도 맞부딪쳤다. 그리고 서로가 코웃음을 놓았다. 하지만 그들의 비웃음만이 오고 갈 뿐, 묵호련의 무사들과 소림의 젊은 무승들에 막힌 산문은 대답이 없었다.

"흐흥! 정작 꼴을 보여야 할 놈들은 숨어서 보이지 않고 어디서 개떼들만 몰려와서 야단이로구나!"

산문을 보던 시선을 돌린 제갈승만이 유광희 등을 보며 야멸차게 말했다. 경동시키는 그런 말을 듣고 역시 또 가만히 있을 유광희는 아니었다.

"정말로 개 잡는 데나 쓸 만한 칼 한 자루를 들었구나! 그래서 그토록 기고만장인 게냐? 하지만 불 구덩이 속에서도 그런 소리를 지껄이나 두고 보자꾸나!"

"불 구덩이라? 오호! 그 알량한 벽력문의 화기? 그쯤이라면 우리도 다룰 만하지! 왜, 벌써 잊지는 않았겠지? 석동에서의 일을 말이야!"

"그 따위 폭약 몇 줌으로 땅속 용맥을 터뜨린 걸 자랑한다면 정말로 유치하기 짝이 없구나! 네놈들이 정녕 벽력문의 힘을 알고 싶다면, 내 오늘 지옥의 겁화가 무엇인지 똑똑하게 가르쳐 주마! 치 떨리도록 말이다!"

유광희 얼굴은 흥분으로 붉게 달아올랐다. 그도 그럴 것이, 화기로 일어나 그것으로 세상 제패를 꿈꾸던 자신들이 화기에 당한 꼴이 되었던 것이다. 아무리 제갈세가가 신기묘산과 갖은 재주에 능통한 집안이라 해도, 자신들이 당한 지난번의 일은 역시 수치가 아닐 수 없었다.

벌건 유광희의 얼굴을 미소 짓고 바라보던 제갈승만은 천천히 칼을 들어 올렸다. 그 붉은 혈신을 내려다보는 그의 눈에 웃음이 더욱 짙어졌다. 이를 보이는 입은 천천히 벌어지며 작은 소리로 달싹거렸다.

"그래, 보여주려무나. 어차피 이곳의 지형과 일의 형세는 단병접전이 주를 이룰 터. 난 너희에게 혈룡도의 참 힘을 아낌없이 보여주마……."

작은 모깃소리 같은 제갈승만의 그 말소리를 들었는지 못 들었는지 유광희의 표정은 변함없는 노여움으로 붉게 보이기만 했다. 그러나 그 얼굴과 비웃음을 물고 있는 제갈승만의 얼굴 모두, 때마침 들린 목소리에 고개를 돌렸다.

"빌어먹을 새끼들이 동냥하러 왔으면 타령이라도 할 것이지, 절 앞에서 잘난 척들을 하는구나! 퉤이! 더러운 거지새끼들!"

언제 나타난 것인지, 절 앞을 막았던 무사들은 사라지고 일단의 인물들이 산문 앞에 나타났다. 그중 커다랗게 욕설을 퍼부은 자는 투신 이한동이었다. 그가 걸음을 멈추지 않고 걸어나오자, 그 뒤를 따라 다른 이들이 모습을 보였다.

커다란 칼을 들고 도살자처럼 서늘한 눈길을 던지는 도신 최홍결, 두 주먹을 움켜쥐고 소매 깃을 걷어 올리는 권신 혁창해, 무식하게 큰 도끼를 윙윙 돌리는 부신 악중산, 검은 철궁에 창대만한 철시를 재우는 궁신 김영주, 시커먼 철곤을 어깨 뒤로 감추고 걸어나오는 곤제 이태, 그리고 그 뒤를 이어 나오는 독고지명과 법종, 법향, 법성과 정범까지.

바라보는 자들의 등에 서늘한 식은땀을 흘러내리게 할 만한 면면들이었다. 저런 조합과 모임은 이전에도 없었을뿐더러 이후에도 가능하지 않을 것이 분명했다. 때문에 저들을 치러 온 벽력문의 유광희와 제갈가의 제갈승만은 자신들도 모르게 뜨거운 침을 삼켜야만 했다.

정말로 몰려온 거지 떼를 보는 것처럼 휘 둘러본 이한동은 다시 입을 열었다.

"진짜 많이들 몰려왔구나. 하지만 싸움은 숫자로 하는 게 아니지. 모름지기 싸움이란……."

"주절대지 말고 빨리 한판 뜹시다!"

뒤에서 도끼를 돌리던 악중산이었다. 무게 잡던 이한동의 고개가 버럭 돌아갔다.

"이 새끼가! 형님 말씀하시는 데 초를 쳐! 야, 새꺄! 쟤들하고 떠도 내가 먼저 뜨지 너한테 맡길 것 같애! 이게 다 사전 정비 작업이란 거다, 이 개무식한 새끼야!"

이한동은 자신의 말이 끊긴 것이 정말로 분했는지 연방 씩씩댔다.

그러나 욕설을 듣는 악중산은 계속 짖어라 하는 표정이었다. 보다 못한 도신이 입을 열었다.

"야, 그만 하고 하던 짓이나 마저 해라."

"엉? 뭐라고?"

악중산을 죽일 듯이 노려보던 이한동의 눈이 가늘어졌다. 그러다가 도신을 보고 피시시 웃으며 다시 돌아섰다.

"그럴까? 그래야겠지?"

다시 되돌아서는 그 꼴을 보고 뒤쪽에서 혀를 찬 건 독고지명이 분명했다. 하지만 못 들은 척하는 이한동은 다시 유광희와 제갈승만 등을 매섭게 노려보았다. 어찌 보면 현 사태에 대한 전혀 심각성없는 저들의 태도는 보는 자들의 심중에 불안감과 묘한 분노를 동시에 불러일으켰다.

이한동은 다시 입을 열었다. 하지만 이번엔 전혀 농기가 없었다.

"모름지기 싸움이란… 대가리들끼리 하는 거지."

뜻밖의 소리에 바라보던 유광희와 제갈승만의 눈매가 가늘어졌다. 그 눈매들을 쏘아보며 이한동은 거듭 말했다.

"어떠냐? 해볼 테냐?"

쓸데없는 피를 볼 이유가 없다는 이야기였다. 수장들끼리 붙어서 결말을 내자는 제안이었다. 그리고 그 제안은 절대적으로 이한동 측에게만 유리한 제안이었다.

"천하의 이한동이 격장지계를 쓰는군."

유광희가 비웃었다. 하지만 이한동은 웃지도, 화내지도 않았다. 다만 나직하게 말했을 뿐이었다.

“왜? 싫은가? 넌 예전부터 나와 승부를 내고 싶어하지 않았었나?”

진정으로 묻는 태가 역력한 이한동의 모습에 유광희는 일순 말을 꺼내지 못했다. 하지만 제갈승만은 여유있게 제 목소리를 사람들에게 들려줬다.

“오호라, 그런 사연들이 계셨었군. 그럼 마음껏들 싸워보시구랴. 우린 그사이에 우리 일을 할 테니 구원이 있는 사람들은 이런 기회에 해원해야지요. 암요.”

제갈승만의 얄미운 지껄임은 즉각 반응을 불러일으켰다. 그건 물론 악중산이었다.

“저, 개쌍녀러호로새끼가! 저런 건 아주 아가리를 찢어 죽여야지 된다고! 아, 그러게 웬 사설이 그리 길어? 당장 쓸어버리자니까!”

뒷말은 이한동에게 하는 말이 분명한데도, 이한동은 반응을 보이지 않았다. 그 눈은 아직도 유광희를 보고 있었고, 제갈승만은 악중산을 보며 눈에 불을 키웠다.

“멧돼지나 잡을 그런 도끼로 내 입을 찢겠다고? 삼신은 죽지 않는다더냐? 오냐! 죽기가 그토록 소원이라면 내 친히 죽여주마! 모두 칼을 들어라!”

제갈승만의 외침이 있자 사자철기대를 포함한 제갈세가의 무사들 모두가 검과 칼을 뽑아 들었다. 육백여에 달하는 그 인원들이 내놓은 기치창검의 빛은 새삼 산 빛을 놀라게 할 만큼 서슬이 푸르렀다. 그리고 그와 동시에 벽력문의 오백 무사도 칼을 뽑아냈다. 그 시작은 유성의 외침이었다.

“벽력의 제자들은 칼을 뽑아라!”

순식간에 대치 국면은 충돌 국면으로 변해 버렸다. 하지만 피할 수 없는 예견된 일이기도 했다. 때문에 변화를 바라보는 이한동의 눈에서는 시린 빛만이 새어 나왔다. 하지만 그 눈이 본 것은 또 있었다. 예상 밖의 일을 보게 된 그의 눈은 한껏 커졌다. 그건 말로만 들었던 살인원반이었다.

키이이이이이!

벽력문과 제갈세가의 무리 뒤쪽에서 솟구치는 찬란한 황금 빛이 소리를 질러댔다. 그 빛의 선이 스쳐 간 자리에서 피의 폭풍이 일어났다. 솟구쳤던 빛은 수리의 하강처럼 다시 내려와 무리의 한가운데를 가르며 또다시 소리 질렀다. 그리고 그런 빛은 한 개도 아닌 두 개였다.

키이이이이이이!

"크아악!"

"으아악!"

"커허억!"

한꺼번에 터지는 수많은 비명은 누가 누군지도 알 수 없었다. 급하고 격한 그 비명들은 사람들의 무리를 밀어 흩트리며 혼란스럽게 했다. 뒤쪽부터 무너지기 시작한 두 무리는 어느새 양쪽으로 뒤섞였고, 그 속에서 터지는 피와 인간들의 육편은 뿌려지는 꽃잎처럼 산 자들의 머리 위에서 쏟아져 내렸다.

"대, 대관절 뭐, 뭐냐?!'

제갈승만의 놀란 목소리는 당황을 감추지 못했다. 그렇기로는 그를 에워싸고 있는 핵심 인물들도 같았고 유광희를 비롯한 벽력문의 인물들도 마찬가지였다. 하지만 도신과 독고지명 등은 무섭게 눈을 치켜떴다.

키이이이이이!

황금빛 살인 전광은 낮게 날며 소리 질렀다. 그 선이 지나가는 곳에 있던 수많은 사람들의 하체가 무처럼 잘려 나가고, 짝을 맞추는 듯이 교차해 날아오는 또 한 개의 빛은 쓰러지는 상체들을 조각 내었다.

끼이이이이이!

정녕 소름 끼치는 소리였고 지옥 같은 광경이었다. 하지만 그 빛은 따라잡을 수도 없었고, 대항해 볼 엄두도 주지 않았다. 그저 닥치는 대로 잘라내고 갈라 버리는 금빛 악마는 사람들의 몸을 가르는 것도 부족해서, 힘을 과시하듯 주변의 돌과 바위와 수목들마저도 같이 갈라냈다.

버거거거거거거!

제갈가와 사자철기맹 무리의 뒤쪽 숲을 관통하는 황금 빛이 나무 둥치를 닥치는 대로 뽀개내며 무섭게 날아왔다. 쓰러지는 거대한 나무들의 비명을 뒤로한 채 날아오는 그것은 순식간에 제갈승만의 눈앞으로 다가왔다.

제갈승만은 눈을 부릅떴다. 하지만 그 짧은 순간 그는 칼을 치켜올렸다. 그러나 그보다 더 신속한 움직임이 바로 옆에서 튀어나왔다. 기다란 낫 같은 창날을 옆으로 단 무기가 눈에 보였다. 겸제 우충이었다.

파아앙!

"크아악!"

화끈한 빛의 편린들이 눈앞에 폭산(爆散)해 왔다. 금빛과 부딪친 겸제의 몸은 뒤로 날아가 버렸다. 비명과 함께 퍼지는 것은 붉은 피가 분명했고, 온몸을 때리며 박히는 은빛 편린들은 산산조각난 창날이 분명했다.

제갈승만은 정신이 없었다. 뭐가 어떻게 되는 것인지 상황 파악도 되지 않았다. 눈앞엔 피떡으로 뭉개진 겸제 우충의 몸뚱이가 꿈틀대는 게 보였다. 그리고 자욱한 피안개 속에 짓밟히는 개미 떼처럼 죽어가는 수하들의 처참한 모습도 보였다. 이건 정녕 꿈이지 현실은 아니었다.

키이이이이이이!

정신없이 인간들을 가르고 날아오른 금빛 원반이 다시 하강해 왔다. 그 방향이 유광희와 유성을 비롯한 인물들이 서 있는 곳이었다. 그 모양을 보고 정신없이 움직이며 피하던 당무호가 소리치며 몸을 옆으로 던졌다.

"피해!"

당현무와 당현우가 동시에 귀신처럼 몸을 날렸다. 곤륜오검 중 죽어버린 막내 황종을 뺀 네 명도 가까스로 몸을 피했다. 유광희와 유성은 왕중과 함께 땅으로 몸을 던졌다. 하지만 그 뒤를 받치고 섰던 삼목마군 추송은 미처 몸을 움직이지 못했다. 부릅떠진 그 눈의 가운데로 금빛 원반이 지나가 버렸다.

퍼억!

키이이이이이!

추송의 머리를 반으로 쪼개고 날아간 금빛은 벽력문 진중을 휩쓸었다. 마치 도마 위에 메뚜기들을 올려놓고서 고기 잡는 육도로 자근자근 내려치는 상황인 듯한 현실은 끔찍하다고만 하기엔 터무니없이 부족했다.

사람들의 몸은 말 그대로 찢겨 날렸다. 갓 잡은 닭고기를 익혀 그 살점을 잘게 찢어서 던지는 것처럼 인간들의 팔다리는 허공에 날리고 몸뚱이는 터져 날아갔다. 피는 비가 되다 못해 냇물을 이뤄 사하촌으로 흘렀고 사람들이 지르는 비명은 절 앞의 독경이 되어 산허리를 때렸다.

키이이이이이!

끔찍한 소리를 지르며 날아간 금빛 원반이 누군가의 손에 내려앉았다. 아직도 하늘을 찢어발기던 또 하나의 원반은 기쁘게 소리치며 주인에게 날아왔다.

끼이이이이이이!

그 비행 궤적에 아쉬움이 남았던 듯, 공포에 질린 눈으로 도망질 치던 몇몇 인간들의 등짝을 갈라놓고서 원반은 주인에게 돌아갔다.

"커허억!"

"케엑!"

좌우로 흩어지는 사람들의 몸뚱이가 너무도 현실성없이 보였다. 하지만 그 일을 벌인 지옥의 무기는 제 날개를 아직도 돌리며 주인의 손 위에서 몸을 떨고 있었다.

우우우우웅.

염차수는 손바닥 위에서 세 개의 날을 돌리며 울고 있는 혈리표를 보며 천천히 걸음을 옮겼다. 소림으로 오르는 완만한 오르막길은 이미 시산혈해로 변한 상태였다. 앞을 막아섰던 두 무리의 무인들은 모두 바닥에 쓰러졌다. 남은 인원들은 양쪽으로 갈라선 채 자신을 보고 있다.

저 시선이 좋았다. 공포와 두려움을 담은 인간들의 저 시선이 한없이 좋았다. 이제까지 거칠 것이 없는 듯 사위를 보던 저 눈들이, 한순간에 공포로 급락하는 꼴을 보는 것이 정말 더할 수 없이 기뻤다.

저놈들도 그런 것이다. 저 힘들을 과시하고 상대를 치기 위해서 이곳에 모였겠지만, 지금 한순간에 반이나 전멸하듯 쓰러진 현실은 그런 의지 자체를 짓밟아놓았을 것이다. 저 눈들이 그걸 말해 주고 있다. 죽은 자들의 몸뚱이를 밟고 걸어가는 자신을 보는 저 눈들이……

천천히 걸어오는 염차수의 손에서는 아직도 하나의 혈리표가 돌며 소리를 냈다.

우우우우웅.

너무도 어이없는 현실 속을 걸어오는 이 비현실의 실체를 보는 순간, 제갈승만을 비롯한 유광희는 공포보다도 허탈함을 느껴야만 했다.

한순간에, 그저 정신없이 눈만을 좌우로 돌리던 그 시간에, 데리고 온 인원의 반수 이상이 죽어 넘어간 것이다. 그것도 온전히 죽은 자는 아무도 없었다. 짐승을 잡는다 해도 저렇게 찢어발기지는 않을 것이다. 이건 말로만 전해 듣고 상상하던 것과는 차원이 달랐다. 다응할 시간이란 애초에 없었다. 칼을 뽑을 시간조차 없고, 화기를 던질 틈은커녕 눈으로 쫓지도 못할 가공할 속도였다. 그런 데다 막아야 할 그 대상은 날아다니는 것이다. 정말로 방어 자체가 무의미한, 말 그대로 악마였다.

제갈승만은 손끝에 고이는 땀의 실체가 무엇인지 깨달았다. 그것은 공포였으며, 무너지고 짓밟힌 자존심과 그 다른 모든 것이었다. 하지만 그 손의 끝에는 붉은 몸통을 꿈틀거리는 또 다른 악마가 있었다.

"놀아보자고? 그래… 어떻게 지나온 세월인데 그냥 갈 수 없겠지……"

혈룡도에 대고 말을 거는 제갈승만의 모습은 일순 실성한 사람 같아

보였다. 그러나 그 말을 그치고 다시 눈을 든 그의 모습은 전혀 그렇지 않았다. 전의와 투지로 훨훨 타오르는 그의 눈은 염차수를 향해 말했다.

"네놈이 염차수로구나. 그리고 그건… 정말 지독한 물건이구나."

자신을 향해 걸어나오는 제갈승만을 보는 염차수의 눈에 푸르게 끈적이는 미소가 떠올랐다. 하지만 기껏 열어놓은 앞길을 다시 막는 그가 결코 고울 리가 없었다.

"왜, 너도 맛보고 싶은 게냐?"

가소로움을 물던 염차수의 눈이 제갈승만의 손으로 내려갔다.

"호오, 그것이 소문의 그 혈룡도라는 거군. 혈룡마제가 남겼다는 천고마병. 그렇지?"

묻는 염차수의 눈이 번질대는 뱀 눈알 같다고 여기던 제갈승만은 칼을 들어 올렸다.

"그래, 이것이 바로 그것이지. 그리고… 너를 포함한 여기 있는 모든 놈들의 멱을 따줄 아주 귀한 물건이다!"

말을 마친 제갈승만은 칼을 머리 위로 들어 올렸다. 그런데 그 순간 칼이 울어대기 시작했다.

구우우우웅—

기묘한 공명음으로 울기 시작한 칼에서 붉은 안개가 피어올랐다. 몽실몽실 피어오르던 그것이 칼을 둘러싸고 점점 내려앉더니, 종내에는 그 칼을 쥔 자마저 붉은 기둥으로 만들어 버렸다. 그건 한 마리 똬리진 붉은 혈룡이었다.

제갈승만의 변화하는 모습을 모두가 지켜보았다. 마주 선 염차수가 보았고 유광희가 보았으며, 이한동과 최홍결을 비롯한 다른 모두도 보았다. 그리고 그 시선의 끝에서 그들 모두는 혈룡의 승천을 똑똑히 보았다.

퓨우우우우웅!

붉은 기둥으로 섰던 제갈승만의 머리 위, 곧게 솟은 칼끝에서 혈룡의 몸이 솟구쳐 올라갔다. 붉게 뻗어 올라가는 그 모습은 그야말로 혈룡의 현신이었다. 그 끝이 고공의 한 점에서 몸통을 틀었다. 틀어진 몸통은 각을 이루며 아래로 꺾어졌고, 무섭게 내리찍듯이 낙하하는 혈룡의 이빨은 염차수의 머릴 물어뜯었다. 그러나 그 순간 혈리표가 비상했다.

키이이이이이!

염차수의 손바닥 위에서 돌던 황금빛 원반이 찬란하게 소리치며 날아올랐다. 솟구치기가 무섭게 내리 찍히는 붉은 혈룡의 이빨과 충돌한 그것은 엄청난 폭음으로 신경질을 냈다.

쿠아아앙!

붉고 긴 혈룡의 이빨은 방향을 틀었고 혈리표는 하늘로 솟구쳤다.

피유우우우웅!

키이이이이이!

둘 다 또 소리쳤다. 하지만 그 순간을 기다렸다는 듯이 터진 유광희의 음성은 남은 자들의 혼란을 더욱 부채질했다.

"만폭비전대와 뇌전창대는 발사하라!"

유광희의 뒤쪽에서 녹의의 무사들이 순식간에 도열해 나왔다. 그들의 손엔 만폭비전을 장착한 석궁과 뇌전창이 들려 있었고, 그것들은 보이자마자 바로 발사되었다.

"피피피피피피피핑!

방향은 무작위였다. 중간에 서서 격돌한 염차수와 제갈승만은 물론이었고, 반대편 숲 쪽의 제갈세가와 사자철기대 역시 대상이었다. 또한 일부는 소림의 산문 앞에 모여선 도신 일행에게도 발사되었다.

콰콰콰콰콰콰쾅!

바야흐로 폭발은 전 방위에서 터져 나왔다. 하지만 그렇게 화기를 쏘아대는 벽력문의 뒤쪽에서도 때아닌 비명성은 참혹한 칼부림을 시작으로 터져 나왔다.

"컥!"

"크아악!"

눈부신 속도와 날렵함으로 칼을 그어 내려오는 이들은 수십 명의 무리였다. 그 선두엔 준수한 외모의 젊은이가 앞장을 섰다. 그 젊은이를 본 제갈세가의 무리 속에서 제갈승종이 소리쳤다.

"성혁아!"

청년의 눈이 잠깐 그를 보았다. 그리고 더욱 맹렬히 칼을 휘둘렀다. 청년과 수십의 무리가 휘두르는 칼질에 속절없이 벽력문의 무리가 쓰러져 갔다. 그리고 그 순간 또 한 번의 커다란 굉음이 터져 나왔다.

소리의 근원은 모든 싸움의 한가운데, 염차수와 제갈승만의 중간이었다. 또한 시간을 맞춘 것처럼 묵호련과 소림의 무승들이 밀려 내려왔다. 폭발을 피한 그들의 몸은 성난 물결이 되어 적들의 몸에 부딪쳤다.

*　　　　*　　　　*

"아저씨, 안 싸우면 안 되는 거야?"

미령이의 까만 눈동자는 진정을 담고 반짝거렸다. 쪼그려 앉아 올려다보는 작은 얼굴엔 근심이 가득했다. 그리고 세철에 대한 걱정이 넘쳐 나왔다.

세철은 자신의 앞에 쪼그려 앉은 작은 계집애를 보았다. 원수를 찾아 떠다니던 길 도중에 만난 여자 아이. 어미와 함께 세상을 피해 살고자 애썼던 가엾은 여자애. 하지만 다시 세파에 휩쓸려 버린 인생.

"남이 건들지만 않으면… 앞으로 한 번만 더 싸울 거다."

미령의 얼굴이 밝아졌다가 금세 다시 어두워졌다.

"그럼. 한 번은 더 싸워야 되는 거네?"

세철의 고개가 끄덕여지는 걸 본 미령은 뒤를 슬쩍 돌아보았다. 미령의 시선이 가는 곳엔 두 여인이 다소곳하게 서 있었다. 미령 어미 송연주와 황보숙정이었다.

그저 조용하게 미소 짓고 서 있는 두 여인을 향해 미령은 고개를 살짝 까딱해 보였다. 두 여인의 미소가 짙어진 건 대답처럼 보였다. 그 모습을 본 미령은 바로 고개를 돌려 다시 세철에게 말을 걸었다.

"정말… 이제 한 번이지?"

세철은 또 고개를 끄덕였다. 미령이는 눈을 반짝이며 바싹 다가왔다.

"마지막 한 번만 싸우고… 우리 같이 떠날 거지? 엄마랑 나랑 황보언니랑. 그치? 그럴 거지?"

얼굴을 바짝 들이밀고 묻는 미령의 질문에 세철은 말없이 바라만 봤다. 그러다가 시선을 들어 미령의 뒤쪽으로 선 두 여인을 바라보았다. 미령이처럼 채근하지도 않고 말도 꺼내지 않는 두 여인은 그저 편안한 미소만 짓고 있을 뿐이었다. 하지만 그런 두 여인의 바람이 미령과 똑같다는 걸 모를 세철이 아니었다. 세철은 조용히 고개를 끄덕였다.

"좋아."

짧게 말한 미령은 만족한 얼굴로 배시시 웃었다.

웃는 미령의 얼굴에서 세철은 평화를 보았다. 말 한마디 없이 자신만을 보는 두 여인의 눈에서는 안식을 읽었다. 못내도 그립고 바라 마지않던 일이었다. 하지만 자신과는 먼 남의 일처럼만 여겼었다. 아무리 갈구해도 이루어지지 않을 일처럼만 생각했었다. 놓치고 싶지 않았다. 절대로 잃고 싶지 않았다. 때문에 지금 일어서서 불쑥 떠나 버리고만 싶었다. 모든 걸 다 잊고 이대로 저 여인들과 미령이를 데리고 사람들의 기억 속에서 사라지고만 싶었다. 하지만, 그렇지만… 해야 할 일이, 마지막으로 풀어야 할 일이 남아 있는 것이다.

"잘 들어라."

불쑥 꺼내진 세철의 말에 미령이는 눈을 동그랗게 뜨고 쳐다봤다.

"만약 아저씨가 돌아오지 않으면 엄마랑 같이 정곽 아저씨를 따라서 떠나. 정곽 아저씨가 살 곳을 찾아줄 거야."

동그랗던 미령의 눈이 문득 불안으로 출렁거렸다.

"무슨 소리야, 그게? 왜 아저씨가 안 돌아와? 엄마! 언니! 아저씨가 이상한 소릴 해!"

금세 눈물까지 글썽이는 미령은 송연주와 황보숙정을 돌아보며 다급하게 소리쳤다. 그 애처로운 모양에 바라보던 두 여인은 안심시키려는 얼굴로 웃어 보였지만, 그 웃음 뒤에 떠오른 그녀들의 마음 역시 애달프고 서글프기는 마찬가지였다. 그리고 또 그 모양을 멀리 떨어진 나무 뒤에서 바라보는 한 남자, 황보석정의 심정도 그러하긴 매한가지였다.

"아앙! 뭐야! 싫어, 싫어! 아저씨하고 아니면 아무 데도 안 가! 싫단 말야!"

세철은 도리질치는 미령의 어깨를 두 손으로 붙잡고 흔들리는 시선을 붙잡았다. 눈물 그렁그렁한 그 어린 눈을 들여다보며 나직하게 이야기했다.

"반드시라고 약속은 못하지만, 너하고 같이 떠날 거다. 하지만… 아저씬 많은 사람들을 해쳤어. 세상은 죄를 지으면 반드시 죗값을 치르게 돼. 아저씨한텐 그게 어쩌면 이번일지도 몰라."

뚝뚝, 닭똥 같은 눈물을 떨구던 미령은 세철의 검고 먹먹한 눈을 바라보며 작게 고개를 흔들었다. 야무지고 단호한 목소리가 꼭 다물렸던 입술에서 흘러나왔다.

"아냐. 아저씬 죄짓지 않았어. 벌받을 사람들은 따로 있어. 지금 절 밖에 있는 사람들이 그 사람들이야. 나도… 다 알아."

또렷한 목소리와 흔들림없는 눈동자로 말하는 미령의 얼굴에는 단호함이 넘쳐흘렀다. 작은 얼굴에 어린 그 의지는 세철의 마음을 흔들어놓았다. 어리게만 생각했던 미령이에게도 옳고 그름과 선악의 판단 기준은 분명하게 존재했던 것이다. 더불어 미령이에게 선은 세철이었다.

세철은 미령의 머리를 크고 투박한 손으로 쓰다듬었다. 그 마음을 느끼는지 미령은 세철의 눈을 바라보며 조금도 움직이지 않았다. 하지만 세철은 일어섰다. 지금은 한시라도 빨리 이들을 피신시켜야 하는 것이다.

일어선 세철의 눈이 멀리 떨어진 황보석정의 눈을 보았다. 눈이 마주치자 황보석정이 고개를 끄덕였다. 이제 자리를 떠나야 할 시간인 것이다. 이곳에 더 이상 있는 것은 위험했다. 시간이 있을 때 떠나야 한다. 이들의 뒤는 황보석정을 비롯한 언두수 등이 돌보아줄 것이다. 하지만 자신은 마음을 준 자들이 싸우는 곳에 가보아야 했다. 그리고 어쩌면, 아니, 거의 반드시 또 싸워야 할 것이 틀림없었다. 그것이 설령 미령이에게 한 말을 거짓으로 만들지라도.

세철은 황보석정을 보던 시선을 거두며 등을 돌렸다. 이제까지 마주 보던 미령이를 등진 것이다. 그 뒤에 서 있는 것이 틀림없는 두 여인에게도 시선을 주지 않았다. 그리고 그대로 발걸음을 옮겨갔다. 그러나 그가 가는 길 앞에는 언제나 위험만이 기다리고 있는 것일까? 느닷없이 들려온 폭발음은 전투의 시작을 알리는 신호탄이 되었다.

콰아앙!

돌아선 세철의 눈썹이 꿈틀 치켜 올라갔다. 폭발 소리는 한두 번이 아니었다.

콰콰콰콰콰쾅!

그 폭발 소리를 등지고 절의 전각을 돌아 뛰어오는 정곽의 모습이 보였다.

"그가 왔다! 염차수다!"

세철의 눈은 또다시 미친 범이 되어 달려나갔다.

＊　　　　＊　　　　＊

쿠아아아앙!

엄청난 폭풍이 염차수와 제갈승만의 사이에서 터져 나왔다. 하늘로 숫구친 두 개의 금빛 혈리표는 미친 듯이 소리 질렀고 붉은 혈룡의 몸통은 소용돌이치며 사방으로 흩어져 날렸다. 두 사람이 격돌한 충격의 소용돌이는 벽력문의 화기에 비견될 만큼 크고 거세었다. 하지만 언제나 그렇듯이, 두 개가 부딪치면 하나는 깨어지게 마련인 것이 세상의 이치인 것처럼, 하늘을 가르고 땅을 두 쪽 낼 것 같았던 두 사람의 힘이 급격하게 무너져 내렸다. 그 한쪽이 제갈승만이었다.

"쿠헉……!"

토악질로 시커먼 피를 뱉어낸 제갈승만의 얼굴이 하얗게 탈색되며 일그러졌다. 붉은 혈룡의 현신으로 허공을 희롱하던 혈룡도는 힘겹게 늘어졌고, 후들대며 흔들리는 팔다리는 급기야 땅을 짚고 구릎을 꿇었다.

"크허어억……!"

윗몸을 출렁대며 제갈승만은 또다시 피를 쏟았다. 그 모양을 건너다보는 염차수의 얼굴엔 비린 뱀의 미소가 떠올랐다. 그렇게 하나는 서고 하나는 주저앉은 두 사람의 주위로는 거친 격전이 벌어지는 중이었다. 하지만 서로 마주 본 두 사람은 아무것도 보이지도, 들리지도 않는 얼굴이었다.

자신이 쏟은 피를 내려다본 제갈승만은 흔들리는 몸을 다잡으며 시선을 들어 올렸다. 그리고 파랗게 번질대고 있는 염차수의 눈을 바라보며 입을 열었다.

"대단… 하구나……! 완전친 않지만… 혈룡도강이면… 천하무적일 줄 알았는데……."

염차수의 입이 벌어지며 하얀 이가 드러났다. 뱀의 독아 같은 그 이 사이로 쉿쉿대는 것 같은 말소리가 나왔다.

"꿈을 꿨구나… 그럼 이젠 깨야지……."

염차수의 손이 다시 들렸다. 그 손에서 튀어 나가기만을 바라며 꿈틀대던 금빛 악마가 날아올랐다.

키이이이이이!

허공 가득 찬란한 빛을 피워 올리며 솟구치는 그것을 제갈승만은 아련하게 바라보았다. 하지만 그저 바라볼 뿐, 그에겐 더 이상 칼을 들 힘조차 남아 있질 않았다.

슈아아아아아!

퍼억!

순식간에 내리 꽂힌 혈리표가 제갈승만의 상체를 뚫고 나갔다. 하지만 그 저주받은 힘은 한 사람의 생명으로 만족하지 못하는지, 뒤쪽에서 서로에게 칼부림을 하던 다른 목숨들을 휩쓸고 다시 솟구쳐 올랐다.

키이이이이이!

그 허무하고 끔찍한 장면을 제갈가의 사람들이 격전 중에 보았다. 제일 먼저 제갈승종이 소리쳤다. 하지만 조강의 손과 칼을 맞댄 그는 몸을 빼낼 수가 없었다.

“혀, 형님!”

조강의 검은 손이 그의 어깨를 후려쳤다.

“크윽!”

제갈승종이 비틀대며 물러나는 사이, 백상어단과 함께 미친 듯이 신풍류를 펼쳐 그어대던 제갈성혁이 소리치며 달려왔다.

“이노옴!”

염차수에게 달려가는 그의 눈은 미친 광기로 폭발할 것만 같았다. 염차수가 그 모양을 돌아다보았다. 하얗게 웃는 그 얼굴은 금빛 어우러진 손을 내던졌다.

키이이이이이!

제갈성혁의 몸으로 혈리표가 날아왔다. 한순간에 눈앞을 가득 메우고 날아오는 금빛을 보며 제갈성혁은 어금니를 악물었다. 하지만 그보단 심학수, 제갈승천이 더 빨랐다.

“비켜!”

소리치며 제갈성혁의 앞으로 뛰어든 제갈승천은 혈리표를 몸으로 맞받았다. 받는 순간 몸이 틀려진 그의 등으로 혈리표가 솟구쳤다. 터지는 것처럼 튀어나온 혈리표는 제갈성혁의 귀 옆으로 소리치며 날아갔다.

키이이이이이!

소름 끼치는 그 소리보다 더 오한이 도는 건, 제갈성혁의 눈앞에서 쓰러지는 제갈승천의 몸쭝이었다.

“수, 숙부……!”

굳어진 몸으로 제갈성혁은 제갈승천을 불렀다. 하지만 가슴이 커다랗게 뚫려진 제갈승천은 죽어가는 눈으로 제 형의 시신을 보았다. 그리고 안타깝게 부르짖었다.

"혈룡도… 혈룡도를 잡아……!"

떨리는 그 손이 끝내 땅에 떨어지고야 말았다. 제갈성혁은 막내숙부의 그 모습을 보며 찬물을 뒤집어쓴 것처럼 몸을 후르르 떨었다. 그리고 삼촌이 가리키며 죽어간, 큰삼촌이 붙잡고 죽어버린, 아버지가 죽은 후에도 놓지 않았던 혈룡도를 향해서 뛰어갔다. 피바람은 사방에서 계속 몰아쳤다.

세철은 산문을 나서는 순간 염차수를 알아보았다. 몸에 오한이 든 것처럼 전율이 일었다. 숨은 가빠오고 심장은 터질 것처럼 방망이질쳤다. 드디어 만난 것이다. 그 오랜 시간을 찾아 헤매고 만나길 바라 마지않던 아버지의 원수를 드디어 만난 것이다.

벌럭대는 심장의 고동 소리를 들으며 세철은 주변을 둘러보았다. 절 앞의 모든 공간의 인간들이 싸우는 소리와 비명으로 지옥도를 방불케 했다. 제갈가의 무사들과 사자철기맹의 무사들, 거기에 벽력문의 무사들과 당문의 가솔들, 그리고 소림의 범강장달 같은 무승들과 묵호련의 검은 호랑이들이 한데 어울려 싸우는 모습은 가히 장관이었다.

이한동은 유광희와 맞붙었다. 뇌성벽력을 동반하는 두 사람의 주위에는 아무도 접근하지 못했다. 도신 최홍결은 곤륜사검의 첫째 황대의 머리로 칼을 내리찍는 중이었다. 시퍼런 눈빛에 그보다 더 퍼런 거대한 칼은 연신 황대의 몸을 밀어붙였다. 궁신 김영주는 둘째 황이의 몸통을 철궁으로 후려쳐 댔다. 부신 악중산의 단월부는 셋째 황주의 허리통을 쪼갤 듯이 횡으로 몰고 나갔다. 모두가 눈에 핏발이 선 모습들이었다.

처참하고 험악한 광경은 또 있었다. 시퍼렇고 검은 두 색이 합쳐진 듯한 자색의 독강으로 주위를 모두 녹여 버리는 것은 당문의 두 형제였다. 그들의 주위로는 아무것도 남아 있질 못했다. 거리를 두고 권신혁창해의 권경이 날아가긴 했지만, 곤제 이태의 철곤과 독고지명의 손이 도움을 주지 없었다면 곤란한 상황일 게 뻔했다.

한쪽에 서서 안타까이 불호를 외워대는 법종과 법향, 법성의 세 중들은 세존의 자비를 연신 구했다. 하지만 소림의 후계를 짊어질 정범은 용악검 이백을 때리다 지쳐 당무호의 주변을 맴돌며 뛰어다녔다.

그 모든 상황 하나하나를 눈에 넣으며 세철은 걸음을 떼어 옮겼다. 바로 그 순간, 세철이 첫 걸음을 내려 딛은 순간 주변의 지옥도를 즐기며 하얗게 빛나는 미소를 그리던 염차수가 눈을 돌렸다. 그리고 빛을 뿜었다.

"너구나……!"

한 번에 알아보았다. 너무나 반가운 음성이 염차수의 입에서 새어 나왔다. 마치 오래전에 잃어버린 친혈육을 재회하는 것처럼 염차수의 음성은 반가움이 버무려진 기쁨으로 가볍게 떨리기까지 했다. 그런 목소리로 염차수는 또 말했다.

"생각이 난다……. 얼굴은 기억 못하지만… 네가 생각나……."

염차수의 얼굴은 이젠 마치 꿈을 꾸는 듯했다. 그 표정과 목소리는 자신을 죽이려는 목적을 가진, 그 하나의 목표로 생을 살아온 청년을 아는 자의 것이 아니었다. 그건 어찌 보면 너무도 외로움에 지쳤던 자가 자신과 같은 부류의 사람을 알아보는 그런 기쁨이었다.

세철은 천천히 염차수에게 다가가며 바랑을 풀어냈다. 상대가 자신을 보며 기뻐하는 이유를 세철은 알지 못했다. 아니, 알고 싶지도 않았다. 하지만 기쁨이라면 자신도 저자 못지않았다. 이제 드디어… 아버지의 원수를 죽일 순간이 온 것이다.

기쁜 웃음을 감추지 못하고 서 있는 염차수와의 거리가 삼십여 보, 그 자리에서 세철은 걸음을 멈췄다. 동시에 바랑을 거칠게 찢어 던졌다.

찌이익!

두 쪽으로 흩어지는 바랑 속에서 떨어지는 시커먼 묵빛의 물건을 세철은 두 손에 잡았다. 곧바로 양손에 잡은 그걸 맞대고 반대로 돌렸다. 그러자 몸통만큼 시커먼 날들이 기다렸다는 듯 흉측하게 튀어나왔다.

쉬캉!

바라보던 염차수의 웃음이 하얗게, 더욱더 하얗게 짙어져만 갔다.

"정말… 정말로 만들어 가졌구나……. 크흐… 크흐흐… 크흐흐흐하하하하하!"

세철의 손에 들린 혈리표를 보고 정신없이 웃어젖히는 염차수는 광인에 다름 아닌 모습이었다. 배를 잡고 허리까지 내두르며 웃는 그 모습은 정말로 너무 기쁜 나머지 미친 사람 같았다. 하지만 세철은 웃지 않았다. 그저 불같이 이글대는 눈으로 바라보며, 조용히 웃음이 가라앉길 기다렸다.

킥킥대는 웃음으로 잦아드는 염차수의 모습을 보던 세철이 드디어 입을 열었다.

"기쁘냐? 나도 기쁘다.'

기쁘다는 말과 달리 너무도 무감정한 음성이었다. 그 목소리에 웃음을 그친 염차수는 천천히 고개를 들어 올렸다. 제자리를 찾는 그 모습을 보며 세철은 다시 말했다.

"그날 이후, 나는 인간이길 포기하고 살았다. 이제 널 죽여 뼈를 씹어 먹겠다."

너무도 담담한 목소리였다. 고개 드는 염차수의 얼굴도 그렇긴 마찬가지였다. 하지만 혈리표를 천천히 들어 올리는 세철의 얼굴이 흉악하게 일그러지기 시작했다. 그리고 처절한 고통이 배인 목소리가 지옥처럼 흘러나왔다.

"그렇게 하지 않곤… 난 남은 날을 살 수가 없다……!"

쥐어짜 내는 듯한 그 음성이 여운을 남길 때, 들려졌던 세철의 두 손이 앞으로 던져졌다. 그 손에서 묵빛의 혈리표가 악마의 몸을 떨쳐 올렸다.

쿠오오오오오오!

한낮에 출현한 어둠의 악마를 보는 염차수의 눈에 다시 웃음이 맺혔다.

"좋아……."

들리지도 않을 그 음성이 나온 후, 염차수의 두 손도 앞을 향해 뻗어나갔다. 그 손에서도 금색의 휘황찬란한 빛을 뿌리는 요염한 악마 한 쌍이 허공에 날아올랐다.

키이이이이이!

솟구치는 네 줄기 연줄처럼 날아오른 혈리표들이 허공에서 춤을 추었다. 귀청을 후벼내는 듯한 끔찍한 소리들은 소림의 기와마저 떨어뜨렸다. 그렇게 검고 환한 네 줄기의 그것들이 창공에서 서로의 몸을 어루만졌다.

푸아앙!

파카앙!

서로의 몸을 튕겨낸 그것들이 방향을 틀어 지나갔다. 충돌하는 그 소리는 괴수들의 울부짖음 같았고, 그렇게 울며 날아간 그것들은 주변의 모든 것을 갈라 젖히며 다시 날아올랐다.

파가가가가가각!

땅과 바위와 나무와 떨어진 시체들과 소림의 담장마저 산산이 가루내며 솟구친 그것들이 방향을 선회했다. 그 맹렬한 기세를 그대로 담고 다시 충돌했다.

쿠아아아앙!

동시에 한 점에서 부딪친 네 개의 살인 무기는 사방으로 튕겨 나갔다. 너무도 엄청난 그 광경에 눈을 뜬 자들은 모든 걸 멈추고 바라보았다. 하지만 유성처럼 튕겨지던 그것들은 높다랗게 소리 지르며 각자의 주인을 찾아서 날아들었다.

쿠오오오오오!

키이이이이이!

세철과 염차수의 손으로 날아든 그것들은 아프다고 떼쓰는 모양 같았다. 그러나 세철과 염차수는 사정을 봐주지 않았다. 서로의 눈을 뚫어질 듯이 바라본 그들은 다시 두 손을 서로에게 던졌다. 하지만 이번엔 괴성도 함께였다.

"우워어어어어!"

"이야아아아아!"

세철과 염차수가 내지른 두 마디 괴성 속에서 혈리표들이 다시 날았다. 각기 이제까지보다 훨씬 더 밝은 금빛과 덩어리진 먹빛으로 뭉쳐진 듯한 그것들은 또다시 소리치며 허공의 한곳에서 작렬했다.

쿠오오오오오!

키이이이이이!

푸콰아아앙!

지금까지와는 비교도 할 수 없는 굉음이 터져 나왔다. 그 속에서 금빛 줄기 하나가 더 높이 솟구치고, 굉음과 함께 폭풍으로 퍼지는 힘의 기세가 천지사방으로 터져 나갔다.

퓨퓨파파파파파파파광!

주위의 모든 것이 초토화되며 파괴되어 나갔다. 서 있는 모든 것들은 폭풍에 휩쓸린 갈대처럼 뒤로 밀려 나갔고, 산 것과 죽은 것, 움직이는 것과 그렇지 않은 것들 도두를 막론하고 피구멍이 뚫려 부서졌다.

세철은 눈을 부릅뜨고 똑똑히 보았다. 혈리표의 파편이 모든 걸 초토화시키는 지금, 염차수의 혈리표와 자신의 혈리표가 부딪치던 찰나전의 그 순간, 자신의 혈리표는 산산조각으로 부서진 것이다. 염차수의 금빛 혈리표도 부서진 건 마찬가지였다. 하지만 하나는 부서지지 않았다. 세철의 혈리표를 부수고 위로 솟구친 하나가 그것이었다.

솟구친 혈리표가 어떤 것인지 세철은 직감했다. 부서진 세 개는 자신과 아버지가 만든 것이 분명했다. 하지만 그 나머지 하나, 원래부터 존재했던 그것은 부서지지 않은 것이다. 또한 그것이 웃는 염차수의 손으로 날아 앉고 있었다.

전신에 뜨끔뜨끔한 기운을 느끼면서도 세철은 염차수만 바라보았다. 자신처럼 파편을 맞아 여기저기에 피 흘리는 모습의 염차수도 그렇긴 마찬가지였다. 하지만 하나밖에 남지 않은 혈리표를 잡아 든 염차수는 희게 웃었다. 그리고 세철에게 말을 걸었다.

"가짜들은 다 부서졌구나. 이젠… 진짜로 해봐야지?"

염차수의 말은 의미가 불명했다. 하나밖에 남지 않은 본래의 혈리표를 쓰겠다는 것인지, 아니면 지금까지는 유희에 불과했으니 정말로 손을 쓰겠다는 것인지. 그러나 바라보는 세철은 상관없다고 생각했다.

어차피 거추장스럽던 물건, 복수의 욕심으로 만들었지만 후회가 더 많았던 물건이었다. 이젠 이 두 손과 발로써 원수를 부숴 죽일 것이다. 그것이 가장 자신다운 일이고, 가장 통쾌한 복수가 될 것이다. 설령… 그 중간에 자신이 죽게 된다 할지라도.

"그래, 진짜로 해보자."

화답을 한 세철은 두 손을 가슴 앞에 십자로 올려 세웠다. 두 발은 약간의 차이를 두고 벌려 세웠고, 교차한 팔 사이로 보이는 염차수의 두 눈에 시선을 고정시켰다. 그 자세가 이루어 진 후, 세철의 두 팔에서 연둣빛 녹청의 아지랑이 피어오르기 시작했다. 그리고 그건 두 다리에서도 마찬가지였다.

세철의 변화를 바라보던 염차수는 뱀 같은 두 눈을 더욱 희뜩거렸다. 그리고 나직하게 읊조렸다.

"정말로… 해볼 만하겠는걸……."

그 말을 끝으로 염차수는 하나뿐인 혈리표를 집어 던졌다.

키이이이이이이!

귀신의 호곡 소리를 달고 나는 혈리표는 그렇게 세철에게로 날아갔
다. 삼십여 보에 불과한 거리는 너무도 짧았고 금빛을 번쩍이는 살인
원반은 너무도 빨랐다. 그것은 벌써 세철의 가슴 앞에 도달해 있었다.

"아미타불!"

장중한 불호 소리가 들린 것은 그때였다. 세철의 모아진 두 손에 어
린 연둣빛이 푸른 버들잎의 무리처럼 몽혼하게 흔들릴 때, 그 가슴을
쪼개러 들어가는 혈리표가 세철의 가슴을 물어뜯으려는 그때 원래 있
던 것처럼 세철의 가슴 앞쪽에서 나타난 그림자는 혈리표를 받아냈다.
그 몸이 짙은 자색의 불기(佛氣)로 둘러싸인 것을 사람들은 모두 보았
다.

법종이 제일 먼저 소리쳤다.

"아미타불! 저건 불령선하기다!"

불령선하기. 전대의 방장이자 무림오천의 일인이던 중천 현각 대사
가 혈리표를 막아냈다는 그 희대의 비공. 그것이 눈앞에 다시 펼쳐진
것이다.

"과, 광조 사숙!"

이번에 소리친 건 법향이었다. 하지만 그가 지칭한 사람, 자색의 불
기에 휩싸여 있는 사람이 누구인지 사람들은 알지 못했다. 그저 그 두
손에 잡혀 가슴이 박힌 금빛의 원반이 멈춰 섰다는 것만은 알아보았다.

"멈췄다! 혈리표가 멈췄어!"

누군가 외치는 소리를 염차수는 들었다. 하지만 호들갑스런 저 중년
중놈이 누구인지는 중요하지 않았다. 지금 이 순간, 혈리표가 눈앞에

보이는 장발 늙은이의 가슴에 박혀 멈췄다는 것이 중요할 뿐이었다.

"이, 이……!"

염차수는 말조차 더듬었다. 하지만 통제하기 힘들 만큼 놀란 그의 가슴에 구멍을 뚫은 것은 늙은이의 말이었다. 그 늙은이의 가슴을 비집은 혈리표처럼.

"애야… 그만두어라……. 난… 난… 내가… 너의… 할아비다……."

그 말을 뱉어내고 늙은이는 천천히 그 자리에 주저앉았다. 그리고 혈리표를 잡고 합장한 그 모습 그대로 고개를 수그렸다. 그 모습 그대로, 움직임도, 몸을 둘러쌌던 자색의 불령선하기도 천천히 사라져 갔다.

눈꼬리가 틀어질 것처럼 거칠게 떠진 염차수의 눈이 급하게 늙은이를 보았다. 그리고 바로 세철의 얼굴을, 또 법종의 두 눈을, 이한동의 눈매를, 도신의 차가운 얼굴을, 서 있는 자들의 모든 모습을 정신없이 훑어보는 염차수의 두 눈이 급격하게 흔들렸다. 경련하는 그 눈동자가 땅으로 내려앉았다. 그리고 어깨가 들썩거렸다.

"큭! 키킥… 키키키키키키키키히!"

웃음소리 같았다. 아니, 우는소리도 같았다. 들썩거리는 어깨와 같이 나오는 그 소리는 사람들의 가슴속을 후벼 팠다. 그러나 그것이 웃음이든 울음이든 간에 숨을 막는 거북한 소리임에 틀림이 없었다.

들썩대던 염차수의 어깨와 이상한 소리가 잦아들었다, 천천히 다시 들려진 고개는 세철을 쳐다보았다. 그리고 나지막하게 속삭이듯 말했다.

"널 죽이고… 여기 숨 쉬는 모든 것들을 죽여주마……!"

염차수는 허리 뒤의 직배도를 꺼내 들었다.

스르르릉.

칼날이 우는 소리가 떨어진 세철의 귀에도 들렸다. 세철은 그 소리를 들으며 두 팔의 십자를 풀어냈다. 그리고 염차수에게 마지막 말을 했다.

"간다!"

세철의 발이 땅을 차며 몸을 날렸다.

파아앙!

그 소리가 사라지기도 전에 세철은 거리를 좁히고 염차수에게 달려갔다.

거리를 접고, 공간을 건너뛰고, 꼬리를 세우는 전갈을 향해 손을 내미는 사막쥐의 결을 타는 흐름처럼, 그렇게 세철은 염차수에게 다가섰다. 그리고 새하얀 도강의 웅어리를 다섯 자나 넘게 뻗쳐 올리는 염차수의 칼을 향해 푸른 구름을 두른 두 발을 차냈다. 그 발에서 시퍼런 청록의 퇴강(腿罡)이 우박처럼 쏟아져 나왔다.

슈파파파파파파파팡!

일격에 삼십 번의 연타, 아니, 그 한계를 넘어 보이지도 세지도 못할 만큼의 무수한 발 그림자들이 염차수의 도강을 강타했다. 그리고 그것들을 얼음처럼 깨부수며, 염차수의 안면과 가슴, 복부와 몸통, 몸을 이루는 모든 부분에 박혀들었다.

퍼버버버버버버벅!

터져 오른 핏방울조차 또 터지며 흩어졌다. 염차수의 몸은 산산조각 난 칼과 함께 그렇게 뒤로 던져졌다. 하지만 버려지는 것처럼 밀려가는 그 몸을, 착지한 세철의 몸이 뒤따르며 두 주먹을 퍼부었다.

시퍼퍼퍼퍼퍼퍽!

쓰러지던 염차수의 몸이 다시 흔들리며 난타당했다. 그리고 빙글빙글 두 번을 돈 세철의 검은 몸이 멈춰 섰을 때, 인간의 형체를 잃어버린 혈괴 하나가 땅으로 쓰러졌다.

털썩.

쓰러진 염차수의 몸이 땅을 치며 내는 소리가 유난히도 크게 들린 건 한두 사람만의 느낌이 아니었을 것이다. 갑자기 찾아든 적막과 고요는 그렇게 사람들의 눈 속에, 그리고 가슴속에 파고들었다. 그 적막과 고요의 정체는, 바로 한기였다. 또한 움직일 수 없는 두려움이었다.

세철은 쓰러진 염차수의 시신에서 눈을 돌렸다. 목적을 달성한 것이다. 길고 길었던 여행의 끝을 이제야 보고 만 것이다. 그런데 가슴이 시려왔다. 뭔가가 자꾸 찌르는 것만 같았다. 아버지의 원수를 갚고 나면 모든 것이 다 편안하고 가슴속이 후련할 것만 같았는데…….

세철은 문득 두 손을 보았다. 피 묻은 손이었다. 그 손에 감긴 철비구도 보였다. 무거웠다. 갑자기 견딜 수 없을 만큼 무겁게 느껴졌다. 피곤도 찾아왔다. 어서 빨리 쉬고만 싶었다. 그래서 정곽을 찾았다. 정곽은 보이지 않았다. 도대체 어디 있는 거지?

"여기다."

정곽의 목소리가 들렸다. 소림의 산문 앞이었다. 정곽의 옆엔 언두수도 보였다. 부춘호도 보였고, 하남도 보였다. 그리고… 미령이와 송연주, 황보숙정의 얼굴도 보였다.

세철은 그들을 향해 걸었다. 발길이 무거웠다. 살아남은 자들의 시선이 옆에서 느껴졌다. 그중엔 당무호와 당현무, 당현우 형제도 있었다. 하지만 신경 쓰지 않았다. 이젠 정말로 쉬러 가고 싶을 뿐이었다.

＊　　　　＊　　　　＊

까악. 까악.

까마귀들이 하늘을 날며 극성스럽게 울어댔다. 피가 배인 소림의 산문 앞엔 아직도 사람들이 남긴 흔적이 여기저기 흩어져 보였다. 그 부스러기들을 차지하려는 까마귀들의 움직임도 분주했다. 하지만 죽음만이 남은 그 자리어, 길을 비켜선 숲의 한쪽에 망연한 시선으로 넋을 잃은 얼굴의 한 청년이 있었다.

사람들이 말하기를 제갈세가의 다음 대를 빛내리라던 청년. 비록 셋째의 아들이지만 후사라곤 그밖에 있지 않았던 제갈가의 적손, 제갈성혁이었다. 그의 발치에 한 사람의 시신이 보였다. 언제나 가주인 형의 그림자로 살아왔던 인물, 제갈승종이었다. 그 시신을 안고 제갈성혁이 망부석처럼 앉아 있었다.

제갈성혁의 손에 요사한 붉은빛을 올리는 칼 한 자루가 잡혔다. 이제까지 사람들의 무수한 생명을 앗아갔던 혈룡마제의 유품, 그 존재 자체로 죽음을 불러일으키는 희대의 마도, 혈룡도였다.

그 칼이 생명줄인 것처럼 제갈성혁은 피가 배도록 꼭 붙잡은 모습이었다. 하지만 모든 것이 한순간에 사라진 그의 눈에는 이미 이지가 없어 보였다.

그러나 운명은 언제나 장난질을 좋아한다던가……. 흩어진 육편들

과 사람들의 피가 배인 땅에 앉아 움직이는 까마귀들만 보던 그의 눈
에 불쑥 나타난 그림자는 그의 눈을 흔들었다.

"피곤해 보이는구나."

나타난 자는 늙은이였다. 나이를 짐작키 어려운 얼굴에 불거진 광대
뼈가 두드러져 보이는 이상한 늙은이였다. 한데 그런 늙은이의 목에
걸린 기다란 염주가 제갈성혁의 눈에 보였다.

"누, 누구······."

늙은이는 희게 소리없이 웃었다. 그리고 한마디를 꺼냈다.

"복수하고 싶지? 내가 도와주랴?"

흔들리는 눈으로 늙은이의 눈을 빤히 바라보던 제갈성혁은 천천히,
아주 천천히 고개를 끄덕거렸다. 그러다가 점점 더 빠르고 세차게, 마
치 그것밖에 할 줄 모르는 사람처럼 고개를 정신없이 흔들어댔다.

늙은이는 손을 내밀었다.

"나랑 같이 가자."

*　　　*　　　*

"미령아, 놀자!"

밤새 내린 눈이 그치지도 않았는데 종필이 놈은 송화강변에 얼음을
지치러 가자고 벌써부터 성화였다.

"기다려, 등신아!"

토시를 발에 끼워 넣은 미령이는 방문고리를 잡고 일어섰다. 그런데
뒤에서 기석(基石)이가 치마를 붙잡고 옹알거렸다.

"누야."

미령은 자신을 보고 데려가 달라는 눈빛이 간절한 기석이를 향해 고개를 가로저었다.

"오늘은 안 돼. 지난번에도 감기 들렸다고 엄마하고 황보 엄마한테 얼마나 혼났는데. 누나가 또 혼난단 말이야. 우리 기석이 착하지? 누나 갔다 올 테니까 따듯한 방에서 놀고 있어 응? 알았지?"

"히이잉……."

칭얼대는 기석을 외면하고 미령은 냉큼 방문을 열고 나섰다.

"야, 왜 이렇게 일찍 왔냐? 진구는 같이 안 왔……."

섬돌에 놓인 신발을 꿰차던 미령이는 동작을 멈췄다. 마당 사립의 하얀 눈발 뒤에, 자신을 부르러 온 마을 친구 종필이의 뒤로 보이는 낯선 사람들을 보았기 때문이다. 그러나… 그 사람들은 낯설지 않았다.

"어른 안 계시냐?"

미령은 숨이 멎을 것만 같았다. 지금 자신에게 말을 건 사내, 저 사내를 알기 때문이다. 그리고 그 뒤로 선 또 다른 사내와 그 옆에 선 중늙은이까지도. 저들은 당문이라고 부르던, 그 사람들이 틀림없었다.

떨리는 목소리로 미령은 물었다.

"누, 누구시……."

미령의 말이 끝나기도 전에 뒤꼍에서 언제나 들리던 망치 소리가 멈춰 버렸다. 땅땅, 하는 그 소리는 송화강의 얼음 깨지는 소리와 함께 언제나 미령의 마음에 안식을 주는 소리였다.

미령은 자신도 모르게 뒤꼍으로 고개를 돌렸다. 그 모양에 사내들의 시선도 그곳으로 향했다. 그리고 그곳에서 아버지가 걸어나왔다.

한 손에 망치를 든 세철은 찾아온 사내들의 얼굴을 보았다. 그들 역시 세철을 마주 보았다. 이미 서로가 익히 아는 자들이었고, 언젠간 만나게 될 자들이었다. 하지만 서로를 바라보는 얼굴엔 별다른 감정의 편린들이 보이지 않았다. 그저 오랜만에 불쑥 찾아온 먼 친척처럼, 그렇게 서로를 쳐다볼 뿐이었다.

"왔나?"

아무렇지도 않은 세철의 물음에 당현무는 고개를 끄덕였다.

"늦었지. 공부 좀 더 하느라고."

이번엔 세철이 고개를 끄덕였다. 그리고 이제껏 손에 들었던 망치를 잠시 내려다보다 한쪽에 조심스럽게 내려놓으며 미령이에게 말을 했다.

"추운데 나가지 말고 집에 있어."

그 말 한마디를 남기고 세철은 사립을 나섰다. 그리고 그 뒤를 찾아왔던 세 명의 사내가 따라 나갔다.

미령은 눈 속에 멀어지는 아버지, 세철의 뒷모습을 보며 몸을 떨었다. 이 사실을, 저들이 찾아온 사실을 마을에 품앗이 하러 간 두 엄마에게 알려야 했다. 하지만 점점 더 멀어지며 발자국마저 희미해지는 세철의 뒷모습을 보고 미령은 고개를 세차게 흔들었다. 그리곤 자신을 바라보는 종필이의 의아한 시선도 무시한 채 마당을 가로질러 사립을 뛰쳐나갔다. 그렇게 달리며 커다랗게 소리 질렀다.

"아버지!"

눈 내리는 송화강을 따라 메아리치는 그 소리를 세철도 듣고 세 사내도 들었다. 하지만 뒤돌아보는 자는 아무도 없었고, 감감하게 내리는 눈은 미령의 목소리를 점점 먹어 내렸다.

　온 천지는 그렇게 하얀 눈 속에 파묻혀 갔다. 그 속을 달리는 열너댓 살 계집아이의 목소리는 송화강을 따라 돌고 또 돌았다.

『혈리뇨』終

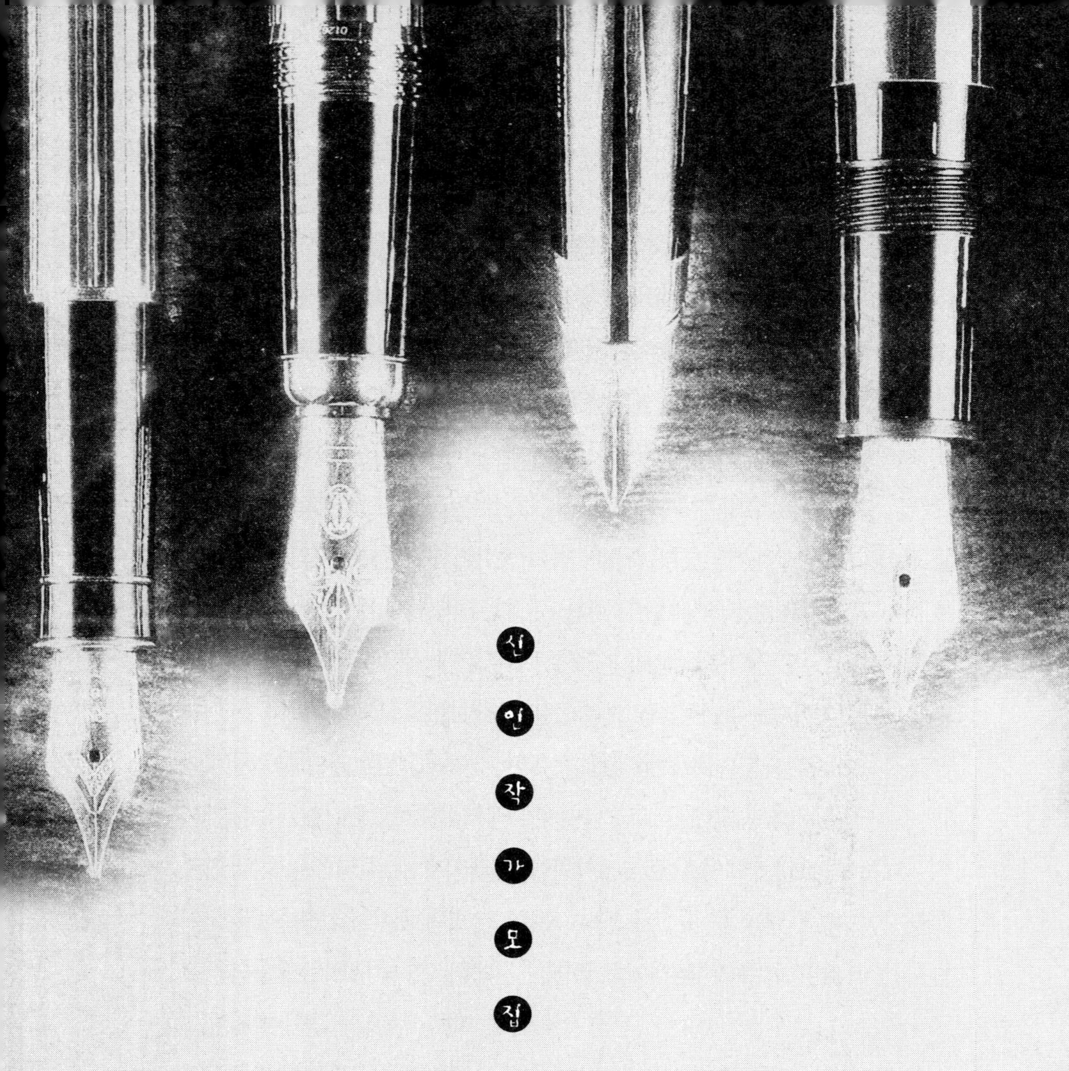

신
인
작
가
모
집

시작이 반이라고 했습니다.
작가의 길에 대한 보이지 않는 벽을 과감히 깨뜨리십시오!
청어람은 작가 지망생 여러분들의
멋진 방향타가 되어드리겠습니다.

저희 도서출판 청어람에서는
소설 신인 작가분들을 모집합니다.
판타지와 무협을 사랑하시는 분들의 많은 참여를 바랍니다.
소정의 원고(A4용지 150매)를 메일이나 우편으로 보내주시면
검토 후 출판 여부를 알려드리겠습니다.

주소:경기도 부천시 원미구 심곡1동 350-1 남성B/D 3F 우편번호420-011
TEL:032-656-4452 · FAX:032-656-4453
http://www.chungeoram.com
e-mail:chungeoram@chungeoram.com